致青春 120

他最野了

(上)

曲小蛐　著

高寶書版集團

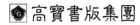

目錄
CONTENTS

第一章　三中一枝花

C城，傍晚。

天邊的殘雲被夕陽餘暉燒成糜爛的紅，層層疊疊，鋪覆過由淺漸深的天空。一輛黑色的私家車，從C城的「愛心療養院」正門開出。

車內，副駕駛座上，保養得體的女人轉向後座，臉上浮起笑容。

「邈邈，為了慶祝妳出院，今晚叔叔阿姨帶妳去餐廳吃飯吧？」

後座的陰影裡，坐著一個身材嬌小的女孩。她身上穿著一件有些舊的灰色連帽T恤，T恤相較她的身材彷彿大了幾號，襯得她像是個偷穿大人衣服的小孩。即便是在車裡，她仍把寬大的連帽戴上，帽緣鬆鬆垮垮地垂下，將女孩的臉埋在裡面。

車裡安靜許久，直到女人臉上的笑容有些維繫不住，駕駛座後方才傳來一點動靜。

「……不用了。」

這個聲音很輕很輕，尾音還帶著一點糯軟，可惜語氣聽不出半分起伏。

安靜到了極致。女人的笑容僵住，表情有點尷尬，正在開車的男人目不斜視，笑著打圓場。

「不去也好。明天不是三中開學嗎？趁著今晚，讓妳素素姐姐跟妳說說三中的事情。」

一聽男人這話，副駕駛座上的女人眼底很快掠過一點得意的情緒。

「是啊，邈邈，素素跟妳同年級，學業成績不錯，在學校裡也很有人緣。等回到阿姨家，妳跟素素好好聊聊。」

車裡又安靜了很久，才響起一聲極輕的「嗯」。

女人見說再多也是自討沒趣，於是閉上嘴巴，訕訕地轉回去。

後座的女孩無聲地縮了縮肩，一張臉埋得更深。寬大的帽子裡，蘇邈邈輕抿著顏色很淡的唇，安靜地看著車外。天邊那燒得絢爛的雲彩，一直蓋到頭頂。

明天……應該會是好天氣吧……

女孩安靜地垂下眼，心想。

私家車開過小半座城市，終於乘著從天空沉下來的夜色，駛入C城市中心的一片別墅區。

提前接到消息的傭人等在車庫旁，見自家車停下，便上前拉開車門。

車內，藏在灰色大帽子裡的女孩頓了頓，才慢吞吞地轉過身，下了車。

傭人看清夜色裡女孩的打扮，不由愣住了。

女孩穿著的T恤本就是長版，在她那嬌小的身體上又大了兩號，衣襬幾乎過膝。此時正值盛夏，她腿上只穿了未及膝的安全褲，露出兩條雪白的腿。

那雙小腿骨肉勻稱，纖細漂亮，被別墅區暈黃的路燈抹上一層輕紗，膚色更似凝脂，白得幾乎透明，半點瑕疵都不見。

傭人第一次見到這樣玉雕一樣的女孩，愣了兩秒才回過神。

「太太，這位就是蘇家的邈邈小姐？」

「嗯。」

高媜雯從副駕駛座上下來，聽見傭人的話後，眼底掠過點複雜的情緒。不過她很快就換上笑容，繞到女孩身旁。

「邈邈，來，跟阿姨回家吧。」

蘇邈邈沒有點頭也沒有說話，那頂帽子更向下垂了一點，她安靜地跟在傭人身後，慢慢走進別墅。

落在後面的高媜雯眼底掠過一點嫌惡的情緒。

……生得矜貴有什麼用？還不是像啞巴似的，安靜又古怪，一個沒人愛的藥罐子，跟她家素素差得遠了。

進到別墅後，高媜雯看向客廳。

「素素，來跟妳邈邈妹妹打個招呼。」

「……」坐在沙發上的女生起身，身上的小洋裝襯托出文素素姣好的容貌和身材，但此時她的表情卻有些不情願。

高媜雯瞪了她一眼，文素素癟了癟嘴，走過去，敷衍地張口喚了一句：「邈邈，妳好，我是文素素。」

身材嬌小的女孩完全隱藏在寬大的T恤和帽子裡，看不見半點神情，空氣裡也沒有任何迴響。

文素素氣惱地轉向高婌雯，高婌雯皺著眉，勉強笑道：「邈邈，妳的房間阿姨還來不及整理出來，今晚妳先跟素素姐姐睡一間，沒問題吧？」

這次女孩終於有了點反應，但也只是極輕的一聲「嗯」。

晚餐後，蘇邈邈跟在文素素身後上樓。

一進門，文素素就堅稱自己「不能跟人共用浴室」，蘇邈邈只能抱著自己的衣服去客房浴室。等她洗完澡，換上新的T恤回到文素素的房間時，文素素正背對著門坐在床邊，跟人講電話——

「喜歡有什麼辦法，我那樣主動了，商彥還是不正眼看我。我看他那一顆心，全被舒薇勾去了。」

『……』

「呿，校花又怎樣？我就不覺得舒薇有多漂亮。再說了，票選校花的時候，要不是看她和商彥走得近，誰會投她啊。」

『……』

「身、身材好算什麼？選校花是看臉，又不是看身材。」

『……』

「我又沒說原本該是我，妳少——」

文素素的話音，在不經意看到門口的女孩時，戛然而止。她匆匆掛了電話，表情有點不太好看。

「妳……什麼時候進來的？」

女孩的臉完全掩在寬大的帽子裡，半晌才聽見很輕的聲音傳來。

「剛剛。」

說完這兩個字，女孩便抱著自己的衣物走到另一側的床邊。

房間裡只開著床頭的小燈，是柔黃的暖光，文素素注意到女孩纖細的手指，因為疊放衣物而時不時露出袖口。燈光下，那指尖纖細白皙得彷彿透明。

文素素的臉色突然有點難看，到這一刻她才想起，如果說單憑臉蛋，唯一能穩勝舒薇的，大概就是面前這個女孩了。

她見過帽子下藏著的那張臉。

兩年前，她隨父母一起去看剛入院的「蘇家小小姐」，那天也是夏日。隔著療養院病房窄窄的玻璃窗，她看見床上穿著白色病人服的女孩，才看第一眼，文素素就不想進門。

從小到大她都自傲自己的長相，而那是她見過的第一個，僅一眼就能完勝她的女孩。那也是她第一次知道，原來純粹的乾淨到了極致，美得近乎豔麗。

而蘇邈邈明天就要轉進他們班，自己班花的位置不保，商彥更不可能看自己一眼了吧？

文素素咬住下唇，目光飄著。

但也說不定……兩年過去，那個美人胚子一樣的蘇家小小姐，已經長得泯然眾人了呢？

文素素不安地安慰自己，目光在女孩身上掃過，直到看見女孩手底下疊放的同款連帽T恤，她心裡突然放鬆下來。

「邈邈，妳之後還是要穿這些衣服去上學嗎？」

整理衣服的手停頓了一下，文素素聽到一聲幾不可聞的輕應。

她情不自禁翹起嘴角。

……對，只要一開始沒注意到，就算後面發現了，已經見識過蘇邈邈這種怪胎的性格，商彥也絕不會看上她的。

文素素安心許多。

她剛準備上床睡覺，就瞥見女孩露在T恤外的雪白小腿。文素素的目光閃了閃，從衣櫃角落裡取出兩條鬆垮的牛仔褲。

「邈邈，三中不准女生穿膝蓋以上的裙子，妳那個T恤的長度肯定不行……我這裡有幾條牛仔褲，從買回來就沒穿過，給妳吧。」

「……」

空氣中安靜幾秒，一隻纖細白皙的手從寬大的T恤袖子裡探出來，慢吞吞地接過那兩條有些過於寬鬆的牛仔褲。

「謝謝。」女孩輕聲道。

一夜無話。

第二天一早，蘇邈邈和文素素一同坐上文家的車，由文程洲公司裡臨時抽調來的司機送往三中。

眼見著車離學校越來越近，文素素心裡的不安開始發酵。目光轉了幾次之後，她故作無意地開口：「邈邈，妳是要轉到我們班吧？」

旁邊沒有回應，文素素已經習慣了這安靜作為默認的反應。她憋回那口悶氣，咬著牙輕笑：「我媽要我照顧妳，所以我提醒妳一下……我們班上有個叫商彥的男生，妳記得不要招惹他。」

「……」女孩仍然沒說話。

文素素有點氣結。

所幸這時候，司機似乎察覺到尷尬，主動接過話：「三中的商彥……這個學生我聽過，他好像來頭很大。」

文素素眼底掠過一點與有榮焉的愉悅，不過很快就壓了下去。

她板起臉：「學校裡沒幾個人知道他的來頭，但聽說當初高一開學的時候，是校長親自送他到教室去的。而且後來還發生了一件事……」

司機好奇地問：「什麼事？」

「具體我也不太清楚，只知道得罪他的一個學生，在學校門口被打得直接送上救護車，後來就消失了，再沒人見過……後來，學校裡有人偷偷替他取了個外號。」

「這我也聽說過。」

司機在後照鏡裡笑了笑，眼神卻閃過點避諱的情緒。即便他是成年人，顯然也因為某些傳言，而對這個高中生心存一些畏懼。

「商彥，三中商閻羅，是吧？」

「……」

文素素的目光閃了閃，難得沒再說話。

到了三中門口，文素素下車去教室，司機則領著蘇邈邈往行政大樓走，去找高二一班的班導。

一路上，司機關心了女孩幾句，原本以為不會得到什麼回應，然而讓他意外的是，在文家顯得格外孤僻的孩子，此時對他卻是有問有答。雖然聲音仍然很輕，卻已讓司機有些受寵若驚，他不由笑著說：「我還以為妳不喜歡說話。」

「……」這一次女孩沉默了幾秒，才有很輕的聲音從帽子下傳出，「我喜歡說話，但不喜歡跟不喜歡我的人說話。」

比如文家父母，比如文素素，比如療養院的護士，比如她記憶裡非常討厭她的蘇家人。

司機一愣，停下步伐，但女孩像是沒有察覺，仍舊邁著自己的步子往前走，身材嬌小，步伐不大，走得很慢，也很安靜。

司機眨了眨眼，才回過神，苦笑著跟上去。

以為木訥且近乎呆滯的孩子，沒想到卻最是心思剔透啊。

結果司機沒能陪蘇邈邈走到行政大樓，他接到一通電話，不得不先離開。

「邈邈，叔叔公司有急事。那棟紅色的高樓就是行政大樓，我已經請李師傑老師在樓下接妳，妳自己能過去嗎？」

「……」蘇邈邈看了一眼那棟還有些距離的紅色建築，慢慢點了點頭。

幾分鐘後。

在離紅色建築物只剩一棟樓的地方，踏入竹林小路的蘇邈邈停下步伐，看向前方。

一個側倚著牆的男生站在路中間，那人身上穿著的，是這一路上，蘇邈邈已經看習慣的白色襯衫、黑色長褲，但又有些不同。比較於之前所見，前面那道背影格外清雋而挺拔，肩寬腰窄，腿長逆天，把最普通的襯衫黑褲勾勒出最好看的線條。

透過竹林的曦光格外溫柔，在他身上拓下斑駁而漂亮的影子。

女孩在原地停了幾秒，最後還是慢吞吞地走了過去。

到那人身後，她停下來，正要開口，便見面前的人突然轉身往回走。顯然對方並未注意到自己身後多了一個人，於是，「砰」的一聲悶響。

蘇邈邈本能叫了一聲，抬手摀住被撞痛的鼻尖。

單手插在褲子口袋的男生也停下步伐，淺皺了眉，漆黑的瞳仁微微壓下，深邃的眉眼裡浮掠起一點薄戾，只是在看清身前人的打扮後，又頓住了。

身前的人穿著很老式的連帽T恤和鬆鬆垮垮的牛仔褲，T恤帽子還戴在頭上。從細窄的肩線來看，應該是個女生，而且身材很矮，似乎連一百六都不到，寬大的連帽T恤和牛仔褲把女孩的容貌和身材完全隱藏起來。從男生的身高看下去，幾乎只能見到一頂大連衣帽。

「借……過一下。」

帽子下的聲音出乎意料地輕軟，男生有些意外，微一揚眉。不知道是不是撞得太痛，那聲音裡似乎還夾雜著一點半哽的停頓。

男生輕瞇了下眼，一點說不分明的感覺從心頭掠過。

蘇邈邈說完後，就很安靜地等著對方讓路，然而等了幾秒，除了燥熱的風吹過耳邊的竹林，發出沙沙的輕響，便再沒有聽到其他動靜。

蘇邈邈正準備再次開口，一聲疏懶的笑透過帽子，傳到耳邊。

「前面有女生打架，妳繞路吧。」

「……打架？」

這個超出十七年人生經歷的事情，讓女孩本能地感到好奇。

「女生為什麼會……打架？」

頭頂傳來一聲輕嗤：「為了一個人。」

帽子下的陰影裡，女孩眨了眨眼，更驚奇了：「誰？」

「……」男生視線微垂，卻未開口，這個像是偷穿大人衣服的女孩也不追問，似乎很有耐心地等待他回答。

沉默持續了幾秒，鬼使神差地，他張了張口，薄唇間吐出兩個字。

「……商彥。」

說完後，男生極好看的眉眼間掠過一絲很淡的惱意。被騙到這裡來已經讓他不快……大概是昏了頭，才會在這裡陪一個不認識的奇怪女孩玩你問我答。

男生抬腳準備離開，卻聽見身前的女孩輕輕地「啊」了一聲，這個反應讓他動作一頓。

「……你認識？」

「我聽說過。」帽子下，女孩微偏下頭，回憶起文素素的話，「三中商閻羅。」

「……」女孩看不見的地方，那雙漆黑的瞳仁裡溫度一冷。

而下一秒，女孩帶一點鼻音的軟聲又響起，低低地自言自語：「如果真的是閻羅，為什麼那麼多人喜歡他？」

光是她見過的就有好幾個了，像是前面打架的兩個女生；說話變得很奇怪的文素素；還有文素素電話裡說的那個舒薇……那個商彥在三中，其實很受女生喜歡吧。

「所以不該叫三中商閻羅……」

「那該叫什麼。」男生輕嗤。

女孩認真地想了想，聲音輕軟地開口：「嗯……三中一枝花？」

「三中……一枝花？」

蘇邈邈身前的男生輕瞇起眼，薄唇微啟，把這五個字緩緩重複了一遍。語調聽起來不起不伏，只是莫名地染上一股危險的味道。

蘇邈邈有些不解，不等她發問，在男生擋住的那條路上，一個驚喜參雜著委屈的女聲驀地響起。

「商彥！」

「……」商彥一動未動。他低垂著眼，目光擒住身前女孩嬌小的身影，唇角微勾起兩分，似笑非笑。

只見女孩的動作頓了一秒，隨即緩緩轉身，往她身後的路看去。竹林與矮牆之間，空無一人，涼風吹過一片竹葉，所以叫做「商彥」的，只可能是……

「妳剛剛，喊我什麼？」

隔著帽子，頭頂傳來那疏懶帶笑的聲音裡，危險的情緒又添了三分。

「……」

兩人說話間，之前喊商彥的女生已經從前面跑來，到了近處才慢下腳步。她再次開口，語氣裡帶著點嬌惱。

「跟你說話，你怎麼不理我……」話音未落，走近的舒薇才突然注意到，商彥的身前還站著一個完全被擋住身形、衣著奇怪的人。

舒薇愣了一下。她的目光一掃，便判斷出那寬大的連帽T恤裡應該是個女孩，眼裡立即泛起警覺的敵意。換作平常，這樣一個臉都看不清的小丫頭她是絕不可能看在眼裡的，但她注意到商彥和那女孩之間距離非常近，心裡立刻就有點不舒服。

她臉上未露，微笑著上前一步。

「咦，你是被小學妹攔住告白了嗎？」說著，舒薇的眼角餘光瞥向女孩，「我是舒薇，小學妹，妳叫什麼？」

「……」帽子下，女孩輕輕抿住淡色的唇，眨了下眼，沒有說話。

舒薇……好像是文素素很不喜歡的那個三中校花。之前商彥說的「打架」，其中一方原來是她嗎？

見穿著奇怪T恤的女孩垂著頭不開口，舒薇眼底掠過點得意，她轉回頭，看向站在一旁的男生。

「商彥，我之前不是故意騙你的，你不會生氣了吧？那我……」

「出去說。」男生脣角弧度不變，只是語氣冷淡了點。

舒薇臉上的笑容僵了僵，停頓兩秒才「嗯」一聲，繞過蘇邈邈，往前走去。

商彥的目光重新落下，在原地站了片刻，手插在褲子口袋微微俯身，往那帽子壓下。

女孩似乎有所察覺，驀地往後挪了半步，細軟的呼吸輕抽了口氣，像是嚇著了。

男生身體停住，漆黑的眸子裡情緒一閃。片刻後，他從褲子口袋抽出手，揚起手臂，沒怎麼用力地扣了扣那柔軟的T恤帽子，然後貼過去，隔著帽子薄薄的布料，嗓音放鬆而沙啞地笑了。

「小孩。」

「……」

「妳死定了知不知道？」

「……」

耳邊細軟的呼吸這次直接憋住，商彥壓抑住幾乎要溢出黑眸的笑，手下稍微用力，拍了拍女孩的帽頂。

「不想死的話，在這裡等我回來。喊我『一枝花』的帳，我們算一算。」說著商彥直起腰，側身從女孩旁邊繞了過去。

「……」帽子下，女孩輕抿住脣。

十分鐘後。

竹林小路的入口，幾個男生走出來，到商彥旁邊停下，為首的厲哲開口：「彥哥，找遍了，林子裡真的沒人。」

「……」漆黑的瞳子裡情緒微沉，沉默半晌，男生嗤笑了一聲，撇開臉，邁步往外走去。

厲哲連忙追了上去：「彥哥，你去哪裡？」

「科技大樓。」

「……」厲哲咧了咧嘴，「又是那個電腦培訓小組？暑假搞那麼久了，還沒完啊？」

「嗯。」

厲哲跟在旁邊觀察了一下，見商彥不像是火大的樣子，便好奇地問道：「彥哥，剛剛在竹林裡，你想找的到底是誰，連你都敢放鴿子？」

商彥目光微動。

「……一個小孩。」

「什麼？孩子？」厲哲愣了愣，哭笑不得，「彥哥，你怎麼還跟個孩子計較？」

商彥沒說話。

厲哲開玩笑道：「不然我們把人挖出來，讓彥哥你打他一頓屁股？」

走在前面的修長身影戛然停住，厲哲等人跟著停下，商彥側身看向他，眼神微妙。

厲哲被看得莫名其妙：「彥哥？」

從「打屁股」的建議裡回過神，男生眼神稍定，薄唇微動，睨著厲哲的眼睛裡露出嫌棄。

「你還是人嗎？」

「……？」

三中西南角，科技大樓，三樓。

班導李師傑領著身後穿著寬大T恤和牛仔褲的蘇邈邈，走進三樓右邊的長廊。他在第一間辦公室門外停住，抬手敲了敲漆著黃銅色的木門，門內隱約應了一聲「進來」。

「黃老師，早安啊。」李師傑推開門，朝裡面坐在電腦前的男老師打了個招呼。

那男老師年約四十，戴著副黑框眼鏡，鏡片厚得猶如瓶底，被辦公桌電腦遮住的身上，穿著分不清色系的格子衫。

李師傑說完，敲擊鍵盤的聲音仍舊未停，過了幾秒，對方才抬頭往電腦上方看了一眼。

「哦，老李啊……你先等等，我把這段弄完。」

李師傑應聲。

大約過了五分鐘，電腦桌前的鍵盤聲在一次重重的敲擊下收尾，而後黃旗晟站起身，伸展了一下僵硬的腰腿，一邊揉著痠澀的後頸一邊開口問：「老李，你怎麼突然來了？」

李師傑指了指旁邊站著的女孩，笑著說：「我把你們電腦組的新組員帶過來了。」

「新組員？」黃旗晟愣了一下，隨即恍然大悟，「哦哦，就是你昨天電話裡說的，你們班新來的那個身體不太好的女孩，是吧？」

黃旗晟直來直往的話讓李師傑有點尷尬，他轉頭看了一眼身後，所幸帽子下的女孩似乎沒有什麼反應，李師傑這才笑著轉回來。

「對，蘇邈邈同學身體……比較虛弱，剛進學校很難適應全天的課程，所以我想讓她到你這邊掛個名，習慣一下學校的環境。」

「好啊，電腦培訓組本來就還空兩個名額，也沒招到學生，給你一個沒問題。」

李師傑又跟黃旗晟客氣了幾句，才走回蘇邈邈身旁。

他放輕聲音道：「蘇邈邈，妳先在培訓組待一段時間，確定身體適應得了學校環境，再正式上課，好嗎？」

女孩沉默片刻，輕應一聲。

「那黃老師，我第一節還有課，這學生交給你，我先走了。」

「好，沒問題。」

李師傑轉身離開，他剛走出辦公室門沒幾步，迎面就來了幾個男生。其中一個看見他，笑嘻嘻地問了一聲好，然後回過頭朝身後樓梯喊了一聲：「彥哥，李老師來給你探監了！」

伴隨著話音，後面樓梯上的男生踩上最後一級臺階。聞言，那人眼尾一揚，眼神薄戾帶笑地掃過去：「探你老爸。」

「哎喲，您可不就是我老爸嗎？只要幫我找出昨天那段程式裡的bug，別說喊爸喊爹地了，要我跪下喊爺爺都可以！」

「……」

李師傑聽得直皺眉：「你們幾個，在培訓組裡都沒點規矩。」

要喊爺爺的那個叫吳泓博，聞言嘿嘿直笑：「培訓組就我們這些人，要規矩給誰看啊李老師？」

「以後就不止你們幾個了。」

「……啊？要加人了？」

「新成員已經在黃老師辦公室了，你們以後少打嘴炮。」說完，李師傑沒好氣地瞪了那些嬉皮笑臉的男生一眼，才抬腳下樓。

他一邊走一邊在心裡碎念：那個女孩被自己送去培訓組，會不會有點不合適？怎麼想來想去，總有一種羊入虎口的感覺？

幾個男生陸續走到辦公室門口，門半敞著，裡面的辦公桌前，新組員坐在椅子上，背對他們。寬大的T恤，鬆垮的牛仔褲，戴著連衣帽，遮得密不透風。

「臥槽，」吳泓博驚嘆一聲，「新組員這是什麼打扮？……不過，還真有點職業駭客的味道？」

其餘幾個男生跟著笑了。

吳泓博抬腳準備往裡面走，還沒邁出第一步就發現有些不對勁，他轉頭看向站在旁邊一動未動的商彥，不由得奇道：「彥爹，您不進去？」

「……」商彥定格在門內那道嬌小背影上的目光終於微微一動，片刻後，他低下眼，舔了舔上顎，出聲輕笑，「進去。」

男生邁開長腿走了進去，吳泓博和其他幾人也跟進門。

「都來了啊。」

辦公桌後的黃旗晟看見組員進來，便站起身，指著桌前坐在椅子上的女孩，介紹道：「這是我們組的新成員，你們等一下打個招呼，認識一下。」

黃旗晟一邊說，一邊整理自己的包包：「我還有個會要開，組內的事情你們自己跟新成員聊聊。」

吳泓博厚著臉皮：「黃老師，我那個腳本太難了，你把新成員分給我吧。」

黃旗晟經他提醒才想起來：「哦對，這新成員沒什麼程式設計基礎，你們哪個人教一下。」

一聽這話，幾個男生都癟了嘴。

「老師，我們顧自己都難，哪有時間教新人啊？」吳泓博眼珠一轉，隨即瞥了瞥身旁的男生：「讓彥哥來，跟彥哥一比，我們都是菜鳥，教不動。」

黃旗晟被吳泓博氣笑：「好，那新成員就你來教吧，商彥。」

話音一落，原本毫無反應坐在椅子上的女孩，驀地僵住了。她的身後，緊盯著這纖細背影的那雙黑眸裡，浮起一點極淺的戲謔。

見商彥不作聲，黃旗晟皺眉：「怎麼，你也不能教？」

「……教。」男生懶洋洋地回應。他邁步向前，走到新成員身後，手一抬，扶上女孩肩後的椅背，俯身到女孩帽子側邊，「一定教啊，身體力行。」說完，又笑了一聲。

後面站著的幾人聽得一抖，彥哥這一笑真是……撩到爆了。

黃旗晟雖然只是培訓組的老師，但對商彥在三中的「事蹟」早有耳聞。聽到商彥答應，他反而有點不放心：「商彥，你可別欺負新組員。」

吳泓博的視線轉了轉，嬉笑了一聲，「黃老師，您操什麼心啊，彥哥是那種欺負弱小的人嗎？」他頭一轉，用眼神示意其他人，「更何況，還有我們幾個在呢。」

黃旗晟稍微心安了些，看一眼時間已經不早，他又交代了幾句，便提著公事包和筆記型電腦匆忙離開。

等黃旗晟的身影消失在樓梯口，吳泓博臉上笑容一收，朝旁邊一人擺擺頭，那人會意，走過去關上門，轉身往門上一靠。

「砰」的悶響，讓椅子上的小孩背影微僵。

吳泓博走到蘇邈邈正對著的辦公桌前，往桌面一坐：「彥哥，怎麼樣？給新人一個下馬威？」

「……」商彥仍維持俯身的姿勢，在女孩帽子邊問，「聽見了嗎？小孩。」

「……」帽子下安安靜靜，只聽到輕細的呼吸聲。

商彥停頓片刻，輕嗤一聲。他直起身，走向一旁的立櫃，懶散的聲音落在身後：「你們看著辦。」

吳泓博樂了：「妳這新來的小子，怎麼那麼不識趣？彥哥的大腿妳都不抱，可別怪我們教訓妳。」

屋裡安靜半晌，除了商彥站在立櫃前隨手翻書的聲音，坐在椅子上的小孩仍舊沒有開口。

吳泓博笑容還在，卻忍不住皺眉了：「妳是啞巴啊，不會說話嗎？」

伴隨不耐煩的話音，吳泓博伸腿踹了踹新人坐著的椅子，旋轉椅被踹得「砰砰」兩聲。

「……」

背對著其他人，商彥站在立櫃前，他單手拿著一本程式設計書，聽見那踹椅子的聲音，正要翻頁的修長指節驀地一頓。漆黑的眸子被細密微垂的眼睫壓著，看不清裡面的情緒。

停了兩秒，那頁還是翻了過去，商彥身影未動，而他身後，組內另一個胖胖的男生也走到椅子旁邊，插話了：「這小子脾氣有點硬啊，剛剛也是，連彥哥的話都敢不回？」

「可能欠一頓揍吧？」

「別吧。」

吳泓博剛剛被無視，氣得咬著牙笑道：「坐著看起來還不到彥哥的腰，萬一被玩壞了，黃老師得找我們算帳。」

「……」

話裡的某個動詞，讓商彥順著書頁滑下的指節再次停住。

「不說話就算了，帽子都不脫？這麼沒禮貌的小子，至少得教教規矩。」

吳泓博說著跳下桌子，伸手往旋轉椅上的小孩頭頂撩。

「別躲，不然傷到妳可別怪我。」

「啪」一聲不輕不重的闔書聲響起，這突然的動靜制止了吳泓博的動作，他轉頭，遲疑地看向背對他們的商彥。

「彥哥？」

商彥側過身，不動聲色地垂著眼，目光落到小孩身上。

蘇邈邈攏在膝蓋上的兩隻寬袖子相疊，袖口隱約看見蔥白的指尖不安地纏在一起。

商彥斂眸，側回身，將手裡的書放進立櫃。

「算了。」

「哎？不教訓他了啊，彥哥？」

商彥沒接話，他從櫃子拿出一臺筆記電腦，走回女孩坐著的旋轉椅旁，搭著椅背，修長的五指收緊，一用力，單手倒拉著旋轉椅，把愣在椅上的女孩拖往辦公室內側的小房間。

「以後這小孩算我半個徒弟，不准覬覦。」

……覬覦？幾人愣住。

拖著椅子走到房間門口，商彥停下腳步，幾個男生還在發愣，商彥視線一壓，垂落到帽子上，嗤笑了一聲：「他們誰敢欺負妳就告訴我，知道了嗎，小孩？」

辦公室裡安靜了幾秒，帽子下傳出鬆了口氣的輕軟回應：「嗯。」

眾人石化。

吳泓博：「……女的？」

商彥抬手，把椅子和椅子上的女孩一起拉進房間，「砰」的一聲，關上門。

慢半拍後，鬼哭狼嚎在小房間外面響起。

「彥爹，你關門是要幹麼啊？」

「臥槽，臥槽，手下留情啊，彥爹！」

「組裡就這麼一個寶貝女兒，彥爹你好歹讓兒子們看一眼廬山真面目啊！」

房間內，商彥鬆開手，輕嗤一聲：「什麼東西亂七八糟的。」

他目光向下，落到那寬大的帽子上。女孩除了剛剛被他突然連旋轉椅一起拉走時，本能地握住椅子扶手外，便一直安靜地窩在上面，沒有半點動作。

乖得叫人心裡發癢。

商彥眼神一閃，手裡筆記型電腦往空桌上一擺，他自己也順勢坐上桌邊。

「小孩。」他啞著嗓音似笑非笑地叫她。

蘇邈邈應了一聲，聽起來有點不情願。

「妳叫什麼名字？」

「……」

「說話。」

「蘇邈邈。」

男生漆黑的眸子裡微光一閃，片刻後他勾了勾唇角，就著坐在桌邊的姿勢，手肘撐著膝蓋俯下身，幾乎快湊到女孩的帽子前。

女孩若有所覺，幅度很小地往回縮了縮，身前的聲音仍沙啞帶笑。

「蘇什麼？」

「……」蘇邈邈抿著淡色的唇，藏在帽子裡的小臉微繃了一下，他明明聽到了。

「蘇……邈邈。」

商彥目光微凝。從他此刻的位置看去，寬大垂壓的帽子已不能完全藏住女孩的臉，露出了一小截下顎的弧線。雖然只有那一小段，卻白得剔透，像是用最乾淨且純粹的玉一分一毫琢磨出來的，讓人移不開目光。

蘇邈邈有所察覺，將帽子壓得更低了些。

商彥回神，眸裡微深。

……小孩不過露了截下巴，竟然讓他看到走神。

商彥自嘲地輕嗤一聲，直起身，一邊看著螢幕敲下名字，一邊似笑非笑地開口，「蘇——」他餘光一瞥，「喵喵？」

「……」蘇邈邈握了握指尖，「是邈，遙遠的那個邈。」

商彥仍勾著脣，但本能地皺了皺眉，鍵盤上懸著的修長指節一頓，便心安理得地敲下「蘇喵喵」三字。

「……」蘇邈邈儘管有些生氣，但還是能分辨出，商彥的這個玩笑並無惡意。

房間裡無人言語。

筆記電腦許久未用，坐在桌上的男生拿了支ＵＳＢ，為電腦重裝系統。從蘇邈邈的角度望去，只能看到那人坐得散漫，懶懶倚著桌後的牆，那雙手修長白皙，骨節分明而漂亮，在鍵盤上來回，姿態隨意，透著張揚恣肆又漫不經心的從容，讓人移不開目光。

……書裡寫的「少年風流」，就是這個樣子嗎？

蘇邈邈心想。

她的視線垂落，靠在桌邊，那雙修長的腿懶洋洋地映入女孩眼簾，未作支撐的那條腿伸得格外長，腳尖已經快要碰到她的。蘇邈邈慢吞吞地往回縮了縮小腿。

商彥餘光瞥見，只輕扯了一下脣角：「妳怕我？」

「……」

商彥指尖敲打的動作停住，他未聽清，側垂下眼，看向女孩。

「妳剛說什麼？」

那個輕軟的聲音重複了一遍：「……你不討厭我嗎？」

商彥莞爾：「我為什麼要討厭妳，蘇喵喵？」尾音被那輕謔的少年音咬得低啞。

蘇邈邈也慢吞吞，一字一字地喊他：「商閻羅。」

商彥動作一頓，微瞇起眼。不等他感知自己的情緒，又聽見後半句，仍是那糯軟的音調。

「你不討厭我……那我也不害怕你。」像是怕他反悔，女孩小聲補充，「我們說好了。」

商彥一愣，片刻後，他黑眸微熠，舌尖掃過上顎，笑意玩味。

「……好。」

一個小時後，從房間出來的商彥剛抬頭，就對上一雙哀怨的眼。

「彥哥，我心酸。」吳泓博說道。

「？」

「我嘔心瀝血跟在你身邊一年多了，轉眼你就要用新人把我這舊人換掉。」

「……」商彥刮了他一眼，看表情像是覺得頗為噁心。

「你到底想說什麼？」男生邁開長腿走到自己專用的桌上型電腦前，彎下身搖了搖桌上滑鼠，頭也不回地問。

吳泓博瞬間變臉，狗腿且諂媚地貼過去：「彥哥，你以前見過組裡這個小新人啊？」

「嗯。」

旁邊又湊來一個腦袋：「彥哥，小新人長得好看嗎？」

「你們不是見到了。」

吳泓博：「不是，我們說的是臉。那帽子那麼大，就像個麻袋，我們哪看得見長相？」

「不知道。」商彥穩定地敲著鍵盤，十指修長，賞心悅目。

「彥哥，你也沒見到？」

「嗯。」

「那完了。」吳泓博往後靠回椅背，「本來看彥哥的架勢，以為那女孩應該長得很好看，至少也跟舒薇差不多，結果你根本沒見到人家長什麼樣啊？」

商彥敲鍵盤的聲音終於停止，他撩起眼，似笑非笑：「怎麼會完了？」

吳泓博起身，壓低聲音：「彥哥，你想啊，這小新人看起來嬌弱，長相恐怕也是普通，否則不會在大夏天把自己包得那麼緊啊！」

商彥挑眉：「所以？」

吳泓博一拍巴掌：「所以要我說，這小新人一定醜，而且不是一般的醜，而是會影響市容的那種，比如這嘴巴——」

「啪」的一聲，吳泓博被打得一懵，過了兩秒才摀著腦袋哭道：「彥哥，你打我幹什麼？」

商彥已經收回手，慢條斯理地把手掌擦了擦：「多嘴。」

「我這不是怕彥哥你一時想不開，放著舒薇那樣的大校花不追，誤入歧途……」

商彥似笑非笑地斜睨他，作勢又要抬手，吳泓博摀著嘴巴縮到一旁去了。

組裡另外兩個男生看得直笑，其中一個幫吳泓博打圓場：「也說不定只是皮膚不好。」

「皮膚不好包那麼緊？那得多黑啊？」吳泓博忍不住嘴賤，說完他就後悔了，連忙小心翼翼去看商彥，卻見男神難得走神。

房間裡安靜兩秒，才聽商彥垂下眼，輕嗤一聲：「白的。」

豈止是一般的白？甚至讓人忍不住遐想，若是用指腹壓上那滑嫩的白，稍稍用力，似乎就能留下緋紅曖昧的印子。

「啊？彥哥你說什麼？」吳泓博好奇地追問。

辦公室的門卻在此時打開，組裡的第五個男生走了進來，一邊甩著手上的水一邊看向商彥：「彥哥，外面有人找你。」

吳泓博頓時好奇起來：「喲，新學期新氣象，這次是哪個女孩，膽子真大，都追到培訓組來了？」

進來報信的男生會意，朝吳泓博擠了擠眼：「好像是彥哥班上的班花。」

吳泓博：「哦，就是那個特別驕傲的小孔雀吧？」

見商彥沒動作，進來的男生苦笑一下：「彥哥，你們班那班花就守在走廊上呢，你要是不去，我看她會守到最後一堂自習課結束。」

商彥把鍵盤一推，起身往外走。一張清俊又張揚的臉上仍帶著笑，眉眼間卻多了幾分薄戾。等辦公室門「哐」一聲關上，吳泓博幾人終於鬆了口氣。

「這小孔雀真傻，她不看看，舒薇纏彥哥纏得那麼緊，為什麼獨獨不來培訓組？」

「是……我看就衝著她敢來這裡，她跟彥哥就沒戲唱了。」

「那也說不定。」

「我們打賭？」

四個男生湊在一起商量賭注的時候，辦公室小房間的門「吱呀」一聲打開，仍然完全籠罩在寬大T恤和鬆垮牛仔褲裡的女孩站在那裡。

想到她是個女的，儘管可能很醜，但習慣了辦公室裡從來只有雄性的四個小子，還是一個個僵在原地，直到輕軟的聲音從那緊壓著的帽子下傳來。

「他說我有不會的，可以找幾本書看……請問書在哪裡？」

長久的沉默以後，吳泓博作為代表被推了出來，臉色漲紅，半天才終於結結巴巴地回答：「辦公室出去……過樓梯間，第、第一個門，就是藏書室……」

「謝謝。」蘇邈邈輕聲應道。

她走到辦公室門口，拉開門，安靜地走出去，又無聲地將門關上。指尖才剛滑下門把，就聽到背後的樓梯口傳來聲音。

「……妳沒聽說，我有女朋友？」

入耳的聲音清越，尾音帶著一點微倦的啞聲，撥得人心弦一動。蘇邈邈微愣了一下，這個聲音她當然認識，剛剛在辦公室裡，她還被這人奚落又耐心地教了一下程式設計，也是這樣懶洋洋的，像是不經心，又像沒睡醒。

「商彥，你根本沒承認過你和舒薇的關係，其實你們還不是男女朋友，對吧？」一個女聲有些委屈地響起，「你既然不喜歡她，為什麼不能試著接受我？」

商彥的聲音讓蘇邈邈愣了一下，但這個女聲更是讓她整個人呆住。不是別人，正是她借住的文家寶貝女兒文素素；也是今天早上在車裡，告訴她商彥是三中的「商閻羅」，要她離遠一點的人。

身後的空氣陡然沉寂，片刻後，蘇邈邈聽見那個男聲褪去倦意的沙啞，似是極輕地笑了一聲，像一片羽毛拂過人的心尖，泛起酥麻的癢。

「舒薇確實不是我女朋友。」

文素素目露驚喜：「你承認了？那我是不是……」

「因為我對女人不感興趣。」

文素素呆住。

商彥啞著嗓音，嗤笑了一聲，眼尾勾著冷意揚起，他隨意往後一指，語氣嘲弄：「後面的培訓組知道嗎？裡面一屋子都是我後宮。」

蘇邈邈：「……」

文素素：「……」

儘管聽出話裡的諷刺，文素素還是下意識地順著男生手臂抬起的方向望過去。突然，她瞳孔一縮：「妳——」

見文素素反應不對，商彥也側回身，視線瞥過去，便見到背影嬌小的女孩，正試圖悄無聲息地往回鑽。

文素素屏息了幾秒，才把到嘴邊的那句「妳怎麼會在這裡」的質問壓下去，但她還是不可置信地看著那裡。

忐忑不安了一整個上午，她左等右等都沒等到蘇邈邈轉到班裡。來之前，她還鬆了一口氣，以為是父母改變了讓蘇邈邈轉進自己班上的決定。她怎麼也想不到，竟然會在這裡看到蘇邈邈！而且……她似乎還是從商彥所在的電腦培訓組的辦公室出來的。

一想到商彥和蘇邈邈在同一個辦公室待了整個上午，文素素就覺得心裡像是被貓抓似的，她的表情控制不住地變得難看。

商彥此時已經側過身，看向斜後方的培訓組辦公室，並沒有注意到文素素的神色變化。

「小孩？」他眉一揚，語氣輕謔，「妳跑什麼？」

「……」既然被發現，蘇邈邈只得默然地收回推門的手。她轉身，並不看兩人，安靜地往對面的藏書室走去，沒多久，那嬌小的背影就消失在藏書室門口。

商彥收回視線，見文素素目光複雜地看著自己，眼底笑意淡了淡，商彥懶散地皺了眉：「還有事？」

文素素低下頭：「……剛剛那個，是你們組裡的新組員嗎？」

被這麼一問，商彥才想起自己剛才的胡說八道，他不由莞爾：「她不算，只是個小孩而已。」

這句話讓文素素眼裡亮起一點希望，她壓低語氣試探道：「你們這個新組員有點奇怪……她一直這樣戴著帽子嗎？」

「……」

半晌沒有回應，文素素不解地抬頭看去，卻見男生手插在褲子口袋，垂眼睨著她。深邃而俊美的五官被窗外灑進來的薄光鍍上一層淡金，挺拔的鼻骨在冷白的皮膚上拓下淡淡的陰翳，薄唇微微抿起極淡的弧度，分不出是笑，或是嘲弄。

見文素素仰頭看過來，那雙漆黑的眸子泛涼，薄唇微啟：「我們組的人跟妳有關係？」

文素素臉色刷白，站在原地握緊了手，她眼眶泛淚地用力瞪了商彥一眼，轉身跑下樓梯。

看著那道背影消失，男生五官間本就淡薄的情緒更散了幾分。他面無表情地轉身往回走，到了門前，那雙長腿一頓，門後不知道是誰碎念了句「好像回來了」，跟著便是一連串慌亂的腳步聲。

商彥拿腳尖抵開門，垂眼一掃，地上橫倒著張椅子，而各個角落的電腦桌前，一個個人模狗樣，全是心無旁騖的用功架勢。

商彥抬腿進門，眼皮都沒抬：「誰弄倒的，自己扶起來。」他走回電腦前。

組裡其他四個男生豎起耳朵，聽了好一陣，沒見商彥發火，吳泓博便厚著臉皮滑著椅子湊過去：「彥哥，那小孔雀走了啊？」

「嗯。」電腦前的人十指翻飛，懶散地應了一聲，毫無停頓。

吳泓博：「哎，那你們……談出結果了嗎？」

「什麼結果？」商彥終於放慢敲鍵盤的速度，懶洋洋地側過眼。

「小孔雀不是專程來找彥哥表白的嗎？忍了一個暑假，人家都忍不到你下午去上課，就先跑來培訓組了，彥哥你就沒給人家什麼表示？」吳泓博朝他擠眉弄眼。

商彥默然兩秒，倏地撇唇一笑。吳泓博被這笑迷惑的同時，耳邊聽見磁性的聲線像是結凍的冰錐：「既然你那腳本 bug 找不出來，那我索性幫你刪了，免得你自己捨不得刪。」

吳泓博：「……？」

「最晚今天下午，你就可以開始重寫了。」

吳泓博愣了幾秒，瞬間腿軟：「別別別！彥爹我錯了，那可是我忙了一個暑假的東西，求彥爹鍵盤下留我狗命！」

在吳泓博的鬼哭狼嚎裡，培訓組的門輕輕打開，抱著一本書的女孩安靜地走進來。

商彥正覺得煩，便起身順勢走到女孩身旁，他垂眼打量：「小孩，妳去拿了什麼書？」

蘇邈邈默默地看著伸到眼前的那隻手，骨節修長而分明，覆著薄薄的肌理，即便虛張著，看起來也白皙有力。她抿了抿脣，沒動。

「妳現在算是我徒弟，我的話妳都得聽。」商彥誘哄。

「……」蘇邈邈遲疑了兩秒，才慢慢把書遞過去，動作小心翼翼的，怕是壓到他似的。

商彥情不自禁地勾起脣角，目光落到書封上：「《C語言——從入門到精通》？」

尾音微微揚起，喉嚨裡壓著一點沙啞的笑意。商彥的聲音質地乾淨而清洌，讀書名都格外好聽。

蘇邈邈正有些出神，就聽那聲音轉向一旁：「你們誰幫她找一本更適合的？」

幾個人面面相覷，組裡的欒文澤開口：「彥哥，這本讓新人打基礎應該還可以吧？」對著商彥足以媲美黃老師的「權威」，欒文澤質疑都說得小心翼翼。

商彥啞聲一笑：「幫她換一本。」

吳泓博也好奇了：「……換什麼？」

「C語言──從入門到放棄。」

吳泓博「噗嗤」笑出聲。

「……」蘇邈邈安靜兩秒，抬起手，從商彥手裡用力扯回那本書，頭也不回地進入裡面的小房間。

吳泓博憋不住笑，起身走過來：「彥爹，你夠厲害，把脾氣這麼乖的小新人都氣到了。」

「……確實生氣了啊。」商彥笑著收回視線，垂下眼，看了看拇指內側被書頁劃出的一條白痕，慢慢滲出血滴。

旁邊吳泓博跟著低頭，看見商彥手上的傷後嚇了一跳，「你手怎麼破了？」愣了一下他才回過神，想起學校裡關於商彥的傳聞，他尾音一抖，「新、新人幹的？」

他們組的小新人不會因為這樣，進組第一天就血濺培訓組吧……

然而商彥卻像是心情很好的樣子，只低眼笑了一聲，抬起手，漫不經心地吮掉血跡，便轉身回到電腦前。

吳泓博更驚訝了：「彥爹，這樣你都不生氣啊？難不成這幾天吃齋？」

商彥瞪他一眼。

吳泓博一縮脖子，坐回座位窩了半分鐘，還是忍不住回頭：「彥爹，要是你這傷是我劃破的，你會怎麼樣？」

敲程式碼的人懶洋洋地笑了一聲，莫名的涼：「我不會怎麼樣，但你不一定。」

吳泓博：「……」

商彥前一晚被厲哲幾人拉去網咖熬夜，所以敲完一段程式，便趴下去睡覺，醒來時已是正午，培訓組裡沒人敢打擾他，此刻辦公室裡空無一人。

他揉著趴得發痠的肩頸起身，正準備離開，卻瞥見擺在桌角的東西——一個卡通圖案的OK繃。棕色的小毛猴抱著自己捲成球的尾巴，眼珠烏溜溜地看著他。

商彥微微揚眉，覺得心尖像是被那小尾巴搔了一下。而旁邊桌角處，還有一張小小的便條紙，上面以娟秀的字跡寫著「對不起」。

商彥輕嗤一聲，抬腿往外走。臨到門前，又有些鬼使神差地側眸看了一眼敞開門的小房間。裡面自然已經沒人。男生在原地停了片刻，回到桌前拿起OK繃，轉身離開辦公室。

窗外，正午的樹葉躺在陽光下，夏日的風撥得它搖了搖，將安靜的影子拓進窗內，搖曳在那張桌角的便條紙上。

吃過晚餐，離開餐桌，蘇邈邈早早便回到房間。客房的新床具還沒有準備好，所以今晚她仍要和文素素睡同一間。

文家的別墅隔音效果很好，但即便房門緊閉，蘇邈邈還是聽到一樓的餐廳裡，隱約傳來文素素和父母爭吵的聲音，只是內容聽不清楚。

坐在小書桌前的女孩伸出細白的手，攏了攏T恤的帽子，那些聲音便隔得更遠一點，模糊而綽約，像是從另一個世界傳過來的。

蘇邈邈將手裡的《從入門到精通》翻過第四十二頁的時候，她身後的房門用力打開了，文素素表情難看地走進來。她的腳步一停，目光複雜地望了一眼書桌前的那道身影，然後有些負氣地走到房間另一側。

房間裡安安靜靜，書桌前的女孩更是連呼吸都輕不可聞，像是完全不存在。文素素在幾次欲言又止之後，還是忍不住第一個打破沉默。

「邈邈，」她壓抑自己聲音裡的情緒，「妳怎麼會進到學校電腦組？」

「……」捏著中性筆的指尖頓了頓，「李老師安排的。」

文素素想了幾秒，才想到蘇邈邈說的是高二一班的班導李師傑。她有些不甘心，卻只能皺著眉。

「那今天在學校，商彥有看過妳的……我是說妳有摘下帽子嗎？」

「沒。」女孩輕輕地翻過一頁，目光掃到頁眉上的「從入門到精通」，蘇邈邈不期然想起那聲清冽帶笑的嘲弄，撫在頁緣的指尖停住，在燈光下白得像是透明。

「……他沒有注意到我。」她垂下眼睫，聲音很輕地說。

文素素鬆了口氣，像是死灰一樣的心又翻起希望的火星，眼神也跟著活躍起來。她已經在考慮，明天該怎樣為自己今天的衝動，跟那人道歉了。

沉浸在這樣的悸動裡，文素素沒有注意到，剛才她不過遮遮掩掩地問了一句，女孩卻把她心裡最想聽的話說了出來。

暈黃的燈盞下，蘇邈邈闔上書。身後大床上的文素素已經睡著，房間裡安靜得落針可聞。蘇邈邈抬起頭，看向鬧鐘，已近深夜，今天睡得太晚……院長奶奶知道的話，又要念她了吧。

蘇邈邈無聲地站起身，從衣櫥裡拿出傭人洗疊好的灰色T恤和換洗內衣，輕手輕腳地走出房間，往客房的浴室走去。

幾步外便是主臥，裡面已經熄燈，料想文程洲夫妻也睡了，女孩更輕地放慢腳步。然而就在她經過主臥那扇門時，一聲被隔音牆壓到最低的歇斯底里女聲，從門縫傳了出來。

「文程洲，我是蘇家的保母嗎！」

「婌雯……」

「蘇家的孩子自己不管，憑什麼扔到我們家？當這裡是收容所還是回收站？」

「……邈邈不過就是在家裡暫住兩年，妳不要說得太過分。」

「兩年？說得簡單，就蘇家那個老太太的性子，能容忍她回去才怪！」

「蘇家當初幫了我們那麼多，妳就當是報恩吧。」

「可她有病！萬一哪天她死在我們家——」

「啪」一聲輕響。

「……文程洲！你居然為了蘇家的一個小雜種打我！她親奶奶都不願意看她一眼，你幹麼要寶貝成這樣，她是你女兒嗎？」

「夠了！……我不想聽妳這些瘋話。」

文程洲黑著臉甩門而出，剛走到門外，他耳朵一動，警覺地轉頭看向身旁——空蕩蕩的長廊盡頭，只有月色透過玻璃窗，灑下一地銀暉。

什麼都沒有，文程洲皺了一下眉，轉頭到陽臺上抽菸。

幾公尺外的客房，只留下一條細窄縫隙的門緩緩合攏，女孩慢吞吞坐到冰涼的地板上，她抱著膝蓋，下顎埋在身前的衣服和浴巾裡，安靜地看著落地窗外的天空。枯黑的枝椏伸出手，像是要去勾天上的星星和月亮。

「……妳勾不到的。」黑暗的房間裡，女孩輕聲地說。

就像那些對於文素素來說唾手可得的喜愛一樣，對她來說……卻是勾不到的，所以她不想去奢望。

第二章　你才一百五

三中是白日封閉制學校，按照規定，只要沒有請假，所有學生中午一律在學校餐廳用餐。

「陰謀！這一定是學校餐廳的陰謀！」從點菜窗口轉身，厲哲單手托著餐盤，另一隻手拿了筷子在餐盤裡翻來攪去，然後嫌棄地丟下筷子，「要是沒學校強制規定，這餐廳三天就會因為餐點滯銷而破產倒閉。」

隔壁窗口，接過餐盤的商彥瞥了一眼後，同樣皺了眉，但他沒說什麼，拿了筷子便往用餐區走。

「哎，彥哥，你等等我啊。」

剛走出幾步，便迎面遇上吳泓博和欒文澤。這兩人本來就同在培訓組又同班，現在顯然也是一起下課。

看見商彥，吳泓博立即狗腿地往前湊：「喲，彥爹，您還親自出來吃飯吶？」

商彥瞥他一眼，薄唇輕扯，要笑不笑，眸子漆黑得發涼：「不『親自』出來吃，難道等你餵？」

「我哪敢搶了舒校花的位置，她還不宰了我？」吳泓博左右一看，「哎，今天中午怎麼不見舒校花跟著？」

「大概是高三的老師又晚下課了吧。」厲哲話音未落，商彥已經邁步往用餐區走去。

吳泓博和厲哲見過幾次面，此時也不見外，上前兩步小聲問：「他心情不好？」

厲哲嘆了口氣：「知道我們最後一節是什麼課嗎？」

吳泓博愣了兩秒，恍然大悟：「語文。」

厲哲癟著嘴，點了點頭，無聲一嘆，轉頭跟上去。

其他窗口取餐的幾個人也陸續出現，負責占位的人正站在用餐區最裡面的座位，朝著他們揮了揮手。

「彥哥！」

這一聲音量不大，但聽到的人，還是紛紛好奇或是畏懼地把目光投向幾人中為首的男生。原本沒聽過三中「商閻羅」名號的高一新生，也隨著口耳相傳，望著男生的目光由驚豔轉為恐懼。

厲哲表情有點沉了，商彥卻像是渾然不覺，一張冷白的俊臉懶洋洋的，眼底不見情緒，托著餐盤向用餐區走去。

見商彥未動怒，厲哲心裡鬆了口氣，連忙跟上去。不過剛走出幾步，就見前面男生長腿一頓，隨即停了下來，目光落向斜側的一張餐桌。

厲哲順著目光往那裡一看：「咦，彥哥，那不是你們電腦組的黃老師嗎？他旁邊坐的那小矮子是誰，他兒子啊？」

半天沒聽到回應，厲哲好奇地轉頭望去，卻見站在那裡的男生微瞇起眼，薄唇也勾起一個弧度，好似突然心情不錯。

厲哲遲疑地轉了轉腦袋，往前走兩步，停在那桌旁，彎下腰，擺出一副嬉皮笑臉：「午安，黃老師，帶您家孩子來吃飯？」

一聽這吊兒郎當的語氣，黃旗晟皺了皺眉，抬起頭，果然是厲哲，他一點都不意外。

「您別每次見到我，都一副恨鐵不成鋼的表情。」厲哲笑嘻嘻道。

「你也知道我是這個意思？」

厲哲眼睛轉轉，目光落到被黃旗晟遮住大半、穿著寬大T恤的小個子身上：「旁邊這是您兒子？看起來有十四五歲了吧？」

黃旗晟轉回頭，懶得理他：「去吃你的飯。」

「那黃老師您慢用——」厲哲的話音被金屬餐盤「啰嗟」一聲，壓斷在這張餐桌上。厲哲愣了兩秒，「彥哥，我們的座位在那邊。」

修長的手將餐盤放下，不疾不徐地推到罩著寬大T恤的女孩旁邊。商彥眼尾一垂，輕斥出聲：「見到老師不陪著用餐？……懂不懂禮貌？」

話是對厲哲說的，但那雙黑漆漆的眸子，卻一瞬不瞬地盯著黃旗晟旁邊的女孩。

厲哲一臉震驚，他都不知道，彥哥的字典裡，竟然還有「禮貌」這個詞？

話一說完，商彥長腿一伸，便踩進桌下，坐到蘇邈邈旁邊。

厲哲和其他幾個男生愣了愣，對視幾眼後，也只得跟著找位子坐下。

隔著中間小小一隻的女孩，黃旗晟直起身，皺眉看自己這個學生：「以前怎麼不見你這麼尊師重道？」

商彥手肘撐著桌沿，修長的指節摩挲過下顎，垂眼瞥了女孩兩秒，才玩味地勾起脣角：「可能因為……我也做了別人的師父？」

黃旗晟想了想，才明白商彥說的是自己要他教蘇邈邈的事。他點點頭：「剛好我吃完飯要去一趟收發室，你這個做『師父』的，記得好好把人送回培訓組。」

商彥點了頭，算是答應。

等黃旗晟一走，坐在商彥對面的厲哲好奇地問：「彥哥，你還當了別人的老師？」旁邊有男生笑道：「誰啊，有這個等級的殊榮？」

「難不成是……舒校花？」

「哎喲，那教著教著出事情怎麼辦？」

一群人嘻嘻哈哈地笑了起來。

商彥只垂著眼，慢條斯理地吃飯，脣角笑意有些漫不經心，任由他們胡說八道，直到閒談間的空隙，他突然淡淡開口：「小孩，臉快埋進餐盤裡了。」

桌上的嬉笑聲戛然而止，幾個男生有點錯愕地看向商彥。

指骨修長的手上拿著的筷子一頓，商彥懶洋洋地往旁邊抬眼，眾人目光跟著看過去，果然，那個罩著寬大T恤的小孩幾乎要整個人趴到桌上去了。

商彥眼底閃過一絲玩味，他傾過身，直到離那帽子只剩咫尺才緩緩停下，脣角一勾，目光拂落。在餐廳遠近的嘈雜聲裡，蘇邈邈耳邊好似只剩下那笑得喑啞的聲線：「……不是說好了，不怕我嗎？」

那尾音莫名地讓蘇邈邈抖了一下，縮成一團的女孩皺了皺鼻尖，猶豫了一下，沒出聲。

坐在對面的厲哲皺了皺眉，隨即笑著說：「黃老師的兒子有點內向啊？」

「女孩。」商彥眼也不抬地說了句。

「啊？女孩怎麼這個打扮？」厲哲愣了好幾秒才從蘇邈邈身上移開目光，「對不起啊小妹妹，哥眼睛不好。」

厲哲還想說什麼，坐在他對面、始終微垂著眼看身側女孩的商彥抬起視線，同時，桌下屈著的長腿伸直，踹了踹厲哲屁股下的凳子。

商彥懶洋洋地看著他，朝旁邊一抬下巴：「坐那邊。」

厲哲一臉疑惑。

「別廢話。」

厲哲也算機靈，目光轉了轉，就反應過來，「難道是因為我坐在對面，這小孩才不敢抬頭？」他站起身，「好，我讓位。」

商彥默不作聲地收回視線。

厲哲挪開之後，女孩果然稍稍坐直身體。

厲哲坐到商彥的右斜對面，剛坐下兩秒，就瞪大眼睛看著商彥的餐盤：「不對啊，彥哥……一樣是魚香肉絲，為什麼我的全是胡蘿蔔木耳，彥哥你的卻滿盤都是肉？」

旁邊有人偷笑：「可能是因為臉吧。」

「操。」厲哲橫眉豎眼地瞪過去，「你也是胡蘿蔔木耳，還笑我？」

「……我們都是。」

「對，只有彥哥那盤，像是把全鍋的肉絲都夾進去了。」

「這是哪個窗口的阿姨？不知道法治社會人人平等嗎？」

「『人人』是平等，但在女人眼裡，彥哥和我們之間的差距可能跨越了物種吧？」

「……靠，是誰這麼會說話，你出來，看我不打死你。」

男生們在旁邊吵鬧，商彥的目光卻落在旁邊女孩的餐盤上。白米飯、蛋花湯、清炒竹筍，以及胡蘿蔔木耳版本的魚香肉絲。

商彥看了兩秒：「小孩，妳這樣容易營養不良。」

「……」

一直往T恤袖口裡縮的手停頓了一下，久久不見動作——女孩似乎在對著自己的餐盤思考哪裡「營養不良」。

商彥眼睫一掃，笑道：「難怪只有一百五。」

「……」蘇邈邈回道，「你……你才一百五。」

女孩的聲壓得很低，還帶點輕鼻音，在嘈雜的餐廳裡更是聽不清楚，只有坐在她右邊的商彥聽到了，他眼底笑意倏起。

「我一八五。」

「……」

「缺小白裙嗎？我有幾件剛買的襯衫，送妳？」

「……」

商彥眼底笑意染開，他沒再繼續逗女孩，側過身從後面筷筒裡取出一雙新筷子，然後將自己餐盤裡未動過的魚香肉絲，一一夾到蘇邈邈面前的餐盤裡。

旁邊笑鬧的聲音再次停下，厲哲難以控制地抽了抽嘴角：「彥……哥？」

「嗯。」商彥眼也不抬，只嗓音放鬆地應了一聲。

「我也全是胡蘿蔔。」

「她十七，還在長高。」

「她有十七？」厲哲的表情再次扭曲，但很快反應過來，「不對，我也十七啊，我也在長高！」

「哦。」商彥終於撩起眼簾，細長的眼尾微微向上挑，「她一百五，你也一百五？」

「……」厲哲無言以對，「好的，讓給她。」

商彥收回視線，下一筷卻落了空。女孩竟慢吞吞地把自己的餐盤往另一邊挪了挪，用一百五的身材表示抗議。

商彥停下動作，收回筷子，眉一揚：「怎麼了？」

蘇邈邈默然兩秒，聲音很低，幾乎聽不見：「……我有一五八。」

……穿鞋的話，女孩在心底偷偷補充。

商彥漆黑的瞳眸裡泛開波瀾似的笑意，他壓抑住上揚的脣角，往女孩微微俯身：「妳有多少？我沒聽清楚。」

「……」

「蘇喵喵」的前車之鑑還歷歷在目，蘇邈邈這次學乖了，怎麼也不肯再開口。

桌上安靜，氣氛一時間詭異萬分，最後還是厲哲忍不住輕咳一聲：「彥哥，你跟這個……呃，女同學，認識啊？」

「組裡的新人，我的小徒弟。」商彥挑了挑眉，「也是昨天我要你們在竹林裡找的小孩。」

厲哲震驚地看向蘇邈邈，敢放商彥鴿子的人，竟然還能四肢完好地活過兩天？而且這三個名頭疊在一起，總感覺以後會出大事……

不等厲哲想完「大事」可能是什麼，他口袋裡的手機先響了。低頭一看來電顯示，厲哲嘆氣：「彥哥，求你辦支手機吧，我這手機都快成舒校花的專屬 call 機了。」

「那別接。」

「……」厲哲噎了一秒，「我哪有那個膽子。」

厲哲碎念完就接起電話，將幾人所在的餐廳和餐桌位置「彙報」完畢，沒多久，舒薇跟一個女生端著餐盤走到桌旁。

舒薇的顏值在整個三中算是公認的，高一新生也鮮少不知道這位高三校花。她一出現，就在餐廳裡引發一陣小騷動，等她走到商彥那桌，用餐區已經有將近一半的目光聚集過來。

厲哲等人紛紛抬頭打招呼。

「彥哥，舒校花來了。」

「嗯。」商彥沒抬頭，應得隨意。

旁邊幾個男生面面相覷，搞不清是什麼狀況，不由得尷尬又不解地看向舒薇。

舒薇的臉色也有點難看，不過很快她便撐起笑容，將餐盤放到商彥對面的桌上。

「曉莎，坐吧。」她轉頭對和自己一起來的女生說道。

那女生答應著，小心翼翼地看了商彥一眼，便要坐下。

她對面穿著寬大T恤的蘇邈邈身體微微一僵，果然……剛才應該跟著黃老師離開的，女孩輕輕皺著眉想。

然而不等蘇邈邈多想，便聽見耳邊隔著帽子，響起那個疏懶的嗓音：「換個位置。」

「什麼？」舒薇有點懷疑自己的耳朵。

商彥抬眼，漆黑的眸子裡笑意漸涼：「我說，換個位置。」

舒薇的臉色澈底白了。

旁邊厲哲見情勢不妙，連忙笑著打圓場：「舒校花別生氣，彥哥沒別的意思，就是電腦培訓組裡新進了這個小同學，性格比較內向……」

厲哲不說，舒薇還沒注意到蘇邈邈，此時經厲哲提醒，舒薇一下子想起了昨天在竹林裡遇見的似乎也是這個女孩，她的表情頓時更難看了。

氣氛僵持得有些尷尬，越來越多目光從餐廳四面八方聚集過來。在這越來越壓抑的靜默裡，穿著T恤的女孩放下手裡的筷子。

「……我吃完了。」輕聲說完，蘇邈邈抓著餐盤的兩邊就要起身，然而不等她站穩，旁邊突然伸過來一隻手，握著她的手腕將她按在椅子上。

蘇邈邈動作一僵，她身旁的商彥也眼神微動，掌心握著的手腕實在有些纖細，像是稍稍用力就會折斷。

他下意識地放輕力道，連出口的話音都低了不少：「妳想這輩子都一百五嗎，小孩？」

「……」蘇邈邈噎了一下。

盯著那隻握在女孩灰色T恤袖口上的手，舒薇抓著餐盤的指尖泛白。

旁邊的厲哲終於反應過來，連忙伸腳踹了踹對面坐的男生，同時自己端著餐盤起身：「去去去，怎麼這麼不會看臉色？看校花看傻了是吧，等彥哥揍你呢，讓位啊！」

厲哲遞上臺階，舒薇這才臉色緩和，拉著一起來的女生，坐到商彥旁邊。

這頓午餐吃得格外安靜，終於等到幾人吃完起身，厲哲不由在心裡偷偷鬆了口氣，然而不等這口氣吐完，他便聽見舒薇主動開口：「商彥，你能不能陪我走走？」

厲哲一愣，幾人齊看向旁邊的男生。

商彥抬了抬眼，神色淡淡：「我要送小孩回培訓組。」

「……」舒薇懊惱地看了一眼那個始終低著頭、被大大帽子遮住臉的女孩，「你讓厲哲送她回去也可以啊。」

商彥薄唇輕扯了一下：「厲哲。」

「哎？哎，對，我可以──」

「你電話請來的人，你自己送。」商彥說著轉身，順手拍了拍身旁女孩大大的帽子，「走了，小孩。」

「商彥！」舒薇再壓抑不住惱怒的聲音，引得餐廳裡許多人紛紛側目，目光裡摻雜著驚訝和八卦。

背對著舒薇等人，商彥臉上的笑意冷了下來。

「彥爹？你們這是在餐廳裡……彩排情境劇啊？」吃完飯的吳泓博和欒文澤不知道從哪裡冒了出來。

吳泓博笑嘻嘻地湊到幾人跟前，先朝舒薇賣力揮了揮手：「舒校花，午安。」

舒薇剛才喊出聲便後悔了，此時只能又氣又惱地咬住下唇，默默地望著前面那道修長的背影。

「咳，看來我招呼打得不是時候。」吳泓博尷尬地與欒文澤對視了一眼。

「那彥爹，我們先撤——」

「……你們是回科技大樓嗎？」輕軟的聲音突然響起。

吳泓博愣了愣，才反應過來這話是商彥身旁的蘇邈邈說的。他摸了摸後腦杓：「是啊，我們班下午第一節自習，我們直接去組裡。」

「我和你們一起。」女孩的聲音柔軟恬靜，吳泓博在大腦反應過來以前，嘴巴已經不受控地答應了。

女孩說完，側過身，向著餐廳出口走去。

站在原地的吳泓博和欒文澤愣了一下，這樣的新人看起來和昨天沒有什麼區別，但他們又總覺得從這背影裡，好像能讀出幾分逃跑的味道。

「哎，舒校花——」厲哲頭痛地看著那道甩手便朝反方向離開的背影，抓了抓額角，繞到商彥身旁，「彥哥，舒薇好像真生氣了，你不追上去哄哄？」

商彥微瞇起眼，盯著那道嬌小的身影消失在視線盡頭的餐廳門外，他才收回目光。

「回教室。」說完，他邁開腳往前走。

厲哲愣了愣，然後有點懵地指向舒薇離開的方向：「彥哥，這邊這個門比較近！」

「幫助消化。」

「……？」

從餐廳出來，厲哲幾人遠遠落在商彥後面。起初還算安靜，等看到商彥走遠，拐進通往科技大樓的大路後，終於有人忍不住了。

「哲子。」厲哲旁邊的男生伸手戳了戳厲哲後腰，「彥哥不會是……喜歡上他們組裡那女孩了吧？」

厲哲眉毛一聳：「胡說什麼。」

「那怎麼放著舒薇不追，卻要跟在這女孩身後？」

「昨天舒薇不是跟彥哥說謊，騙他去竹林嗎？好像因為那事鬧得挺僵的吧。」

「可就算以前沒吵架，我看彥哥對舒薇，也從沒有像對這女孩一樣啊。」

「……」厲哲語塞，隨即有點懊惱，「那彥哥也不可能喜歡這女孩，整張臉都藏在帽子底下，吃飯都不敢露出來，多怪啊。」

「那倒是。」旁邊幾人點點頭，「我猜大概是臉上有胎記什麼的，我國中一個同學就是這樣。」

「彥哥怎麼會選上她做徒弟？」

「還用說，肯定是黃老師要求的。」

幾聲附和，厲哲把自己心裡那點莫名的心虛壓了下去。他擺了擺手要其他人回教室去，自己加快步伐追到商彥身旁。

「彥哥，我們不回教室嗎？」

「不急。」

那懶散的語調讓厲哲一噎，他表情微妙地看了一眼前面的身影，心裡的不安終於冒出頭。

「……彥哥，你對這個小孩，是不是有點太好了？」

「？」

「舒校花也沒有這樣的待遇，彥哥你認識這女孩才幾天……」

「兩天。」

「……啊？」

「準確地說，」商彥看了眼腕錶，眼尾輕揚了一下，「一天零四個小時。」

「……」厲哲的表情有點扭曲，「彥哥，你不會真對這小孩……有什麼想法吧……」

商彥動作一頓，停了兩秒，他慢慢側過身，微瞇著眼看厲哲：「你是做人做夠了？」

厲哲不明所以。

商彥接了後半句：「所以對著一百五的小孩都有想法？」

那雙漆黑的眸子裡翻起危險的情緒，厲哲顧不得質疑這個「一百五」，先把腦袋搖成了波浪鼓。頂著商彥的死亡凝視，他很懷疑自己晚兩秒否認，就會項上狗頭不保。

商彥收回目光。

厲哲喘了幾秒，才小心地再次開口：「那彥哥你為什麼對小孩那麼好？」

「她是我徒弟。」

「……」厲哲道，「她承認了？」

「我承認了。」

厲哲無言以對，好吧。

「那大概全校女生都想做彥哥你的二徒弟，要不我宣傳一下——」

「只收一個。」

「……？」這次噎了半晌，厲哲悻悻開口，「彥哥，請你務必堅守自己做師父的底線。」

商彥輕嗤一聲，顯然對這「忠告」不屑一顧。

到了科技大樓下，目送蘇邈邈跟在欒文澤和吳泓博身後進了大樓，商彥站定兩秒，才轉身往教學大樓走去。

厲哲酸溜溜地跟上：「不過彥哥，我覺得養小徒弟這種事，就是為人作嫁。」

「嗯？」商彥懶洋洋地瞥向他。

「你想啊，這白菜辛辛苦苦地種進土裡，又是澆水又是施肥，還得擋風遮雨，等到好不容易長成一顆漂漂亮亮的大白菜，還沒等你驕傲呢，一頭野豬衝進來把白菜吃了！」厲哲覺得自己這番話很有道理，驕傲地把手一攤，「那彥哥你能怎麼辦？」

「想吃白菜？」商彥唇角輕扯，眼睛微微瞇起，舌尖抵了抵上顎，笑得嗓音沉啞，「欠闔了吧。」

厲哲：「……」

算了，當他沒說。

一週轉眼過去。

週一早上，六點半，輕柔的鬧鈴聲在蘇邈邈的新房間裡響起。三中是早上七點半上課，從文家到學校的車程不到十五分鐘，所以時間上還來得及。

蘇邈邈從薄薄的被子底下鑽出來，拿起枕邊的T恤和牛仔褲換上，然後便坐在床邊，望著窗外的景色發呆。

幾分鐘後，洗漱完畢的女孩下樓，餐廳裡只有文家的幫傭阿姨，走進餐廳前，蘇邈邈遲疑了一下。

或許是發現她的反應，傭人阿姨說：「素素已經去學校了。」

蘇邈邈微愣，轉過身去看對面的工藝鐘：「不是……七點半嗎？」女孩聲音輕軟溫和，透著一點疑惑。

「三中每週一都有升旗典禮，要提前一個小時到校。」傭人阿姨奇怪地問，「素素沒有跟妳說過嗎？」

「……嗯。」蘇邈邈轉回身，很輕地回應。

「那大概是忘了吧，不過我聽素素說，妳還沒有正式分班，確實不用急著去。」傭人阿姨說著，將蘇邈邈的早餐端上，「司機已經回來了，等一下讓他送妳去學校。」

蘇邈邈到三中門外時，平日熙熙攘攘的林蔭道上，果然已經沒有什麼學生。從車上下來，她獨自往科技大樓走去。一路上，她發現零星幾個遲到的學生，似乎都跟自己相同方向。

她正有些疑惑的時候，一個女生拉著另一個，跑過自己的身旁。

「妳快點呀！」

「不……不了，我、我實在是……跑、跑不動了……」

「就快到了，妳再撐一下！今天商彥要在典禮上講話呢！」

「啊？」

「啊什麼啊，每個學年期末的數理化單科榜首，下一學年起始都要講學習心得，妳忘了？」

「商彥不是電腦最厲害嗎？我聽男生們一提起來，就特別崇拜……」

「拜託，他上學期物理化學都是單科第一，妳不知道？」

「……但以他的個性，不可能上臺演講吧？」

「妳錯了，他們班導是化學組組長，所以化學的心得演講非他莫屬。」

「哦……」

「快走啦——」

等蘇邈邈回過神，兩個女生早已跑遠了。她無意識地放慢步伐，帽子下的小腦袋也輕輕歪向一側。

物理化學單科第一，商彥嗎……

蘇邈邈經過科技大樓前的小廣場時，終於明白為什麼那些學生跟自己走的是相同方向。科技大樓前的廣場，就是三中舉行升旗典禮的地方，穿著校服的學生們按班級列成方陣，整齊地排在升旗臺下。

臺上除了正在發表學習心得的學生，隱隱約約還站了一排「接力」學生。

蘇邈邈在整個學生隊伍的大後方，因為身高的緣故，看不清楚升旗臺上的情況，但演講學生的聲音，透過擴音器放大，清晰地盤旋在廣場上空。

那人應該也在後排等待的學生裡吧……

蘇邈邈這樣想著，腳下卻未停，徑直往科技大樓的正門走去，直到——

「哎，那個學生，妳站住！」

聲音離得很近，蘇邈邈下意識地停下腳步。不等她轉身，一個穿著襯衫西裝褲，還有點啤酒肚的中年男人走到她身旁。

「妳是三中的學生嗎？」

男人的聲音聽起來有點嚴厲，似乎是學校裡的老師。

蘇邈邈想想自己算不算進了三中，猶豫了一秒：「是……？」

學年主任郝赫，也就是此時站在蘇邈邈面前的中年男人，聞言差點氣歪了鼻子：「妳是不是三中的學生妳自己都不知道？」

蘇邈邈被嚇得一愣。

「妳的校服呢？升旗為什麼不穿校服？還戴著帽子？把帽子給我脫了！」

女孩的身影驀地僵住，大大的帽子下，臉色有些微白。

與此同時，升旗臺後排。

「彥哥！」厲哲壓抑著聲音，猴急地竄上升旗臺後側的樓梯。

站在一排正緊張準備接力的學生之間，顯得神色格外懶散的男生有些睏倦地皺了皺眉，抬起一雙漆黑的眼。

「彥哥……」厲哲扶著膝蓋彎下腰，喘了口粗氣，「上週見的，你那個小徒弟，被郝主任逮到了。就在最後面，我聽說郝主任正逼她脫帽子呢！」

說話間，商彥眼裡的倦色稍去，他輕擰起眉，嗓音啞得厲害。

「……最後面？」

「哎，是，就那裡——」

借著升旗臺的地理位置和身高的優勢，商彥沒費什麼力氣，便看到了小廣場最後方，隱約對峙的師生兩人。

……帽子還沒摘。

不過郝赫那個脾氣，即便聽出是個女孩，最多也只能忍半分鐘。

「彥哥，管不管？」厲哲遲疑地問，「要不要我——」

他話音未落，便見商彥捏了捏眉心，從排隊的接力學生裡走出，直指講臺正中央唯一的麥克風。

此時，主持老師的話才說到一半：「下面，有請高二十五班的季芳雲同學——哎？商彥？」

主持老師驚訝地低呼，透過擴音器直接傳開，臺下原本昏昏欲睡的學生，一聽到突發情況，頓時興奮起來，紛紛抬頭，視線從四面八方聚集過來。

且不說臺下沸沸揚揚，連臺上那些接力學生也愣在原地，甚至忘記背稿子。主持老師終於反應過來，連忙關上麥克風，低聲說：「商彥同學，還沒輪到你呢！」

商彥抬手，修長白皙的指節扶住麥克風，只是麥克風架相對他的身高而言太矮，他只好微微彎下身，本就慵懶的嗓音由於這個動作，更壓出兩分磁性的沙啞低沉。

「抱歉，身體不舒服，插個隊。」話音剛落，便被廣場上響起的掌聲掩蓋。商彥恍若未聞，抬起漆黑清亮的眸子，視線落在廣場最後方。

郝主任似乎聽見動靜，終於停止對女孩的訓斥和關注，轉而看向升旗臺這邊。

「……我是高二一班的商彥，以下是我的化學學習心得。」

臺下學生安靜下來，片刻後，放鬆沙啞的聲音在廣場上空飄蕩：「氫，氦，鋰，鈹，硼；碳，氮，氧，氟，氖；鈉，鎂，鋁，矽……」

「……？」

全場陷入痴呆模式，一片靜默。

臺上，商彥不疾不徐地撩起眼。

學生隊伍的正後方，郝赫愣了一下之後回過神，氣得像個河豚似的，拋下身後的女孩大跨步走向升旗臺。

眼簾低垂，遮住漆黑的瞳子，商彥的唇角輕勾起來。

廣場上的學生隊伍裡，也逐漸響起零碎的嬉笑和議論聲。笑聲連成一片，還引來不知哪個班上膽大包天的男生，不要命地扯著喉嚨吼了一聲：「彥哥超屌！」

猶如烈火被潑了一桶油，笑聲瞬間鼎沸。學生枯燥的校園生活難得遇到全校同歡的大樂子，場面一時有點失控，所幸還有各班導師臨危受命，連忙「救火」，壓制廣場上的笑聲，直到漸漸消下去。

那疏懶微啞的聲音因而再次凸顯出來，迴盪在小廣場的上空，仍然平穩，不疾不徐。

學生們臉上、眼底的笑意漸漸停滯。

「這是……背到哪裡了？」
「不知道，你們還笑，我都笑不出來，從半分鐘前，我就已經聽不懂了！」
「彥哥剛剛說的是什麼？他鉛必潑愛？」
「……應該是『鉈鉛鉍釙砈』，化學元素週期表第八十一到八十五……」
「臥槽，你怎麼知道？」
「我在對照週期表。」
「有出入嗎？」
「目前，沒有，而且好多字我根本不認識。」
「『目前』是到哪裡了？」
「還差幾個字就背完全部了。」
「……變態啊，臥槽。」
臺下討論中止，而臺上的聲音也停了下來。
全場再次陷入痴呆模式，沉默地注視著。臺上扶著麥克風的男生仍是滿眼沒睡醒似的倦色，只有脣角懶洋洋地勾了一下，目光彷彿落在所有人後面，盯了兩秒，黑眸遮下，薄脣微啟。
「解決了……回去吧，小孩。」
這句話說得沒頭沒尾，眾學生一頭霧水。
「以上。」商彥轉身下臺。

厲哲站在原地愣了好幾秒才反應過來，連忙轉頭跟上。

「彥哥，你這場子救得超屌啊！我剛剛看你後面那些等著演講的人都傻了，那——」厲哲話音驀地一停，轉而看著前方的女生，奇道，「班花？妳怎麼在這裡？」

商彥微微皺了皺眉，視線一抬，文素素就站在兩人前方不遠處。

見兩人停下，文素素鬆開糾結在身前的手指，小步走上前。她看了商彥一眼，低下頭，有些委屈地開口：「我幫你寫的那份心得演講稿，你不喜歡嗎？」

「……妳寫的？」商彥眉一皺，側眸看向身旁。

厲哲心虛地躲開視線。

商彥輕嗤一聲，抽出插在褲子口袋的手，長腿一抬，踹了厲哲一腳：「你不是說找別班的人寫的？」

厲哲臉色尷尬：「我還來不及找人，班花就恰巧給了我一篇嘛……」

「恰巧？」商彥微瞇起眼，「那恰巧我沒用上，別浪費了，你拿回去抄個兩百遍。」

「別別別！彥哥我錯了，我下次不敢了！」

沒理會厲哲的哀嚎，商彥重新邁開腳步，走了出去。

「哎，彥哥，你要去幹麼？」

「自首。」那聲音懶洋洋地落在身後。

「……啊？」厲哲聽得一頭霧水，抬頭往前一看，便見後臺邊緣，學年主任郝赫臉色難看又無奈地站著。厲哲這才反應過來，「我把這件事忘了。」

他一轉頭，文素素站在旁邊，擔心地看著商彥離開的背影：「郝主任不會記他過吧……」

厲哲笑笑：「嘿，就算不說背景，單論物理化學成績和電腦比賽拿回來的那些獎，彥哥在郝主任面前，可說是免死金牌黃馬褂玉如意尚方寶劍一應俱全。」

文素素卻是眼神一動：「背景？你知道商彥他……」

「嘶——哎喲，彥哥那一腳踹得也太狠了吧！」厲哲突然打斷文素素的話，彎下腰揉著腿呻吟起來。

「……」文素素皺了皺眉，把剩下的話嚥了回去，轉而問道，「那商彥為什麼沒背稿子，反而背起化學元素週期表？」

一提起這件事，厲哲的腿便不痛了，他站直腰：「嘿，還不是為了彥哥組裡新收的那個小徒弟。臉都看不見，彥哥偏偏跟保護老婆似的。那女孩沒穿校服被郝主任逮到，非逼她脫帽子，彥哥趕不過去，這才上臺救場，把郝主任引過來。」

話才說完，厲哲就發現文素素臉色變得難看，他表情一頓，反應過來，恨不得伸手打自己一巴掌。全班都知道，在學校裡被許多男生捧為「文藝小女神」的文素素，喜歡商彥快一年了，他怎麼還把那兩人說得那樣曖昧。

厲哲眼珠子轉了轉，連忙補救：「我開玩笑的，哈，彥哥也沒怎麼關心那女孩。剛開學這麼忙，妳也知道，他上週幾乎沒去培訓組。」

「嗯。」文素素臉色稍霽。

厲哲鬆了口氣，嬉笑著安慰：「再說了，那女孩哪有班花妳的競爭力，妳可是我們年級公認的小女神。」

話才吐出兩秒，厲哲尷尬地發現，文素素剛剛緩和的臉色，突然又變得陰沉，而且……好像比剛剛還青。

厲哲無語，他又說錯什麼了嗎？

這次沒給他補救的機會，文素素轉頭走掉了。

厲哲站在原地直咧嘴：「雖說是文藝小女神，冷起臉來也跟低溫空調一樣。」

厲哲一邊感慨，一邊調頭準備回教室，剛跨出去兩步，就見旁邊帷幕後面走出來一個人。

厲哲愣了愣：「……舒校花？妳怎麼也在這裡？」

舒薇看起來卻比文素素平靜多了：「你剛剛說的是真的？」

「啊？什麼事情？」看不出深淺，厲哲選擇戰略性裝傻。

舒薇涼涼地乜了他一眼：「你剛剛不是跟文素素說，商彥是為了他那個小徒弟，才刻意救場嗎？」

「……」厲哲現在只想穿越回三分鐘前，一巴掌把那個不知道「禍從口出」的自己打死。

見厲哲默認，舒薇眼神一冷。

沉默僵持了幾秒，厲哲主動開口，乾笑著問：「舒校花，妳是來找彥哥的？」

「……不是。」舒薇眼神閃了閃，想起自己的「正事」。

「嗯？那是為什麼？」

「商彥是這個週六生日吧？」舒薇問。

厲哲點頭：「沒錯。」

「我想拜託你一件事。」

厲哲：「……？」

舒薇難得多了一絲遲疑，不過她很快調整好情緒：「我想請他吃飯，可以多叫幾個你們那邊熟識的男生，我也會喊我幾個好姐妹一起……到時候，給他一個驚喜吧。」

「……」厲哲的目光由茫然漸漸轉為清明，「呃，妳是想……」

舒薇坦誠：「我想和他告白，然後確定關係。」

這麼直白的回答，反倒讓問問題的厲哲噎了一下。

看出他的不自在，舒薇嫵媚一笑：「怎麼，你覺得我們不合適？還是有人比我更配得上他？」

「當然沒有。」厲哲皺眉，「但是這種事我不敢瞞著彥哥，他知道了還不宰了我。」

舒薇輕輕瞇了一下眼：「我們認識有一年多了吧？」

「嗯。」

「商彥從來沒否認過我們是男女朋友，你知道為什麼嗎？」舒薇笑容嫵媚，意所有指地看著厲哲。

厲哲恍然大悟：「拿妳當擋箭牌？文素素就是這樣被擋回去的！」

「……」舒薇收起笑容，面無表情地看他，「我只是要你約他出來，又沒要你做其他的，你們幾個本來就會聚餐，只是換成我請客，有什麼區別？」

厲哲愣了愣：「好像沒有，哈。」

舒薇不等他反應：「那多謝了，小學弟。」說完，她錯身走了過去。

走出幾十公尺後，舒薇腳步稍停，望著升旗臺後方，只剩下學年主任郝赫一人的身影。她眼神閃爍了一下，最後還是克服猶豫，微微握緊拳頭，朝郝赫走去……

與此同時，廣場正後方。

蘇邈邈站在原地踟躕了片刻，仍然沒再看見那人的身影。

應該……不會有事吧？她不安地想著。

又等了幾分鐘，聽見主持典禮的老師叫學生們解散，蘇邈邈不敢再逗留，轉身往科技大樓走去。可惜仍沒有躲過解散學生的「洪流」，耳邊逐漸嘈雜起來，學生議論的，無非是剛才國旗下的那段驚人插曲。

「……商彥太帥了，化學元素週期表耶，一字不差。」

「也沒什麼吧……不就是背書嗎？」

「不就是？你背看看？」

「我——他那明顯是早就準備好了要秀這一波吧，其他人都正常報告心得，就他在那裡裝……」

「你這話太過分了啊，商彥在學校裡從來沒主動鬧事，功課那麼好，長得那麼帥，電腦又那麼厲害——他已經夠低調了。」

「呵呵，你是不是忘記他的外號了？」

「……」

「你沒見到，我可見到了，高一在學校門口，那人可是直接被救護車載走的！」

「……」

蘇邈邈縮起肩，臉色蒼白，耳邊的喧囂和吵鬧聲越發鼎沸，彷彿鋪天蓋地，逃無可逃地從四面八方籠罩下來。一閉上眼，那些聲音都化成猙獰索命的黑色惡鬼，拚命鼓譟著她的血管和心臟。

帽子下，女孩唇色泛白，她本能地伸出冰涼而微顫的手，試圖去扯緊帽子，然而剛摸到帽子邊緣，她的手腕便驀地被人握進溫熱的掌心。

那隻手安撫地壓下她的手，然後輕抵在她的兩耳邊，慢慢掩住，吵鬧的世界被隔離在外，心跳也慢慢平緩下來。

「沒事了？」

片刻後，隨著輕搗在女孩帽子外的修長手指，那微微震動的嗓音傳進耳中。男生的掌心裡，女孩慢慢地動了動腦袋——上下動。

商彥吐了口氣。

此刻，即便是被圍在往來的人流中，四周也安靜得近乎詭異。蘇邈邈睜開眼，有些奇怪地歪了歪頭，然後她聽見，剛才最靠近的交談聲裡的那個男聲再次響起，只是這次沒了剛才的不屑口吻，而多了壓抑不住的顫慄。

「商彥……彥、彥哥……我剛剛不是故意說的……」

確定女孩無恙後，商彥從女孩帽子上放下手臂，同時不忘把那帽子又向下拉了拉，免得四面投射過來的目光讓小孩再遭受無妄之災。

在悄無聲息的注視下做完這些動作，男生清雋深邃的五官不見情緒，漆黑的瞳子冰冰涼涼的。

「走了，小孩。」他伸手虛扶了一下蘇邈邈單薄的肩，又撫了撫女孩的帽子，然後側身護著她，從自覺讓出一條路的人群中離開。

直到最後，他都沒看那嚇得臉色慘白的男生一眼。

商彥把蘇邈邈送回培訓組的辦公室，一進門，裡面蹺掉升旗典禮的吳泓博就驚訝地看向兩人。

「彥爹，你怎麼來了？」他看了看安安靜靜走在前面的女孩，「還跟小蘇一起？」

「……『小蘇』？」順手拉來一把椅子，商彥把女孩按上去。

說話間，他冷著眉眼，居高臨下地睨著吳泓博，黑漆漆的眸子裡帶著點嫌棄：「我才不在半週，給我徒弟取了什麼亂七八糟的名字？」

「小蘇怎麼了？多好聽！」

商彥面無表情地瞥他。

吳泓博瞬間噤若寒蟬，並聽話地轉動椅子，面向自己的電腦，而商彥的目光也轉回身前，看著他按在椅子上的女孩。

他眉眼浸涼，眸裡微瀾：「妳有病？」

「……」吳泓博投來驚悚的一眼，「一開場就這麼凶嗎？彥爹……」

沉默了幾秒之後，帽子下傳來女孩極輕的一聲「嗯」。

吳泓博一臉驚訝，世界真奇妙，這是人類新的對話模式嗎？

「什麼病？」

「……」這次女孩卻怎麼也不肯回答。

商彥輕瞇起眼，回想幾分鐘前，在熙攘的人流裡看見那個嬌小而無助的背影，他蹙了眉：「老師知道嗎？」

想到送自己來的李師傑，蘇邈邈慢吞吞地點了點頭。

商彥眉頭稍鬆，但聲音仍有點涼：「既然不能在那種環境下久待，為什麼不提前走？」

這次女孩的聲音格外的輕，幾乎聽不見：「我……擔心你。」

商彥一愣，等他回過神，一直在旁邊豎著耳朵的吳泓博已經笑得肚子快抽筋：「不要，千萬不要啊，小蘇，怎麼才來學校一週就被帶壞了？妳沒見過妳師父的真面目，而且喜歡他的人非常多，比我腳本裡的程式碼行數還多！」

吳泓博還有空換口氣，繼續調侃：「比如高三的舒薇，學校裡都說是妳的準師娘，要臉蛋有臉蛋，要三十六D有三十六D——」

話音戛然而止，對上商彥那雙漆黑又寒涼的眸子，吳泓博不自覺抖了一下，連臉上笑容也一起抖掉了。他迅速把自己縮成一團，躲回電腦前。

死一樣的沉默裡，商彥壓抑著心底莫名湧上來的煩躁，剛轉過身，卻聽女孩好奇地輕問，「師父，」軟軟的聲調讓商彥一愣，然而不等他回溯心頭掠過的情緒，「什麼是三十六D？」

商彥覺得太陽穴劇烈地跳了一下。

幾秒後，吳泓博就感到一束凌厲的目光從旁邊射來，幾乎要將他洞穿。

又沉默兩秒，莫名染上點沙啞的男聲再次響起：「C語言的一種函數名。」

「……？！」彥爹，你對得起你身後櫃子裡那一排電腦比賽的金獎嗎？但罪魁禍首的吳泓博自然不敢把心裡的話說出口，只能用眼神控訴某人。

商彥權作無感。

此時有人敲響了培訓組辦公室的門，厲哲從外面探頭進來：「彥哥，你真在這裡啊？趕快回教室吧，第一節課換成語文課了。你要是這節再不去，老林頭就要一封血書給班導了。」

聽見「語文」兩個字，商彥反射性地皺眉。他轉身往外走，剛邁出一步，又不放心地停下來，側身瞥向吳泓博：「小孩在，別亂說話。」

在那只差沒把刀架在脖子上的威脅目光下，吳泓博十分聽話且狗腿地點頭，商彥這才和厲哲一起離開培訓組。

出了科技大樓，厲哲邊走邊問：「彥哥，這週六你生日怎麼過？」

夏末的朝陽晒得人懶洋洋的，商彥只輕瞇起眼，沒說話。

厲哲見他沒什麼強烈反應，問道：「彥哥你不嫌煩的話，我們趁機出來聚聚，一起吃個飯，玩一玩？」

「隨便。」男生漫不經心地應了一句。

厲哲心裡偷偷抹了把汗，心虛之下，他快速轉開話題：「你們組裡那個小孩沒事吧？」

話剛說完，厲哲就被商彥皺著眉掃了一眼，他一懵：「怎、怎麼了？」

「你叫她什麼？」

「……小孩啊，不是彥哥你先這麼叫的嗎？」

「我可以，你不行。」

「？」

不等厲哲反應，商彥大步往前走，身後的厲哲挫敗地追上：「好好，是彥哥你的徒弟，彥哥你說了算。」

商彥走在前面的身影微滯，女孩那聲低軟的「師父」被這句話勾上心頭，彷彿還帶著回音，在他耳朵裡迴盪了幾下才飄散。

突然有點口乾舌燥，商彥皺眉抬頭看了一眼光線溫和的朝陽。

……這是什麼鬼天氣。

週五晚上，蘇邈邈和文素素坐著文家的私家車，一起回到別墅。

文程洲和高娰雯難得都在家，文素素在玄關注意到兩人，奇怪地問：「爸爸，你今天怎麼回來得這麼早？是有什麼事情嗎？」

沙發上，文程洲起身到一半，動作微頓。他和客廳裡的高娰雯對視一眼，才說：「先吃飯吧。」

「……哦。」

文素素離開玄關，身後的蘇邈邈也安靜地走了進來。

文程洲的公事繁多，蘇邈邈雖然已在文家住了兩週，但很少四人同桌吃飯。這頓晚餐吃得也格外安靜，席間，蘇邈邈總覺得高娰雯有些話想要說出口，卻幾次都被文程洲不動聲色地壓了回去。

蘇邈邈心裡波瀾輕起。

「邈邈，妳今天胃口不好嗎？」文程洲突然開口問。

蘇邈邈愣了一下，搖了搖頭。

文程洲與高娰雯對視一眼，然後他放下手中碗筷：「其實今天，你們班導打電話給我。」

文素素筷子一停：「李老師？他打電話給你做什麼？」

文程洲沒有急著開口，而是將目光投向桌角把臉藏在寬大T恤帽子裡的女孩。文素素見與自己無關，悻悻地轉了回去。

「邈邈，妳這週一的升旗典禮，是不是被你們學年主任撞見了？」

「……嗯。」蘇邈邈放慢了動作。

「我聽你們班導的意思，是有學生故意跟學年主任郝赫舉報妳。」

蘇邈邈一愣，不等她反應，旁邊文素素先驚詫地問：「有人舉報？怎麼可能？」

高婌雯皺眉：「妳幹麼這麼激動？」

「……」文素素道，「只是不太可能有其他人知道……」

女兒對蘇邈邈的些微敵意，文程洲並非不知道，聞言他輕瞪了文素素一眼，便收回目光。

「邈邈，你們郝主任知道這件事以後滿生氣的，找上了你們班導李師傑，並透過他聯繫了妳的……監護人。」

「……！」蘇邈邈拿著筷子的手，驀地僵在半空，過了好幾秒，才慢慢放下碗筷，輕聲問，「然後呢？」

「妳母親明天上午會來C城，中午我們兩家一起吃頓飯，好嗎？」

蘇邈邈無聲地垂下眼，其實她知道，大人們問出這樣的問題，並無意讓她選擇「好」或是「不好」，就像當初送她來到這個陌生城市的陌生療養院，也沒人在乎過她的意見一樣。

於是蘇邈邈扶著實木餐桌的邊緣，慢慢站起身，「……我知道了。」她輕聲說，「我先回房間了。」

女孩即將離開餐廳的時候，文程洲轉過身，神色為難：「邈邈，如果可以的話，明天中午出發前，妳能換上今天高阿姨為妳買的新衣服嗎？」

蘇邈邈身影一滯。

文素素聞言不可置信地抬頭，看向高婌雯，做了個氣惱的口形：「媽……？」

高姒雯嚴厲地瞪了她一眼。

文素素咬緊嘴脣，懊惱地看向餐廳門口女孩的背影。

文程洲仍在緩聲勸道：「妳和妳母親也有幾年沒有見面了吧？妳這樣……她會擔心。別讓叔叔阿姨難做，好嗎？」

「……」帽子下，女孩的脣色看起來比剛才更淡了幾分。

在原地站了許久，她才低應一聲，轉身往二樓走去。

第二天上午，傭人將熨燙妥貼的小禮服，送進蘇邈邈的房間。她敲門進去時，女孩正坐在床邊，望著窗外發呆。

「邈邈，禮服幫妳掛在這裡了，妳盡快換上，文先生和文太太已經準備要出發了。」

「嗯。」蘇邈邈輕應了一聲，站起身。

傭人離開房間並關上門後，蘇邈邈拉上窗簾，走到門旁的掛衣架前。掛衣架上一左一右掛了兩件衣服，左邊是一件中長款的黑色薄外套，右邊是一件紅色無袖的及膝傘襬小禮服。後背以紅色的繫帶大蝴蝶結收腰，從腰臀線向下拼接了一截扇形的櫻色薄紗。

裙色很豔，也最挑膚色。

蘇邈邈伸出手，取下兩件衣服，窸窸窣窣地換了起來。幾分鐘後，房間裡的窗簾重新拉開，蘇邈邈站在等身鏡前，纖細白皙的手指繞過頸子，攏起帶一點淺栗色且微鬈的長髮，輕綁成一個馬尾。

然後她放下手臂，抬眼。

長鏡裡的女孩生著一張最標緻的瓜子臉，減一分則瘦，增一分則腴；而那彷彿只有巴掌大的小臉上，又點綴著最為精緻的五官：淡色的脣，秀挺的鼻，琥珀色的瞳仁被微微翹起的眼尾勾出近乎豔麗的美。

袒露在衣服外的膚色，被身上的紅裙襯得更加雪白，吹彈可破，彷彿輕按一下，就會留下緋色的印子。

望著鏡子裡的自己，女孩的眼眸卻失了焦，記憶伴隨耳鳴一樣尖銳模糊的聲音響在耳際。

「……她憑什麼那麼好看？」

「院長奶奶都只關心她一個人。」

「……討厭死她了！」

「沒人要的可憐蟲。我聽護士姐姐說，她親奶奶都討厭她！」

「她什麼時候能搬走就好了。」

「真希望她永遠消失！」

那些欺侮的嘈雜聲音彷彿還在耳邊，記憶裡不知輕重的推搡似乎還隱隱作痛，蘇邈邈的臉色煞白，她本能地伸手抱住自己的肩，指尖無意識地緊扣，指甲下血色全無。

等那些聲音終於退去，眸子裡恢復清明，陽光從窗外灑下，她才堪堪回過神。

……都過去了。

女孩眼睫輕抖，慢慢控制著還有點顫慄的呼吸，吐出一口氣。

只要把自己藏好，就不會有那麼多人討厭她了吧……那就夠了。

文程洲一家三口，此時坐在客廳的沙發上，文素素不死心地問：「媽，我今天一定要去嗎？」

「這件事沒得商量。」高娵雯說。

「可我真的有事……」

「什麼事？」

「我……我一個同學過生日……我想買禮物送過去給他……」

「禮物可以明天買，妳下週一再送給對方。」

「那不一樣！」文素素有點著急，「他們……」

高娵雯臉色微冷：「無論如何，妳今天必須去。」

文素素氣極，轉開了臉，沉默不過幾秒，她又不耐煩地站起身：「她怎麼還不下——」

話音戛然而止，文程洲皺著眉看向女兒，卻見文素素一臉震驚。

順著文素素的視線，文程洲轉頭望向通往二樓的樓梯，看清了走下樓來的女孩，文程洲眼底掠過驚豔的情緒。早知道蘇家最小的女孩天生麗質，兩年前見過一面，至今他還隱約有印象。

而今再看，這兩年不但沒有磨掉女孩身上那種璞玉般的風華氣質，反而漸漸雕琢出美玉的雛形。不難想像，再等兩三年，這個女孩會出落成多麼豔絕的美人。

三人之中，最先反應過來的是高婌雯。她臉上揚起僵硬的笑容，起身拉了文程洲一把：

「既然邈邈也準備好了，我們出發吧。」

文素素終於也回過神，目光複雜地低了低頭。她有點難堪地發現，真正看到蘇邈邈的模樣後，她甚至無從嫉妒起。

別人都是越長越平庸，怎麼偏偏這人……卻出落得更加美麗！

文素素心裡懊惱，臉色憋得漲紅，轉頭走了出去。

一輛計程車行駛在C城最出名的中心大道上，車內後座，五官清雋深邃的男生斜倚著車座靠背，一雙無處安放的大長腿委屈地塞在座前。

那張臉龐的側顏線條凌厲而漂亮，半遮半垂的眼睫在冷白的皮膚上拓下陰翳，其中還藏著點淡淡的青，顯然前一天晚上沒睡好。

週末正值顛峰時間，路上擁堵，計程車時不時就要踩一下煞車。再一次被急煞搖醒後，男生薄薄的眼皮一抬，覆著點戾氣還有些失焦的漆黑眼瞳，冰涼地盯著後照鏡裡的司機。

司機忍住顫慄的衝動，僵硬地把視線挪開。

副駕駛座上，一路靜默不語的厲哲終於逮到商彥難得清醒的機會，小心翼翼地開口：

「彥哥，你生日前一天晚上，怎麼還不好好休息？」

意識漸漸清醒，商彥抬起手，修長的指節併攏，捏了捏眉心。片刻後，他重新睜開眼，嗓音微啞地動了動薄唇：「你還有臉問？」

厲哲不明所以。

「凌晨三點打電話祝生日快樂，你就不怕今天死在我手上？」

厲哲：「對不起，彥哥，我錯了。」

商彥收回目光，微蹙了眉，不耐煩地瞥一眼窗外。

「還有多久到？」

「就在前面了。」厲哲說著，有些眉飛色舞，「那是C城最棒的西餐廳，我好不容易才找人在今天訂到位置。」

後座沒了動靜，厲哲轉頭一看，商彥已經又閉上眼了，他滿臉黑線地轉回去。

……彥哥這個狀態，舒薇今天的告白凶多吉少。

五分鐘後，計程車終於從慢悠悠的「鐵塊長龍」裡脫身，開進那間西餐廳外的門廊。商彥和厲哲下了車，進到大廳，一側等了許久的舒薇等人走上前。

「商彥，你可是主角，怎麼現在才來？」舒薇笑著走在最前面，和兩人打招呼。

厲哲眼睛一亮，舒薇今天顯然是特地裝扮過了，臉上化著淡妝，身上一條魚尾長裙，儘管顯得有些過於隆重，但那身材曲線卻實實在在地勾勒出來，吸引大半個大廳裡的男性目光聚焦在她身上。

舒薇目不斜視，笑容嫵媚地望著從旋轉門走出來的商彥。她拿著淡金色的手拿包走上前，順勢去勾商彥的臂彎。

「我等你好久了……」

神色微倦的商彥一撩眼簾，好巧不巧地抬起前臂，撥了撥有點凌亂的黑髮。舒薇只有指尖輕觸到男生肌肉線條優美的前臂，眼底笑色微頓，但很快就自然地掩飾過去。

商彥側身，瞥了厲哲一眼：「幾樓？」漆黑的眸子裡微微泛涼。

厲哲本就心虛，此時被這麼一盯，更是打了個冷顫，伸手快速一指大廳東南角寬敞的螺旋樓梯：「二樓，從那裡上去。」

商彥薄唇微勾，眼裡浸上點漆黑的涼色，盯了厲哲幾秒，他轉回視線，手插著褲子口袋邁開長腿走了出去。

「厲哲請客，吃窮他。」

言簡意賅，但立即得到男生們的積極回應。

被撂了狠話的厲哲卻長長鬆了口氣，他差點以為今天真要死在彥哥手裡，看來彥哥對舒薇根本沒消氣，早知道他打死都不答應舒薇……

向櫃檯報上了訂位的名字後，一行人便在穿著制服的侍者引領下，順著一百八十度螺旋樓梯，來到二樓的西餐廳。

「幾位貴客預訂的座位在這邊，請隨我來。」

侍者踩上鋪了紅地毯的亮瓷地面，向幾人微微躬身。

商彥、厲哲和舒薇走在最前面，厲哲不經意地看向四周，剛走幾步，卻猛地停住腳步，同時下意識地拉住旁邊的商彥：「我我我我我──」

商彥被他拉住，不耐地瞇起眼：「喔什麼，你屬雞嗎？」

厲哲終於喘過氣，亢奮地轉過來，臉色通紅：「臥槽，彥哥你看那邊！那個穿紅裙子的小美人！真漂亮！我我我他媽一定要追她！」

眾人順著厲哲示意的方向望過去，看到那臨窗坐著的女孩，所有人無一倖免，全都愣了幾秒。

雪膚紅裙，白如凝脂。從額頭到下巴，那瓜子小臉上五官的每一寸都相當精緻──精緻得近乎豔麗。

女孩的氣質和眼神無比乾淨，帶著點仙氣；偏又因為五官實在美極，而莫名地多了一絲妖冶。

……一眼便知，是紅顏禍水。

商彥懶洋洋地收回視線，突然一個念頭飛快地掠過腦際：小孩似乎也是這樣雪白的膚色，不知道五官生得如何……

「彥哥！我戀愛了！我真的戀愛了！」一邊的厲哲激動得原地跳高，「她好美啊，我長這麼大第一次見到這麼漂亮的女孩！我要──」

說到這裡，厲哲終於後知後覺地感受到舒薇投來的凍人視線。

他怎麼把舒大校花還在旁邊站著的事情忘了，厲哲心虛地把目光投向其他人，眼神交流了一下激動得難以按捺的情緒後，他發現，顯然大家內心想法都差不多，但迫於舒校花在場，此時都拚命壓抑。

厲哲遺憾地嘆了口氣，又戀戀不捨地看了一眼那臨窗的位子。

「先、先吃飯。」

舒薇氣呼呼地瞪了厲哲一眼，隨即看向商彥。見商彥神色平靜如常後，她的臉色終於稍稍緩和了些。

幾人陸續落坐，然而席間無論點餐還是閒聊，總有男生時不時忍不住往那裡看一眼，舒薇表情越發難看。她原本以為自己盛裝打扮，理所當然會成為今天的女主角，卻怎麼也沒想到，竟然會被不知道從哪裡冒出來的女孩搶了風頭。

對著擺盤再精美、口感再好的西餐，舒薇也沒了胃口，她轉而與自己帶來的好姐妹們眼神交流，醞釀著自己的告白計畫，突然聽到桌旁一個男生驚呼了一聲：「哎？坐在那小美人對面的，是不是彥哥班上的班花啊？」

這話頓時引得所有想看不想看的人目光都投了過去。

「臥槽，還真是……」

「就是那個叫文素素的小女神？」

「哇，他們家基因這麼卓越嗎？」

「本來我還覺得文素素挺好看的，跟這小美人一比，感覺普通好多。」

舒薇手裡握著的刀叉一緊，臉色冷了下去。言者雖然無意，而且說的是文素素，但在她聽來，簡直就像是指著自己，說她比不上那個陌生女孩一樣。

越想心裡越不舒服，舒薇皺緊眉頭，看向厲哲，試圖和對方打個暗號，表示自己準備告白，然而此時厲哲一副心思早已不在這邊，正目不轉睛地盯著那女孩看。

片刻後，厲哲突然轉身，一臉懇切地看向鄰座的商彥：「彥哥，文素素跟你熟，我們既然遇上了，怎麼也該打個招呼，是不是？」

桌上唯一有心思、且正全心全意吃午餐的就是商彥了。聽見厲哲的話，他停下手裡慢條斯理切著牛排的動作，輕嗤一聲。

「我和她熟？我怎麼不知道。」

「彥哥……救救你可憐又無助的弟弟吧——」厲哲都快哭了。

商彥本想拒絕，不經意一抬眼，瞥見對面舒薇那焦急又氣悶的神情，想起之前在大廳，舒薇突然親近的舉動，商彥微微皺眉，片刻後，他放下刀叉起身。

「哎，彥哥，你去哪裡？」哭到一半的厲哲問道。

「……」商彥懶洋洋地垂下眼，睨著他，「不要你的小美人了？」

厲哲愣了兩秒，火燒屁股似的，嗖一下竄起來，滿臉興奮：「去去去去去！」

在其他男生羨慕又蠢蠢欲動的目光裡，兩人一前一後地走向那張桌子。商彥在後，走得不疾不徐；厲哲在前，時不時猴急地往前竄兩步，又不得不因為身後的某人而等上一等。

觀察了幾秒，一個男生嘆著氣搖了搖頭：「哎，你們覺不覺得彥哥手裡像是牽了根狗繩？」

「哈哈哈哈，超像！」

「但我也願意為小美人當狗。」

「可以，但沒必要，兄弟。」

幾人玩興正濃，突然「啪」的一聲，他們轉頭看去，只見舒薇臉色難看地扔下手裡的刀叉，臉色鐵青，而她那幾個好姐妹正低聲哄勸著。幾個男生面面相覷，各自噤聲。

文程洲面色匆匆地回到餐桌旁，高婌雯原本正在低頭看手機上的時間，聽見聲音後她抬起視線，「怎麼還不來——」她避諱地看了一眼坐在她側對面的蘇邈邈，語氣放緩，「是飛機誤點，還是路上塞車？」

文程洲沒有直接回答，有些遺憾且目光複雜地望向蘇邈邈。

一直安靜地面向窗外的女孩似乎有所察覺，她微微側身，琥珀色的瞳仁裡清澈乾淨。

被這樣的眼神看得心虛，文程洲清了清喉嚨：「抱歉啊，邈邈……妳母親那邊好像……突然有點急事，暫時來不了。」

高婌雯和文素素同時一愣。文素素有點幸災樂禍，又有點同情，轉頭看向對面的女孩，然而讓她失望的是，聽到這個消息後，蘇邈邈只微微一愣，一點很淡、幾不可察的情緒掠過那雙漂亮的眼眸，然後細密的眼睫壓下，在瓷白的臉上拓下一點陰翳。

「……沒關係。」

雖然她在夢裡偷偷地期待過；雖然她今天很早便醒來，想像著母親現在的模樣；雖然她願意為了這次碰面剝下自己當作保護殼一樣的偽裝；雖然她來之前，已經不知道多少遍不安且努力地練習和對方說的第一句話。

……但是沒關係。

對不喜歡也不在乎她的人，她又能要求多少。

文程洲無聲一嘆：「妳母親已經跟你們學年主任聯繫過了，她的意思是希望妳從下週一開始，進入高二一班，正常上課。」

「……！」文素素聞言猛地抬頭，剛準備說什麼，目光突然望見文程洲身後，隔著大半個餐廳，一前一後往這裡走來的厲哲和商彥。

想起自己對面的女孩，文素素臉色陡變，她轉頭看向父母：「那我們就回去吧！」

高娰雯一愣：「直接在這裡吃不好嗎？」

「不行！」文素素心思急轉，隨後眼睛一亮，低聲看向文程洲，「爸爸，阿姨突然不來……邈邈肯定不想再繼續待在這裡了。」

文程洲聞言皺了一下眉，點頭：「好吧，那回家。」

四人起身離桌，剛走出兩步，就聽身後厲哲喊了一聲：「班花！」

高娰雯和文程洲轉過身：「素素，那男生是不是在跟妳打招呼？」

「呃，是我們班同學。你們先到樓下開車吧，我很快就下去！」

「好，別拖太久啊。」

見父母走了，文素素大大鬆了口氣，一轉過頭，卻見身旁蘇邈邈正愣愣地望著那兩人：「商……彥？」

文素素心裡撲通一跳，她笑容倉促地應付了一下跟她揮手的厲哲，並在對方過來前，壓低了聲音道：「妳千萬別說話，如果被商彥認出來，妳以後在學校裡麻煩就大了，他一定會欺負妳……」

即便文素素不提，為了自己在學校裡的安穩，蘇邈邈也不會讓兩人認出自己，所以聽到文素素的話，她只安靜地點了點頭。

文素素高懸的一顆心終於放了下去，此時，厲哲也已跑到兩人面前。他壓抑著興奮的情緒，緊張地看了看蘇邈邈，又轉向文素素：「妳也來這裡吃飯啊，真巧，今天彥哥生日，我們也來了！」

商彥聽見厲哲那番傻話，不由輕嗤：「你能不能有點志氣？」

他話音剛落，便感覺對面紅裙的小美人望了過來，商彥垂眼，落下視線。女孩很美，從近處看尤甚。眼尾細長而微翹，琥珀色的瞳眸裡像是剪影了兩湖春水，尤其現在這樣，似乎有點意外又有點驚訝地看著人——儘管那張精緻豔麗的小臉上沒有什麼情緒，卻仍舊足已撩撥人心。

兩人對上目光片刻，旁邊的厲哲和文素素有點急了。

厲哲賣力咳了兩聲，將三人目光全吸引過來，然後厚著臉皮笑問文素素：「這個女孩是……？」

文素素神色有些不自在：「她是我一位阿姨家的女兒。」

「哦……」厲哲順勢看向蘇邈邈，「不知道怎麼稱呼？」

文素素下意識地往前擋了擋：「她——她喉嚨不太好，不能說話。」

「……啊？」厲哲頓時有些失望，小聲碎念了句，「啞巴的小美人啊……」話音未落，屁股上便挨了一腳，「嗷！彥哥你踢我幹麼？」

商彥：「你欠踢。」

厲哲這才反應過來自己剛才失落之下，居然把心裡話說出來了，不由尷尬地摸了摸後腦杓：「那個……既然碰上了，不如一起吃飯吧？」

文素素眼睛一亮，隨即又暗了下去，「我們之後還有點事，今天恐怕不行。」說完，她轉頭憤懣地看了蘇邈邈一眼，「……走吧。」

蘇邈邈頓了頓，點頭，轉身離開。

等文素素的背影消失在樓梯處，厲哲才滿臉失落地轉頭，碎念起來：「唉，那麼漂亮一個小美人，怎麼是個啞巴呢？她要是我們三中的就好了，天天賞心悅目地看著，多幸福！真那樣的話，舒薇的校花寶座就坐不穩了……」

厲哲正感慨著，突然奇怪地看向商彥：「不過彥哥，我覺得你的魅力值好像降低了？」

商彥正側倚著旁邊的單人沙發，疲憊地垂著眼皮，聞言只懶懶地瞥過去。

「你看，那小美人沒主動親近你就算了，就連文素素都拒絕你的生日邀請，昨天她還不死心地問我聚餐的地點呢！要不是舒薇學姐要——」話音中斷，厲哲愣了兩秒，抬手輕打了自己的嘴巴，「……還以為是錯覺。」

商彥輕瞇起眼，漆黑的眸子裡浸上涼意，他脣角輕扯了一下：「鴻門宴？」

厲哲哭喪著臉：「……美人計，美人計，我是被強迫的啊，彥哥。」

商彥眼神一冷，邁開長腿往外走。

「哎，彥哥，你要去哪裡？」

「睡回籠覺。」

「……」

商彥下到一樓大廳時，正好望見旋轉門外的門廊上，雪膚紅裙的女孩彎腰坐進黑色私家車。男生的長腿停在原地，直到那輛車開走，他才回過神。望著車的尾影，商彥輕瞇起眼，總覺得那個背影有點熟悉，是錯覺嗎？

第三章　小美人

新的一週，從睡不飽的週一開始。

吃了上一週的虧，蘇邈邈今天學乖了，凌晨五點半便起床，洗漱吃早餐，然後跟文素素一起坐車到學校。到校時還不到六點半，文素素直接去教室，而蘇邈邈則躲著任何一個背影看起來像學年主任郝赫的老師，小心翼翼地進到科技大樓。

踏進培訓組辦公室，女孩最後從門縫看了一眼身後，確定沒有郝主任的身影，她才放鬆一直憋著的那口氣，轉過身，然而才剛側過九十度，就聽見頭頂後方響起戲謔的聲音：「小孩，一大早就做賊，滿敬業的啊？」

蘇邈邈身體驀地頓住，過了兩秒，才低頭輕喊一句：「師父……早安。」

正從自己的專用電腦前起身的商彥一愣，他身後吳泓博先哀嚎起來：「我突然後悔了，彥爹！我也想要個週一早上軟著聲音喊我『師父』的小徒弟！」

商彥回過神，側身睨了吳泓博一眼：「你？」

「我我我！」

商彥輕嗤一聲，毫不掩飾語氣裡的嫌棄：「你太菜了，不行。」

吳泓博默默垂淚。

商彥走到小房間，斜靠在門上：「小孩，我上週出的那幾道程式題，妳做完了嗎？」

商彥手插口袋，低垂著眼，似笑非笑地看著桌前慢吞吞收拾東西的女孩。

「……嗯。」那頂圓圓的帽子小幅度地上下點了點。

「……」黑漆漆的眸子裡浸上點薄薄的笑意，「電腦拿出來，我要檢查功課。」

蘇邈邈愣了愣，然而開口說話的人已經轉身回去，她猶豫了兩秒，按照商彥說的，抱起筆記型電腦往外走。

吳泓博哀怨地問：「彥爹，你當初教我，怎麼沒這麼認真負責？」

倚在椅子上的商彥懶洋洋地翻著手裡的程式書，聞言眼也不抬：「沒有嗎？」

「當然沒有，完全沒有！」吳泓博斬釘截鐵，轉回頭，「老欒，你是除了彥爹之外第一個進組的吧，他當初帶你有這麼好的耐心？」

「……」被點名的欒文澤從電腦前抬起頭，搖了搖。

「是吧！」吳泓博轉回身，「彥爹，你再這樣下去，我真要懷疑你對小蘇別有用心了！」

商彥翻頁的手一停，修長的指節在頁面上屈起來，叩了叩，他眼睛一抬，薄脣微勾，似笑非笑，若有深意：「別有用心？……什麼用心？」尾音咬得輕而飄。

吳泓博被盯得一顫：「彥爹，你別這麼笑……跟禽獸似的，我害怕。」

商彥神色不變，抬手把書拍到吳泓博臉上，在吳泓博「嗷嗚」的背景音中，商彥淡然地側身，朝旁邊遲疑的蘇邈邈招手：「小孩，過來。」

蘇邈邈將懷裡的筆記型電腦放到商彥身前的桌上，自己拉了張椅子過去。

商彥單手打開筆電，熟練地檢查程式演算法和執行結果。

蘇邈邈乖巧安靜地坐在旁邊，等了幾秒，她不安地轉頭看了一眼時間：「……師父，你不去參加升旗嗎？」

那人眼睛未抬，修長的十指在鍵盤上律動：「上週幫妳救場，害我被拉進黑名單，剝奪升旗資格了。」

「……」蘇邈邈呼吸一滯，帽子下的眼瞳微微睜大。

辦公室裡靜默幾秒，似乎是感受到女孩嚇到呆滯的反應，角落裡，組內幾個男生噗嗤笑了出來。

欒文澤也無奈地笑：「彥爹，你別嚇唬小蘇了。」

蘇邈邈：「……？」

商彥薄唇一勾：「逗妳玩的，還真的相信。」

蘇邈邈：「……」

吳泓博也樂道：「要真有那樣一份黑名單，我哪還需要這麼辛苦地跑到組裡來逃避升旗？」

看完最後一行程式碼，商彥伸手勾起旁邊的制服外套，起身往外走。

「有一個迴圈上的小問題。第三節課一班自習，我再教妳。」

不等蘇邈邈答應，吳泓博厚著臉皮追問：「我能旁聽嗎彥爹？」

「夢裡有，去聽吧。」門外傳來的聲音毫無猶豫。

「……」吳泓博沉默了兩秒，轉回頭，奇道，「所以彥爹今天早上是來幹麼的？他好像待不到十分鐘就走了吧？」

「嗯，我也覺得奇怪，彥爹自己的電腦都沒開。」

幾人低聲的討論裡，只有欒文澤不知道想到什麼，目光古怪地看了一眼蘇邈邈走進小房間的背影。

上午第二節課下課鈴聲一響，全員都要去做課間操。

等窗外的跑步聲稍停，吳泓博和欒文澤一起來到培訓組裡，兩人邊推門邊議論著走進來。

「……你覺得厲哲說的是真的嗎？」

「應該吧？」

「不過也是，要是沒見到那樣一個小美人，彥爹肯定會否認。」

「嗯。」

「太羨慕了，臥槽，比舒薇好看，究竟是什麼模樣啊——彥爹太不夠意思了，生日也不找我一起！」

兩人說話間，已走到培訓組的電腦桌旁，吳泓博目光一轉，看見穿著寬大T恤的女孩坐在商彥的電腦桌角，腿上還放著她的筆記型電腦。

「小蘇？」

「……」

「小蘇？」

「啊……？」蘇邈邈回過神，連忙回應。

吳泓博笑道：「想什麼呢，這麼出神？」

蘇邈邈遲疑了一下，低聲問：「你們剛剛說的……」

「喔，厲哲跑操場的時候說，他們這個週末在一家餐廳裡見到一個小美人，比舒薇還漂亮！」

「……哦。」蘇邈邈微繃著帽子下尖尖的下巴，不安地捏著手指。

吳泓博又問：「妳是在這裡等商彥？」

「嗯。」

「那大概得等一陣子了，我剛剛看到舒薇往他們班上去了。」吳泓博說，「反正下節課商彥他們班自習，兩人手牽手蹺課到校外也沒人管。」

欒文澤無奈地往蘇邈邈的方向看了一眼，對吳泓博做口形：「你不怕商彥回來揍你？」

吳泓博腦袋一縮，消音。

蘇邈邈安靜地坐著，她不太理解吳泓博的話意，但手牽手她還是懂的，然而不等她多想，T恤口袋裡的手機突然震動起來。蘇邈邈把筆電放到一旁，拿出手機，到門外接電話。

『喂？邈邈嗎？我是李師傑老師。』

「……老師？」

『妳媽媽上週跟主任通過電話了，今天開始帶妳正式上課，妳現在在科技大樓吧？』

「嗯。」

『那妳能來三號教學大樓樓下嗎？或者我過去接妳？』

「……」蘇邈邈沉默兩秒，慢慢搖了搖頭，又想到李師傑看不到她，才輕聲開口，「我自己可以過去。」

『好，那妳盡快，老師在三號樓的南門等妳。』

「……嗯。」

蘇邈邈回到小房間，收拾好自己不大的書包，往外走，看到吳泓博和欒文澤聚精會神地對著各自的電腦，她猶豫地站了幾秒，最後還是什麼也沒有說，轉身離開了。

蘇邈邈跟著李師傑來到高二一班所在的四樓，第三節課的上課鈴聲恰好響起。第三節是自習，一班的學生原本還有幾個慢吞吞地逗留在走廊上，不知道誰注意到李師傑的身影，壓著喉嚨喊了一句：「老班來了！」

走廊上的學生頃刻間如鳥獸散，就連進到教室裡，都是安靜得落針可聞，直到有人注意到李師傑身後還跟著個嬌小的女孩，教室裡才又逐漸響起窸窣的議論聲。

「那是誰啊？新同學？」

「不會吧，這麼矮？」

「男女都看不出來。」

「你瞎了嗎？明顯是女生啊，肩多窄呀。」

「……好吧。」

李師傑走上講臺，敲了敲黑板：「這是我們班新來的轉學生，蘇邈邈同學，大家歡迎一下。」

教室裡響起稀稀落落的掌聲。

蘇邈邈抿了抿唇，在一個封閉空間裡突然一大群人盯著自己，還是讓她格外不安。

「老師，她怎麼在室內還戴著帽子？」

李師傑臉色一正：「蘇邈邈同學身體狀況比較特殊，學校已經批准她不穿校服、不參加集體活動。你們平常也要多注意，知道嗎？」

不知道哪個角落傳來一句玩笑：「既然要注意，就別塞到一班來啊……不然等彥哥他們回來，還不把她玩壞？」

班上立刻響起呼應的嬉笑聲。

李師傑臉色一冷，伸手往講桌上拍了兩下：「大家安靜！」

「……」學生們集體噤聲。

李師傑看向第三排中間，文素素坐得筆直端正，唯獨眼神時不時複雜地往蘇邈邈身上飄。

「班長。」李師傑喊了她一聲，「妳跟我出來一下。」

李師傑和文素素走到門口，又突然轉頭對臺下安靜站在原地的女孩說：「蘇邈邈，妳隨便找個空位坐下吧，這節課自習。」

「……」女孩很輕地點了點頭。

等教室門一關，那些壓抑的議論聲立刻高漲起來，各式各樣打量的目光前仆後繼地投到女孩身上。

蘇邈邈驀地停下腳步。

蘇邈邈握緊了拳頭，指尖微白，她有些倉皇不安地往教室裡挪了兩步，前方聲音更多，整間教室裡，只有第一排有一雙人空位，和其他每排四張桌子的狀況不同，這雙人座不僅獨占一排，又位在最角落，臨窗擺放。

桌子上一本書都沒有，蘇邈邈長長鬆了口氣，她握緊背包帶，快步走到桌前，不等其他人反應過來，女孩背對著全班坐了下來。

教室裡突然安靜無聲，所有人像是被掐住脖子似的，過了不知多久，才有窸窸窣窣的低聲交談。

「臥槽，瘋了吧……」

「你們也不攔一下？」

「媽啊，等彥哥回來發火，這新同學就慘了……」

不等眾人議論完，教室門又開了，最先走進來的是文素素，表情比出去前還複雜。她一進來，抬眼就看見坐在第一排空位上的女孩，頓時臉色一變：「妳——」

「怎麼了？」李師傑走進來，看到蘇邈邈的選位後，不由得也是一愣。

他有點頭痛，自己怎麼忘了商彥這個跟沒人一樣的位置，不過再想到女孩那近乎古怪的安靜個性，李師傑倒是不意外她會坐在那裡。

「文素素，妳先回座位吧。」

「可是她……」

李師傑低聲道：「等商彥回來，妳告訴他，讓他自己再搬一張空桌，愛放哪裡放哪裡，他要是樂意，放講臺上都沒問題。」

文素素聽出李師傑後半句是玩笑話，但言下之意就是隨便蘇邈邈怎麼做，文素素氣得臉色發白，轉頭回到座位上。

李師傑掃了全班一眼：「大家安靜！等一下我再過來，誰敢搗蛋，就去我辦公室自習。」

全班噤聲。

有人幸災樂禍地看了看最前排女孩的背影，既然班導這麼說，他們也懶得管，反正等商彥回來，就有好戲看了。

課間操剛結束，各班還未解散，商彥和厲哲等人就提前離開了跑步區。

夏末時分，燥意已散了八九分，幾個男生鬆散地漫步在學校涼爽的林蔭下，往學校西南角走去。

西南角的科技大樓旁邊有片竹林，竹林後就是三中最矮的圍牆，男生們蹺課，向來是從這裡翻牆出去，只不過別人是偷偷摸摸的，而商彥幾人卻翻得坦坦蕩蕩。

他們之所以不從學校正門走，只有一個原因：翻牆更近。確切地說，從這矮牆出去，走上兩百公尺，就是學校附近環境最好的一家高級網咖。

厲哲正在和旁邊的男生討論上週遊戲裡的激烈戰況，卻突然發現原本走在斜前方的商彥不見蹤影。他轉頭一看，商彥正往科技大樓正門走去。

厲哲頓時哭喪了臉：「彥哥，你這週的培訓任務不是週日就搞定了嗎？今天還要去做什麼啊？」

商彥步伐未停，只有懶洋洋的聲音傳來，隱約浸著點笑意：「馴徒。」

「……」厲哲無語，好好地說教徒弟不可以嗎，為什麼一定要用這麼撩的語氣？

商彥進到培訓組辦公室，卻只見到擺在自己桌上的筆記型電腦，而它的主人毫無蹤影。他探身看向小房間，也沒見到人。

「……小孩呢？」商彥微微皺眉，側身問吳泓博和欒文澤。

兩人從電腦前抬頭。

「哎，是哦，小蘇怎麼不見了……」吳泓博摸了摸後腦杓，「明明剛才還在。」

欒文澤心細一點，不確定地說：「她好像接了通電話，然後去了小房間又出門，之後就沒有回來了。」

「和誰通話？」

欒文澤：「不知道……」

商彥眸色微沉，站了片刻，他走到電腦桌前，坐在椅子上等待，這一等，就等到第三節課的下課鈴聲。

厲哲幾個男生打完遊戲、翻牆回來，興奮地打開培訓組辦公室的門，最先對上的就是兩雙可憐兮兮的眼睛。

「彥……哥？」察覺氣氛不對，厲哲臉上得意的笑容瞬間收斂。

不等他再觀察，側對著房門的男生驀地從椅子上起身，沉著一張俊臉走了出去。

「不是……」厲哲被那擦肩而過的「冷氣團」凍得一顫，不解地看向房裡如獲新生的兩人，「這是什麼情況？誰這麼不要命，連彥哥都敢惹？」

吳泓博苦著臉：「蘇邈邈好像放了彥爹鴿子……」

「……」表情僵了幾秒，厲哲才回過神，驚嘆，「放彥哥鴿子這種事情，有一還敢有二，真的是嫌命太長嗎？」

厲哲幾人不敢拖延，轉身追了上去。

三中上午是五節課制，而週一第四節正好是語文課。一班的語文老師姓林，外號「老林頭」，是學校退休返聘的老教師，性格頗為古板，所以對於班上各科老師都不敢得罪的商彥，老林頭是從來不優待，蹺課一樣罰，甚至罰得比其他學生更重，可想而知，商彥和老林頭也最不對盤。

看著樓梯上自帶移動式低氣壓的背影，厲哲嘆氣都得控制音量。

「今天鐵定要遲到了，等一下進教室，老林頭要是再刁難彥哥，你們幾個可要放機靈點啊。」

旁邊有個男生笑道：「哲子，你還怕彥哥吃虧嗎？我覺得彥哥就是太退讓了，所以老林頭才變本加厲。」

厲哲道：「不退讓怎麼辦？老林頭那麼大年紀，你還要跟人家動手？」

那人「呿」了一聲：「我看他就是仗著年紀大，才敢為難彥哥。」

「彥哥都忍了，你也憋著吧。」厲哲說。

說完，幾人快步跟上，和商彥前後腳上了四樓。一班在四樓長廊的最東邊，所以會先經過教室後門，厲哲習慣性地往裡面看了一眼，邁出去的腳突然定在原地。

「——彥、彥哥。」

走在最前面的商彥停下，側過身，那張清雋張揚的側顏被窗外薄光拓下一層淡淡的陰影，看起來格外漠然且不近人情。

如果換作平常，厲哲被這雙黑漆漆的眸子一盯，大概話就嚇回去了，然而此刻他實在是按捺不住心裡的驚異，伸手指了指一班教室的後門：「你的座位上……好像有人。」

旁邊一個男生笑道：「彥哥的位置誰敢坐，你講鬼故事嗎？」

回憶了一下自己剛剛看見的那個熟悉背影，他也覺得自己見鬼了。

厲哲想調頭再去確認一下，可是不等他轉身，商彥就皺著眉問：「誰？」

單看厲哲近乎扭曲的表情，商彥也知道一定不只是「有人坐了自己的位置」那麼簡單。

厲哲艱難地開口：「如果我沒看錯的話，好像是……彥哥你那個小徒弟。」

商彥一愣，下一秒，眼底的涼寒淡去。在原地站了片刻，他低垂著眼，薄唇一勾，轉身走向教室前門，留厲哲幾人在原地發呆。

「剛剛，彥哥是笑了嗎？」

「操，你也看見了，我還以為我瞎了呢……」

「真、真不是幻覺？」

「我還以為今天肯定有人要倒楣，現在是氣消了的意思？」

幾人不敢再多說，連忙跟了上去。

教室裡，上課鈴聲剛響完沒多久，作為班長的文素素正在講桌邊和語文老師低聲說話。這位返聘的語文老教師姓林，單名一個「正」，此時一邊聽文素素說話，一邊點頭。

「好……我知道了。你們班上的同學是不是對這個新學生的情況不太清楚？」

「嗯，班導說是個人病情隱私，不要告訴其他同學。」

「李老師的做法我認同，那妳作為班長，就多照顧她一下。」

「……」文素素眼底掠過不快的情緒，但沒說什麼，點了點頭，「老師，那我先回座位了？」

「嗯，妳回座位吧。」

林正剛準備去拿教材，突然想起來，皺著眉開口：「哎，等等。」

「老師您說。」

「她怎麼坐在商彥的位置上？」

提起這個，文素素的臉色更難看了，過了兩秒，她才不情願地開口：「班導讓她選的。」

想到商彥的個性，林正有點憂慮地皺了皺眉：「好，妳回去吧。」

文素素回到座位，教室裡也安靜下來，林正打開課本：「這節課，我們……」

話音未落，教室前門傳來懶洋洋的聲音：「報告。」

學生們的目光看過去，站在教室門口的男生身材頎長，冷白的面孔凌厲而漂亮，一雙漆黑的眸子一瞬不瞬地落在前方第一排唯一的座位上。

位子上的女孩不知道是不是察覺到他的目光，拿筆的手都頓住了。過了幾秒，那細白的指尖遲疑地往袖子裡縮。

講臺上，林正皺了皺眉：「進來。」

商彥未動，厲哲幾人便不敢移動。

幾秒沒聽見聲音，老林頭抬眼：「怎麼？遲到還要我親自請你們入座……」

話說到一半，他看見商彥望著第一排那位新同學，輕瞇起眼。

老林頭臉色稍稍緩和：「那個，商彥，還有你們幾個，這是班上新轉來的同學，蘇邈邈。女孩身體比較弱，你們不要欺負人。商彥，你先找別的位置坐吧。」

確定真的是蘇邈邈，厲哲又換上一副嬉皮笑臉：「林老師，您偏心呀，明明是這女孩欺負我們彥哥，還占了他的……」

不等厲哲把話說完，他身前的男生突然有了動作。商彥側開視線，驀地輕笑了一聲，沙啞而愉悅，然後他轉回視線，徑直往教室最前排的那張桌子走去。

商彥在桌前站定，抽出插在褲子口袋裡的手，修長白淨的指節往桌上一撐，俯下身。

蘇邈邈屏住呼吸，聽見帽子外男生的聲線帶著懶散的笑意，微微震動耳邊的空氣：「嘖，這是誰家的小孩？」

「……」蘇邈邈握緊了指尖。

那人似是瞥見她的動作，薄唇一勾，笑聲壓得更低，透出一股慵懶的痞子味道：「……沒人要，可就歸我了。」

男生的聲音壓得很低，班上其他學生和老林頭都沒聽清楚，但是見商彥的架勢，不像是說了什麼好話。

老林頭眉毛一聳：「商彥，你不要連女生都欺負。」

商彥聞言，緩緩站直身體，懶懶地笑道：「我哪裡捨得啊，老師。」

後排的男生笑成一片。

「就是，彥哥多憐香惜玉！」

「他哪裡是欺負女孩的人，是不是？」

「新同學，妳千萬別怕啊。」

開玩笑的聲音越演越烈，商彥側過身，目光往教室後面一掃，眾人瞬間噤聲。

老林頭表情不好看地擰著眉：「商彥，你先坐後──」

「老師。」商彥從前面拉了張椅子，單手往女孩身旁的空位一擺，他輕舔了一下上顎，似笑非笑，眸子漆黑，「我坐這裡就行。」

「……」老林頭意外地看了他一眼。

班上除了厲哲幾個人以外，不知情的學生也都愣住。

過了幾秒，老林頭才回過神：「好了，都安靜上課。」

離下課還有五分鐘，老林頭提前講完了這節課的內容，他轉頭看了看教室前方掛著的鐘，再轉回來，表情有點意味深長。

「還剩一點時間，我收一下『作業』。」

學生們聞言一愣，不解地抬頭看向林正。作業向來都是早上各科統一收齊，哪有留給老師快下課才收的？直到看見林正落向第一排的目光，學生們才恍然大悟，隨即一個個無奈地低下頭。

果然，下一秒便聽見林正開口：「商彥，你上週遲到加曠課，我罰你背誦選修課本上的〈長恨歌〉全文，你背了嗎？」

班上同學們噎了噎，〈長恨歌〉全文八百四十字一百二十句，相當於長篇作文了，誰會閒著沒事去背那個，更別說商彥了。全年級都知道，商彥各科成績優秀，尤其物理化學，無論多難的試卷都拿滿分，其他學科成績也名列前茅，唯獨語文……成績跟其他科目相比，只能用慘烈來形容。

結果不出眾人所料，商彥站起身，聲音帶著沒睡醒的疏懶倦意，甚至還有些沙啞：「沒背。」

老林頭眉毛聳起來：「為什麼沒背？」

商彥有些不耐：「背不起來。」

老林頭頓時氣笑了：「背不起來？不會吧？你上週一當著全校的面，把化學元素週期表從頭到尾背了一遍，〈長恨歌〉能比那個還難背？」

話音一落，教室裡鬨然一片。

商彥垂著的手邊，原本安安靜靜窩了一節課的帽子突然動了動，從袖口露出的白嫩指尖有點糾結地捏緊了手裡的筆，就像是隻試探地伸出小鼻尖，往洞口嗅了嗅的軟毛生物。

商彥眼角餘光瞥見，薄唇不由輕勾了一下。

這下可把一直盯著他的老林頭氣壞了：「你還笑！……各科成績都那麼好，唯獨語文課每次都跟夢遊似的，我告訴你，你語文成績提高才能爭理科榜首，否則什麼都不行！」

老林頭大發脾氣，臉色漲紅，嚇得全班噤聲，而承受火力的商彥反而淡定得多，微微蹙著眉站在那裡。

臨近中午的陽光從窗外灑進來，為冷白而深邃的五官襯上淡淡的拓影。

老林頭長長吸了口氣，又吐出去，總算把怒火壓下。他冷著臉看商彥，還順道掃了兩眼後排的厲哲幾人：「要麼你自己背，要麼找你那幾個天天一塊鬼混的替你背，這篇你們今天背不出來，以後我的語文課，你都站後面聽！」

死寂的教室裡，靜默了幾秒。後排厲哲幾個男生壓不住火氣，有人已經低聲罵了起來。眼看即將發生衝突，站在最前面的商彥垂眸壓下眼瞳裡漆黑的冷意，輕嗤一聲，一言不發，轉身往教室後面走。

就在此時，旁邊糾結不安了幾十秒的蘇邈邈下定決心，伸手拉住商彥的襯衫衣角。

商彥被扯得動作一滯，他側身望去，只見那個從進教室起，一個字也沒有說過的女孩有些不安而遲疑地站起身。

她鬆開了握著商彥衣角的指尖，聲音很低很輕：「老師，我替他背……可以嗎？」

林正一愣，下意識地皺眉：「妳要替他背〈長恨歌〉？全篇？」

「……嗯。」

於是，接下來三分鐘，外加下課後兩分鐘，全班從一開始的目瞪口呆，到最後完全麻木地聽著站在教室最前排邊角的女孩，一字不漏地把〈長恨歌〉背完。

等最後一句「此恨綿綿無絕期」說完，全班一片死寂，連林正都愣了幾秒才回過神，大為欣賞地打量著女孩。

「一個讀音都沒出錯，不可思議。」

換作其他學生，還有可能是聽了林正上週對商彥的要求才回去背的，而這個剛轉進班上的女孩，顯然完全是出於個人的累積。

能熟練到隨口流暢地背完〈長恨歌〉，老林頭覺得自己看到了未來的得意門生，於是之前那點計畫受挫的不快一掃而空，林正看向站著的男生。

「商彥，有這麼優秀的新同學坐你旁邊，你以後要多向她學習，知道嗎？」

垂眼把女孩嬌小的身影籠在目光裡，片刻後，黑眸微動，商彥低頭，啞然一笑：「一定。」

蘇邈邈被那語氣撩得心裡一慌，不安地縮回座位。

林正喊了聲「下課」，教室裡雜音漸起。在這微喧的吵鬧聲中，蘇邈邈聽見身旁男生笑著俯下身：「以前怎麼沒想到，妳軟軟的腔調念詩，竟這麼好聽？」

蘇邈邈：「……」

商彥又笑：「小孩，妳再背一遍，師父自己聽。」

上午最後一節是數學課。

數學老師大概三十五歲左右，眼睛不大，視力不好，戴著副銀框眼鏡，愛好之一就是提前上課和延遲下課，堪稱教師界的典範楷模。所以，身兼語文課小老師的文素素從老林頭那裡搬著作業進教室的時候，數學老師已經開始講課了。

想到班導交代自己在每位專任教師上課前，將蘇邈邈的事情和他們說一下，文素素就不由懊惱，但數學老師正講到一半，她怎麼也不能過去打岔吧？

抱著僥倖的心理，文素素喊了一聲「報告」後，直接回到座位。

大半節課安然無事地過去，接著數學老師按照慣例出了一道測驗題，要學生們直接在課堂上完成。

第一排角落裡，商彥在數學老師開講沒多久，就從課桌抽屜裡拿出一副無線藍牙降噪耳機，塞上之後便趴下睡覺。

蘇邈邈題目才寫了個開頭，就聽見安靜下來的教室裡，身邊那個貼得很近的勻稱呼吸，輕輕傳進耳朵裡。她有些好奇地掀起一點帽緣，小心地往旁邊看。

那人枕著手臂安睡，光線從蘇邈邈身側灑下來，為那張清雋而深邃凌厲的側顏描上一層薄薄的暖金，高挺的鼻梁旁，冷白的皮膚上，垂覆的眼睫拓下淡淡的陰翳。

從她的角度看去，那人的眼睫捲長而濃密。

……讓人想伸出指尖輕輕摸一摸。

想法倏地冒出來，蘇邈邈自己也被嚇了一跳，她慌忙轉過視線，低下頭。

此時的數學老師從講臺上走下來，準備在教室裡轉兩圈。順著最裡面的那條走道，數學老師走了兩步，突然停下來，站定兩秒，扶了扶眼鏡，驚訝地說：「你們班上來了新同學啊？我才看見……怎麼上課還戴著帽子？」

「……」蘇邈邈身體一僵，之前李師傑明明告訴她，會讓文素素跟各科老師私下說明情況的，怎麼……

不等她回應，見女孩一直沉默的數學老師有些不悅：「這位同學，妳站起來一下。」

蘇邈邈慢吞吞地站起身。

班上除了厲哲那幾個以外的男生，本來就對不說話不露臉的蘇邈邈懷著惡意的揣測和好奇，此時見數學老師起了頭，自然跟著起鬨。

「老師，我們這新同學可神祕了，連自我介紹都沒做過。」

「是啊，更別說露臉了，一直沒脫下那個連衣帽！」

「也不知道包那麼緊要幹麼……」

「你說這什麼話，還能幹麼？大概就是長得見不得人——哎喲！」

說最後一句話的男生摸著後腦杓叫了一聲：「誰砸我——厲哥，你打我腦袋幹麼……」

厲哲氣得想上去踹他兩腳，剛剛他一聽情勢不妙，就想提醒一下這些二百五，沒想到一個個嘴那麼快。

「你找死嗎？」

厲哲壓低了聲音威脅，同時隱諱地往第一排趴著睡覺的背影看了一眼。而他前後，同樣很清楚商彥和蘇邈邈那層「師徒」關係的幾個男生也埋著頭，大氣不敢喘。

站在前面的數學老師沒看到這邊的狀況，見女孩還算聽話地站了起來，奇道：「是有什麼難言之隱，所以不能摘嗎？」

數學老師一邊說，一邊好奇地背著手從側邊彎腰，想去看看帽子下藏著的光景。

蘇邈邈身體微僵，本能地縮起窄肩，將臉壓得更低。

文素素終於憋不住，站了起來：「老師，她——」

「……谷老師。」一個沙啞懶散的聲音突然冒出來，打斷文素素的話。

班上原本還有些細微的議論聲，隨著這個聲音響起，就像是陡然按下消音鍵一般，教室裡歸於沉寂。

在第一排，開口的商彥撐著桌面站起身，眉心微蹙。他前傾的身體，恰好擋住數學老師望向女孩帽子下的視線。

數學老師尷尬地停住：「呃，商彥同學……」

「既然是難言之隱，那就是個人隱私……個人隱私應該不會妨礙谷老師你上課吧？」出口的聲音沙啞，男生漆黑的眸子裡還有未消的睡意和倦色，更深層則藏著點薄薄的戾氣。難得一張清雋的側顏上半點情緒都沒有，薄唇也抿出莫名的涼意。

「啊，確實不妨礙，既然是個人隱私，那就算了……」

數學老師尷尬地往另一排走道繞過去。

商彥這才直起身，露出護在身後的女孩。他側過頭，瞥向剛才起鬨的聲音來源：「還有誰好奇？」

語氣更冷。

剛才開口的學生，一個個連忙把腦袋壓進書裡。

商彥眼底戾氣稍退，轉回身，目光觸及還站著的蘇邈邈，眼底情緒融化了一些：「……沒事了，小孩。」

蘇邈邈緊扣著桌邊的指尖微微放鬆，跟著商彥一起坐下。

等到注意力好不容易重新回到題目上，蘇邈邈突然聽見帽子外，傳來若有若無的輕謔。

「小孩。」

「……？」

「妳剛剛，是不是偷偷盯著我看？」

「……！」

蘇邈邈的身體瞬間僵住，過了兩秒，女孩慢吞吞地又往裡面縮了縮。

而旁邊，男生漆黑的眼眸裡，笑意越發浸染。

不知道是不是因為上課的尷尬插曲，數學老師難得提前下課，臨走前告訴學生們等下課鈴聲響了再離開教室，便先拿著書本走了。

老師前腳出門，後腳學生們就聊了起來。

因為剛才商彥戲謔的提問，蘇邈邈始終縮在自己那桌的角落，此刻正盯著面前的本子發呆，直到有個聲音越過教室裡的嘈雜，在後面響起。

「文班花，能問妳一個問題嗎？」

文素素正因為課堂上的插曲，心情複雜又不安地往第一張桌瞟，聞言她轉過頭，皺著眉開口：「什麼問題？」

發問那人笑起來：「厲哥說他上週末，碰見妳跟一個小美人一起吃飯，真的假的？」

「哎對對，我也想知道！」

「我更好奇。哲子今天課間操上超激動，搞得全年級都知道了！」

「你聽他吹牛吧，把那小美人吹得像是人間絕色，比舒薇還漂亮呢！」

「比舒薇漂亮？不可能吧……」

一句比一句刺耳的「小美人」直往文素素耳朵裡鑽，她臉色青一陣白一陣，十分難看，下意識地又將目光投向第一排。

真可笑，班上所有人都不知道，他們口中那個驚為天人的「小美人」，就穿著一件灰色的寬大T恤，藏在他們視而不見的角落裡，而且半節課前還被他們嘲笑長相「見不得人」。

文素素陰鬱地轉回頭，然而已經有幾個男生注意到她的動作，他們順著目光看過去，毫不猶豫地笑起來：「文班花，我們問妳問題，妳看彥哥幹麼？」

「就是啊。」

「不過說起來，彥哥不是也見到那個小美人了嗎？」

幾個男生沉默片刻，到底還是為了「美色」不要命，大膽問道：「彥哥，你們週末見到的那小美人，真有厲哲說得那麼漂亮嗎？」

「……」蘇邈邈的筆尖頓住。

商彥原本垂著眼做題目，聞言微微抬眼，那道雪膚紅裙的身影隱約從腦海裡一晃而過，他想了想：「嗯，漂亮。」

商彥再平靜不過的聲音，卻讓教室後面的男生亢奮起來。

「臥槽，看來是真的比舒薇還漂亮的小美人！」

「我他媽好後悔，我那天上個屁補習班，為什麼不死皮賴臉地去白吃一頓飯啊！」

「比舒薇漂亮哎……哪怕只讓我看一眼……」

喧囂聲中，突然一個女聲有點失控地開口：「商彥，你也喜歡上她了？」

說話的人是文素素。

這個問題問得眾人悚然一驚，後排男生們更是嚇了一跳，慌忙補救。

「怎麼可能！」

「就是嘛，高三那邊都在傳，彥哥和舒校花才是……」

話還沒說完，卻見最前排、背對著全班的男生有了動作。

商彥嗤地一哂，伸出手，揉了揉旁邊蘇邈邈的帽子。他的嗓音疏懶，似笑非笑：「我還不如喜歡小孩呢。」

群眾的力量是偉大的，尤其在他們八卦的時候。

商彥上午最後一節課說的那句話，不過短短一頓午餐的時間，就傳得全校皆知，而且是添油加醋的版本。

三中一餐廳，用餐區。一群學生圍在桌邊，邊吃飯邊八卦。

「商彥跟他班上的新同學告白了？真的假的？」

「一班的人說的！」

「不可能吧，他和舒薇不是一對嗎？怎麼回事？」

「今天上午，一班的厲哲不是說週末在外面遇見一個小美人嗎？」

「我聽說了，說是比校花舒薇還好看！」

「嗯，商彥承認了。」

「臥槽……真的這麼漂亮？不對啊，那跟他班上的新同學有什麼關係？」

「有人問商彥，喜不喜歡那個小美人，結果商彥說更喜歡自己班上的新同學。」

「……靠！」

這桌正議論著，鄰桌又湊過來一個人。

「還有更扯的呢！我聽說，彥哥的新同學醜斃了。」

「啊？」

「據說穿得也超土，每天都是寬大T恤和牛仔褲。」

「臥槽，那彥哥為什麼喜歡那個醜八怪？舒薇不比她強多了？」

「不知道啊。」

幾人正唏噓感慨，桌上有人滑了滑手機，繼而興奮地抬起頭：「哎，下午第一節課是一班的體育課，他們肯定課前就整隊過去了，我們去看看那女生到底長什麼樣吧！」

一聽這提議，同桌的幾個人眼睛一亮，紛紛附議。

科技大樓裡，商彥推門進入培訓組，首先對上的就是吳泓博那雙哀怨的眼。

「……別用那麼gay的眼神看我，我會忍不住手癢。」商彥嫌棄地走到自己的電腦桌前。

「彥爹，你終究還是把我們這些舊人給拋棄了。」吳泓博更哀怨了。

「瞎扯什麼。」商彥輕嗤一聲，沒回頭。

「論壇裡都傳開了，說你對小蘇不計容貌，真情告白，海誓山盟，感天動地……」吳泓博還在搜索枯腸，想多講幾個四字成語。

然而沒等他繼續囉嗦，屁股下面的旋轉椅就被旁邊的男生長腿一踢，直接挪出去半公尺，而他開著論壇頁面的電腦，被商彥彎身的陰影籠罩。

商彥修長的指節壓在黑色滑鼠上，慢慢滑動，隨著頁面向下，那張清雋側顏上原本掛著漫不經心的笑，一點一點淡去，取而代之的，是幾乎要從漆黑眸子裡溢出來的冷意。

吳泓博縮在一邊，捧著自己的小心臟瑟瑟發抖，其實他就是看見論壇裡那些對蘇邈邈惡言相向的貼文，才想告訴商彥的，只是不敢直說，怕彥爹生氣。

如今一看，還好沒有直接轉達那些「醜八怪」之類的稱呼……

「呃，彥爹。」最裡面一張電腦桌後，欒文澤也小心地探出腦袋，「論壇裡發了個新貼文，我覺得你最好看一下。」

商彥眸色微冷，左手食指移到鍵盤F5上一按。

頁面刷新。

最上面一則新貼文，發文在兩分鐘前，此刻卻已經瘋傳。

『你們不是都想看那醜八怪長什麼模樣嗎？現在為你們直播掀帽子！』

看著那行字，還有下面叫好的回覆，死寂的辦公室裡發出「吱嚓」一聲輕響。

吳泓博心痛地看著自己那隻被商彥握得「呻吟」的滑鼠，卻連一個屁都不敢放。

那黑色滑鼠上覆著的白皙指背，綻起淡青色的血管，男生本就淩厲的側顏線條，此刻更是泛著讓人不敢直視的寒意。

幾秒之後，商彥摔下滑鼠，起身。

「封鎖它。」

「封鎖……這則貼文？」吳泓博小心翼翼地問。

「這個論壇。」聲線沉啞。

吳泓博和欒文澤對視了一眼，不敢吭聲，趕緊點頭。

商彥走到自己的電腦旁，垂手去拿搭在椅背上的外套，衣角拉鍊恰好卡在皮椅接縫處。

商彥垂眼，扯了一下，沒動。

吳泓博鬆了口氣，轉過頭，對欒文澤用口形無聲地說：「好像還沒有太生氣……」

話音未落，只聽「砰」的一聲巨響！

吳泓博和欒文澤驚詫地望過去，商彥那張誰都不敢碰的「愛椅」，直接被踹飛到牆角，而握著外套的男生已經出門下樓，背影修長冷冽。

看著牆角被踹掉一個轉輪的椅子，兩人噤若寒蟬，呆了半晌，吳泓博才頭痛地咧嘴：

「這下要出大事了。」

跟黃旗晟老師一起吃完午餐，蘇邈邈便回到教室裡。商彥不在座位上，走到桌旁的蘇邈邈偷偷鬆了一口氣。然而她坐下沒多久，教室中央的文素素站起身：「下午第一節體育課照常，準備去體育場集合。」

教室後排零星幾個男生歡呼了一聲，三三兩兩抱著球往外跑。原本安靜的教室，也在文素素的話音後稍稍掀起波瀾。

蘇邈邈愣在座位上，體育課的話，那她……

「蘇邈邈。」課桌旁響起文素素的聲音，她壓抑著眼底複雜的情緒，皺著眉看著蘇邈邈，「班上更新的名冊裡已經加上了妳的名字，而且這是換名單後的第一節體育課，所以妳也要一起去……妳身體的狀況，我會跟體育老師說。」

蘇邈邈遲疑了一下，慢慢點頭：「體育場是在哪……」

然而文素素並沒有聽見她的話——在她開口之前，文素素就已經轉身往教室外走去。

蘇邈邈剛開了頭的問句停在半中間，正有些不知所措，身後的座位突然傳來好奇的詢問：「妳不知道學校的體育場在哪裡嗎？」

蘇邈邈愣了愣，幾秒後，她才反應過來，對方確實是主動跟她搭話。

她側過身，猶豫了一下，輕輕點頭：「……妳能告訴我嗎？」

看到帽子下因為點頭的動作而晃了晃的一截雪白下顎，蘇邈邈後座的女生愣住兩秒，隨即莞爾道：「我也要去啊，我帶妳去就好了。」

說著，她從座位上起身，繞出來：「我叫齊文悅，妳叫蘇邈邈，對吧？」

鮮少從初次見面的同齡人身上感受到善意，讓蘇邈邈再次呆了一下子才反應過來。她站起身，低聲說：「嗯，妳好……我叫蘇邈邈。」

遲疑了一下，想起第一次被某人問名字的情景，於是又輕聲重複了一遍：「邈是表示遙遠的那個邈。」

「我知道，辵字旁加貌，對吧？」

蘇邈邈這次很快點了點頭，這才是正常的回應嘛，才不是蘇喵喵……

看出女孩被認同後的小反應，齊文悅笑聲悅耳：「妳真可愛，我已經有點喜歡妳了。」

蘇邈邈一愣，隨即藏在帽子下的粉白耳垂後知後覺地紅了起來。

齊文悅哪裡知道新同學這麼開不起玩笑，也沒多想，伸手就去拉蘇邈邈的袖子：「那我們去體育場吧？」

「……好。」

三中的校區面積很大，體育場占地也很廣。除了標準的ＰＵ跑道、足球場和籃球場之外，在體育場的最東邊入口處，還劃出了一塊類似小公園的綠地。

植物都是低矮的灌木，經園藝師修剪出漂亮的形狀，彎彎繞繞地簇擁著進入體育場主場的礫石路。整片綠植區的最北側，還妝點著一座假山噴泉池。

夏天正午是噴泉開放的時間，花形的水柱從假山隱密的出水口灑向高空，在陽光下畫出漂亮的小彩虹。

蘇邈邈出神地看著，她跟身旁的齊文悅剛繞過一段圍在樹周圍的灌木叢，突然聽見前方傳來說話聲。

「素素，妳別生氣啦。」

「是啊，商彥一定只是說著玩的，他怎麼可能會喜歡一個連臉都不敢露的醜八怪呢？」

「那個蘇邈邈也是走狗屎運，竟然能跟商彥同桌！」

「不過我聽厲哲說，她也是電腦培訓組的……」

「啊？那她和商彥在一起的時間豈不是比舒薇還多——」

「好了！」

一個女聲猝然打斷她們的議論，那個聲音蘇邈邈很熟悉，是文素素，只是因為氣惱，而失了慣常的冷靜。

「我不想再聽見她的名字，別提了。」

幾個女生訕訕地沉默下來，過了幾秒，才有人開口，談起別的話題。

蘇邈邈停在原地，一聲都沒有出。站在她身旁的齊文悅有些無奈，挽著女孩轉身往回走了一段，等確定那邊聽不到兩人的聲音才開口道：「文素素喜歡商彥，全年級沒幾個人不知道……而且，在妳之前，商彥從來不讓人跟自己同桌。」

蘇邈邈有些游離的思緒，被這句話拉了回來，她有些好奇地稍稍抬了一下頭：「為什麼……」

「商彥肯定是那種家境很好的人，所以很有距離感。現在還好，你沒見高一剛開學的時候……幾乎沒人能靠近他。」齊文悅解釋道，「而且他還有點潔癖，幾乎不碰別人的東西，也不讓別人碰他的東西。」

想起上次在餐廳，那人一邊用新筷子幫她夾菜，一邊嘲笑她「一百五」……蘇邈邈對潔癖這個說法持懷疑態度。

「就連班上的男生也不例外，厲哲因為打完球後直接去他那桌，被商彥踹出去好幾次。」

「那女生……」

「女生誰跟他同桌，大概一天二十四小時什麼都不做，光盯著他就夠了。」齊文悅笑著說，「妳剛來學校，不知道商彥的行情，長得帥，學業好，背景神祕，電腦方面更是神，學校裡喜歡他的女生，能從北門排到南門，再繞半個圈排回來……而且我跟妳說。」

齊文悅停頓一下，笑出聲：「商彥高一下學期，剛拿到電腦比賽金獎那陣子，還收過男生寫的匿名情書呢，哈哈哈哈……」

蘇邈邈呆了呆，忍不住，也輕聲笑了起來。

「所以啊，高一整個學年，商彥都沒跟人同桌，結果妳一來——」齊文悅聳了聳肩。

「……」帽子下，女孩停住微翹的唇角，有些糾結地皺起細眉。

齊文悅又說：「文素素會對妳有敵意，實在再正常不過了。因為大家都說舒薇是商彥的女朋友，所以除了文素素有些不服氣，其他女生都沒自信當面跟商彥示好，但暗地裡，還不知道有多少女生嫉妒妳呢。」

蘇邈邈有點不安地輕抿嘴唇。

兩人之間安靜了片刻，齊文悅低頭看了一眼手錶：「離上課還有一段時間，我覺得今天滿熱的，先去商店買兩瓶水。」

「嗯，好。」蘇邈邈輕聲回應。

齊文悅笑著往體育場東入口走去。

蘇邈邈在原地站了片刻，隨著時間推移，外面林蔭道上進場的學生似乎越來越多……而且不知道是不是她多心，總覺得有好多學生盯著她議論什麼。

上次升旗典禮險些發病的餘悸猶存，蘇邈邈在樹蔭下挪了幾步，決定先離開這入場的礫石路。

她順著樹另一側的岔路，往灌木區的北側走去，然而蘇邈邈不知道的是，在她離開之後，那些盯著她議論的學生中，有人嫉恨地打開學校的論壇，在上面發了點什麼東西。

蘇邈邈獨自慢慢散步，來到整片灌木區的最北側，在那座假山噴泉池前停了下來。

這裡鮮有人跡，安靜而愜意，夏日陽光明媚地蕩漾在淺淺的水面上，泛著點眩目刺眼的薄光。從噴泉口灑到空氣中的水花帶著潮溼的水霧籠罩下來，在水裡跳起層次有致的漣漪舞，彌漫的水霧浸透花草的清香。

蘇邈邈輕輕闔上眼，用耳朵去捕捉那些細微的水聲、風聲、葉動、蟲鳴……從小她就習慣了這樣一個人的安靜。

療養院也有這樣一個小假山池子，那個水池深一些，裡面還養了幾尾魚。在那裡沒有人願意跟她一起玩，所以她時常去池子旁，一待就是一下午。

回想起那段往事，女孩的眼睫輕顫了一下，片刻後，她睜開眼，重新審視著水面上映著的倒影。

以為藏起來就不會被人討厭……但好像，還是失敗了啊。

蘇邈邈遺憾地想著，身後突然傳來一串腳步聲。

「確定是往這裡走嗎？」

「確定，有人看到。」

「哎——你們看，那醜八怪不就在前面嗎？」

「呵呵，真的。」

蘇邈邈身子一僵，她看起來安靜，反應卻不慢，腦子裡很快就明白幾人說的是自己。她一側身，想要往旁邊走，卻還是來不及。

那幾個打扮花俏的女生見她想走，互相看了一眼，冷笑幾聲，同時圍了上來。

蘇邈邈本就站在噴泉池邊緣，被人圍了一圈，立時便沒了退路。

其中一個頭髮挑染了幾縷咖啡色的女生上前，嚼著口香糖嬉笑了一聲，眼神裡不掩惡意：「妳就是高二一班新來的那個蘇邈邈？」嘴裡的口香糖嚼得噠噠響。

見無路可走，蘇邈邈只能停下來，感受到對方話裡毫不掩飾的挑釁，她捏了捏藏在袖子裡的指尖，沒有說話。

「呵，長得不敢見人，脾氣倒是不小？我說話都敢不理？」

「醜人多作怪吧。」其他圍堵蘇邈邈的女生譏諷地幫腔。

嚼著口香糖的女生輕啐了一聲，上前一步，伸手在面前的女孩肩上一推。

「我聽說妳死皮賴臉地跟彥哥坐同一張桌？醜得不敢露臉，妳哪來那麼大的膽子？」

蘇邈邈被她推得往後踉蹌了一步，小腿抵到噴泉池邊緣。

「也不知道這醜八怪用了什麼手段，還讓彥哥說出那樣的話？」

「嘿，妳還真的信啊？」

「一班說的嘛。」

「我看商彥肯定是在諷刺她。」

「也是，有舒薇那樣的大校花做女朋友，誰看得上這種醜八怪？」

圍堵的女生妳一言我一語地冷嘲熱諷，圍起來的圈子也越來越小，蘇邈邈退無可退，只能慢慢縮緊身體。

「我不知道那是他的位置……」

「妳說什麼？」

為首嚼著口香糖的女生往前貼了貼，不懷好意地笑道：「妳他媽學蚊子叫嗎，人醜就算了，聲音還這麼小？」

蘇邈邈握緊指尖，耳邊的嘈雜聲越演越烈，在她帽子擋住的視線外，顯然有越來越多學生聚集過來，看熱鬧似的指指點點。那些低聲議論和隱約的惡意用詞，讓女孩本就雪白的小臉更失了血色。

不能情緒激動……不能……

蘇邈邈緊緊捏著手指，一遍又一遍地在心底告誡自己。

她用力地閉了閉眼。

似乎是聽到女孩略微急促的呼吸聲，幾個女生對視了一眼，嘲諷地笑起來：「哎喲臥槽，好像還真是個藥罐子啊？也不知道得了什麼病，這麼不經嚇？」

「喬姐，差不多了吧，可別把這醜八怪嚇出問題來，到時候還怪我們。」

「也好。」嚼著口香糖的女生勾了勾唇角，笑得不無惡意，「那我們就不做別的，專門來揭露一下這個醜八怪的嘴臉，省得她痴心妄想去勾引男生！」

「可以，我開直播了！幫她拍照片，讓這醜八怪在三中紅起來！」

說著，一個女生拿出手機，開啟相機模式，對著躲閃的蘇邈邈「咔嚓咔嚓」一陣連拍。

「哎，你們抓著她，別讓她亂動啊！配合一點，我們是好心好意幫妳出名呢，醜八怪！」

幾個女生笑聲刺耳地應和起來，她們紛紛圍上前，伸手就要去掀蘇邈邈的帽子。

蘇邈邈慌忙伸手壓住帽子，想躲開那幾個女生的糾纏，然而站在無路可退的噴泉邊緣，她躲無可躲，帽子也被其中一個女生用力地扯了下去。

刺眼的陽光照進眼底的瞬間，女孩哀哀地低叫一聲，驚慌地往後一退。小腿後的噴泉池邊緣將她絆倒，那些防止她掙扎而推上來的手成了最後的幫凶。

圍觀的學生們一陣驚呼，就在他們眼前，那個嬌小的女孩直接被推進噴泉池裡。

「嘩啦」一聲！噴泉池平靜的水面被落進池裡的女孩打破。她狼狽地倒在約有半公尺深的池子裡，冰冷的池水瞬間淹沒她跌坐進池子裡的大半身體，從上澆落的噴泉，將她披肩微鬈的淡栗色長髮澈底淋溼。

學生們被這突發事故嚇了一跳，沒等她們回過神去看帽子下露出的臉，池子裡的女孩慌忙地抱起膝蓋，別過臉。

浸透的寬大T恤再也不能掩蓋女孩的身形，緊緊順著她薄窄的肩線貼合下來。女孩唯一露在外面的那截頸子，在陽光下白得刺眼，纖細脆弱，像是單手就能折斷。

她用力藏住臉，身體止不住地顫慄，她想屏住呼吸調節心跳，但剛才不慎喝了兩口水，女孩壓抑不住地嗆咳起來，淡色的唇染上豔紅的嫣色。

「喬欣藝！妳們太過分了！」

周圍鴉雀無聲之際，剛買完水回來的齊文悅撥開圍觀學生衝了出來。看清跌倒在池水裡的女孩後，齊文悅瞬間氣得臉色發青，慌忙上去拉水池裡的人。

然而就在這時，變動再現，一道修長的身影快步跑進包圍圈。

在眾人呆滯的目光下，男生步伐驀地停住，目光四下一掃，凌厲清雋的側顏上，那雙漆黑的眸子像是封了冰。

「……商彥！」

「臥槽，彥哥怎麼來了……」

圍觀的學生裡傳出抽氣聲和壓抑不住的低呼。

水池前還有些猶豫的女生見狀，臉色微變，紛紛轉身看過來，而她們的動作，恰好將水池裡抱著膝蓋微微發抖的女孩身影暴露出來。

「……！」商彥的瞳孔驟然一縮。

嚼著口香糖的喬欣藝回過神，僵笑道：「彥、彥哥……我們聽說這個醜八怪總是纏著你，所以才想幫你——」

她話音未落，便見商彥眸色瞬間沉冷，如同抹了血色的利刃，刺來的目光似能割面。

沒等眾人反應過來，男生已經走到那幾個女生之間，他步伐一頓，薄薄的眼皮掀起，瞪向喬欣藝幾人，身側握拳的手臂抽動了一下，那雙浸上血絲的黑眸裡射出沉冷森戾的目光。

幾個女生嚇得臉色慘白，僵在原地。

「等著。」男生的聲音低沉裡透著嘶啞。

他握緊手裡的外套，目光橫向一旁，原本準備下水的齊文悅，被那眼神一掃，也不自覺僵住身體。

商彥將外套扔給齊文悅，黑瞳沉得發冷：「別弄溼。」

說完之後，在圍觀學生壓抑的低呼聲中，商彥邁進半公尺深的水池裡。

突然響起的水聲，把池子裡縮在假山下努力藏著臉的女孩嚇得輕顫了一下。

商彥像是沒感覺到那淹至小腿的水，側顏冷得猶如冰封，薄脣抿著銳利的弧線，一步一步走到女孩面前，停下。

「小孩。」他嗓音沉啞地喊她，眸裡漆黑如長夜，「……起來。」

女孩縮緊的薄肩又是一顫，她用力搖了搖頭，出口的拒絕藏不住那一聲低軟的哽咽。

畢竟已是夏末秋初，浸在水裡渾身溼透，風一吹，女孩便輕輕顫慄。陽光下蘇邈邈埋首在膝蓋上，彎屈的那截頸子，白得刺眼，纖細脆弱得可憐。

商彥眸光一沉，原本顧忌可能引發更多中傷女孩的流言，但此刻他最後一絲耐性告罄，他驀地俯下身，伸手勾住女孩屈起的腿，直接將人打橫抱起。

嘩啦啦濺起的水瞬間沾溼了襯衫長褲，商彥卻毫不在乎，他沉著眸，目光落到女孩驚慌蒼白的臉上，那雙如同受驚小鹿的眼，慌張地看向他。

膚色勝雪，唇色點嫣，五官精緻得如勾如畫，如琢如磨。沾溼的長髮鬈起，貼在尖尖的下巴上，襯著如雪的膚色和花瓣似的嫣唇。瞳仁烏黑，溼漉。這是一張美得近乎豔麗的臉，再配上驚慌無辜失措的眼神，更能勾起人埋在心底最深沉的欲望。

商彥愣住，片刻後，他近乎狼狽地垂下眼，勉強遮住眼底瞬間發酵成濃墨的情緒。

「彥哥！」噴泉池外，聞訊趕來的厲哲等人衝過來，停在池邊，「你徒弟沒事……」

話尾戛然而止，圍觀的學生被商彥的背影擋住，沒看到女孩的臉，但厲哲就站在池邊，把蘇邈邈的模樣看得無比清晰，清晰得讓他像是被雷劈到。

第四章　原來她就是……

幾秒後，厲哲終於反應過來，表情扭曲：「她不是……」

不等他說完，商彥已經抱著瑟瑟發抖的女孩從噴泉池裡走出來，溼淋淋的水順著褲腿灑在空地上。

四周死寂，沒有一個學生敢在此時開口。

打橫抱著女孩的男生站在那裡，眸若寒潭，目光掃過，讓學生在這夏末的太陽底下，覺得通體生涼。

而另一個讓他們無法出聲的，就是被商彥抱在懷裡的女孩了。

那張臉精緻，豔麗，無可挑剔。和所有人預想的，或者刀疤、或者毀容、或者胎記……完全沾不上邊。

所有學生在看見的第一瞬間，都是大腦空白，除了驚豔，別無他感。等大家終於回過神，低低的議論聲便不可壓抑地響了起來。

「臥槽——」

「……之前誰說她是醜八怪？？」

「瞎了瞎了。」

「她要是算醜，那全校沒有女生能看了。」
「早知道剛剛我就進去撈她了，操操操，這也太好看了吧！」
「……跟彥哥搶人，兄弟你很有種啊？」
「呃……」
商彥聞言眼神更冷，他側過身，單腿踩上噴泉池的邊緣，當著所有學生的面，讓懷裡的女孩側坐在他踩著石階的大腿上。
原本因為被抱起來而下意識地握緊他的襯衫，蘇邈邈突然感覺身旁的熱源遠離，不由得仰起臉看向他。
「師……師父？」尾音輕軟，帶著一點從水裡撈出來的無助顫抖和努力壓抑的哭腔。
商彥的眼神驀地深了深。這一瞬間，他心底不知道掠過多少不能為人知的晦暗心思，最後壓抑成眼底兩潭濃墨似的顏色。
男生側過視線，看向旁邊呆愣的齊文悅：「外套給我。」
「啊？……哦哦，好。」
齊文悅這才反應過來，連忙將手裡商彥扔給她的外套遞過去。
商彥單手接過，接著他動作一頓，微垂下眼，眸色暗沉地望著坐在自己腿上有些坐立不安的女孩。
「坐穩。」那嗓音沙啞又低沉，把蘇邈邈嚇得一動不動。
扶在女孩薄肩上的手臂退離，轉而展開外套，披在她已經溼透的T恤外面。

男生的指腹溫熱，帶一點灼燙，將衣領攏住時，不經意地從女孩白皙漂亮的鎖骨上拂過，引得蘇邈邈抬眼看他，卻撞進一雙黑漆漆的眸子裡，黑得像是要把她吸進去。

蘇邈邈呆滯了幾秒，然後她遵循本能，慢吞吞地顫抖了一下，將腦袋重新低下去。她看不懂商彥那個眼神，但是直覺告訴她，不能試圖探究，否則會出大事。

而商彥垂眸站了片刻，那張冷白清雋的側顏上仍不見慣常的笑意，片刻後他改變主意，抬手將攏好的外套向上一扯。

「……」蘇邈邈眼前突然黑了，被外套從頭罩住的小腦袋茫然地抬起，還遲疑地轉了轉，似乎並不理解為什麼突然被他包得密不透風。

而圍觀整個過程的厲哲和其他學生更是一頭霧水。

商彥不再猶豫，將包好的小孩往懷裡一攏，抱起來便往外走。

厲哲連忙追著自己心愛的小美人一起走，可惜腳剛跨出兩步，就被商彥冰冷的聲音釘在後面：「送她們去教務處。」

厲哲一愣，隨即反應過來，他目光不善地轉頭看向喬欣藝這幾個呆在旁邊的女生。

喬欣藝幾人意會過來，目光驚亂地對視幾眼，下意識地往後退。

厲哲冷笑，「現在才想到要跑？」他聲音壓低，「躲得了一時，躲不了一世。彥哥只說送妳們去教務處，算是手下留情了，還是妳們想效仿那個更慘的前車之鑑？」

想起商彥在三中那沒人敢提的名號的由來，幾個女生臉色刷白。片刻之後，她們垂頭喪氣、嘴唇微顫地點頭，認命又害怕地跟著厲哲往教務處走去。

另一邊，商彥抱著懷裡的女孩，走在通往科技大樓的林蔭道上。

他本來就是近幾屆學生裡最叱吒風雲的一個，三中幾乎沒有人不知道他的長相和傳聞，再加上此時兩人有些狼狽的模樣，相偎的親密，儘管外套擋住商彥懷裡的女孩，讓人無從看清長相，但仍擋不住往來學生驚訝的眼神及議論紛紛。

似乎是感受到隔著外套傳來的熾烈目光，女孩越發縮起肩膀，本能地將臉頰往裡面靠。躲在外套裡的細軟呼吸從男生修長的頸旁拂過，熨在一小塊領口的皮膚上。那呼吸像是被放大了一般，起初尚涼，片刻後微灼，再過不久已是炙熱——像塊烙鐵，燙得商彥抱著女孩的指尖和手臂都漸漸麻了起來。

男生垂眼，眸子裡沉得像是滴了墨，薄唇也抿出凌厲的弧線。

他看了不知道多久，突然聽見一個悶悶軟軟的聲從外套下傳出：「你是不是……在偷看我？」

商彥一愣，隨即想起之前自己也是這樣問她的，不禁莞爾：「是又怎樣？」

男生答得坦蕩，儘管嗓音帶了點沒來由的沙啞。

蘇邈邈有些氣悶地皺了皺鼻尖。

……下次她也要這麼理直氣壯。

女孩心下微惱，更緊地把薄肩往內縮，呼吸也貼得更近。在外套包圍的昏暗裡，女孩的脣無意間擦過男生襯衫下的鎖骨。

「……」修長的頸項上，喉結輕輕滾動，商彥額角跳了跳，側過眼，「別貼這麼近。」

他的聲音突然啞了，啞得近乎凶。

懷裡的蘇邈邈一僵，片刻後，她慢吞吞地垂下眼。

商彥未察，心底卻鬆了口氣，他自嘲地笑了。

……這哪裡是走林蔭大道？簡直是過刀山火海阿鼻地獄。

商彥抱著蘇邈邈進入科技大樓，一路上繞著兩人的那些眼神和議論也終於散去。上樓梯時，沉默很久的女孩微微仰起臉，遲疑幾秒，終於開口，軟聲裡帶著一點情緒低落的鼻音：「你是不是討厭我了……」

邁上臺階的長腿一停，商彥垂眼：「為什麼這麼問？」

「……」女孩沒有回答。

稍微回想了一下，蘇邈邈的沉默是從他哪一句話開始的，便了然於心。

「讓妳別貼那麼近，是為妳好。」

蘇邈邈愣了愣：「為……什麼？」

「……」商彥舌尖抵了抵上顎，片刻後他啞聲笑了起來，「小孩，妳應該叫我什麼？」

蘇邈邈遲疑兩秒，試探而小聲地說：「師父……」

「再喊一次。」

「師父。」蘇邈邈聽話地重複，但更不解了。

商彥終於抱著她上了三樓，轉身進入長廊時，他似笑非笑地嘆了一聲。

「妳記得，以後要經常這麼喊我。」

「為什麼？」

「用來提醒我。」

「……？」

蘇邈邈心裡的疑惑再沒有機會問出口，商彥用腳抵開培訓組辦公室的門。

「論壇已經無法訪問了。」

「老欒，下次你手別這麼快，我還來不及看清楚情況呢！」

「文澤，記得把開的『後門』痕跡清掉，萬一順著後臺摸到培訓組，彥爹不收拾我們才怪。」

「對對對，這個最重要。不過這樣一來，不知道小蘇那邊怎麼樣了……」

激烈的討論聲隨著門打開而戛然停止，電腦後面探出一顆顆腦袋：「彥哥，你——呃，這是……」

看見商彥那一身狼狽水漬，還有他懷裡被外套包得密不透風的小小一隻，在場幾個男生都有點傻眼。

「小孩掉進水裡了。」商彥腳步未停，抱著懷裡的女孩往小房間走。

「臥槽……」

「人沒事吧？」

「是哪個不怕死的，連我們小蘇都敢動？」

「砰」一聲關門聲截斷了話音，商彥冒著冷氣的聲音從門縫裡傳出：「論壇那邊收尾做好，要是被摸過來你們就扛著電腦主機跪門外吧。」

門口幾個男生面面相覷。

培訓組辦公室內側的房間原本是個小儲物室加休息室，最裡面就擺著一張單人窄床。商彥進房後，徑直將懷裡抱著的小孩擺到床上，順手拉上窗簾，打開燈，再轉過身時，床上坐著的小孩已經把他那件從頭罩住的外套拉了下來。

半乾半溼的栗色長髮微鬈，貼在小巧的耳垂旁，溼透的衣服勾勒出藏了許久的纖細身材，手腳乖巧地搭在床邊。

女孩不說話，一張豔麗的小臉恬然，烏黑溼漉的瞳仁安靜地看著他。

不說話也很要命。

商彥眼眸漆黑地轉開，他走到一旁的衣櫃，從裡面取出一件還未拆封的休閒白襯衫，想了想，又拿出一件。

「沒有浴巾，拿其中一件擦乾。」

將兩件襯衫擺到女孩坐著的單人床旁，商彥撐著床沿，垂眼望著小孩，盯了兩秒，他莞爾：「妳還真的一點都不怕我？」

女孩眨了眨眼，目光澄澈，像乾淨的湖泊。

「不怕……謝謝師父。」

倒是還記得他進門前的提醒。

商彥低笑，眼簾一垂，漆黑的眸子遮下，他直起身：「等一下叫人幫妳買條運動褲。溼衣服全換下來，免得感冒。」

「嗯。」女孩低著頭，輕聲回應。

商彥剛側過身，似乎想起什麼，又停下來：「裡面的，等妳回家再換。」

蘇邈邈懵懂地抬眼：「什麼裡……」

商彥側回眸，似笑非笑，目光拂落。

順著那人的視線往自己身上看，瞥見淋溼的寬大T恤再遮不住小小胸脯，女孩的身體驀地滯住。一秒，兩秒，粉雕玉琢似的雪頸，以肉眼可見的速度，慢慢攀上暈染開來的嫣紅，連耳垂都泛上粉色。

商彥眼神一深，不過片刻他回過神，輕咳一聲，挪開視線，轉身走出兩步，突然聽見身後傳來細如蚊蚋的聲音：「我昨天上網了……」

商彥收住腳，站在原地，垂著眼啞聲笑：「上網這種事，不需要和師父彙報。」

一轉身，卻對上女孩粉頰微紅的臉，一雙溼漉漉的瞳子黑得靈動。

蘇邈邈輕皺了一下鼻尖：「C語言裡，沒有叫『三十六D』的函數名。」

商彥仍在笑，盛著女孩身影的黑眸卻微微瞇起。

「師父，」蘇邈邈未察，執迷於求解，「三十六D……就會有很多人喜歡嗎？」

最後一點笑從男生冷白的側顏淡去，幾步走到床邊，商彥俯下身，手掌往女孩雙腿兩側一撐。

憑藉身高優勢，他輕鬆將女孩困在床與身體之間，呼吸相聞裡，商彥瞇起眼：「小孩，妳想討多少人喜歡？」

蘇邈邈被他突然貼近的動作嚇住，連低頭躲閃都忘了。她愣愣地看著面前的人，這人生著一張極好看的臉，即便這麼近的距離，也挑不出瑕疵。

眉骨立體，眼窩微陷，瞳仁漆黑，鼻梁也是挺直而漂亮的弧線，還有笑中透著凌厲的薄脣……

耳邊啞聲忽起：「妳想做什麼？」

「……？」蘇邈邈回過神，目光一低，才發現自己竟無意識地抬起手，要不是商彥開口，她的指尖幾乎要摸到男生的下顎了。

蘇邈邈被自己嚇了一跳，她眼瞳一縮，身體本能地往後躲，卻忘了自己還坐在床邊，重心不穩，便往後仰倒。

單人床很窄，離牆也近，商彥想都沒想，伸手就去護女孩的頭頂，身體跟著向前傾。

兩聲悶響，蘇邈邈枕著他的掌心撞到牆上，而商彥勉強撐住身下的床，才以分毫之差沒有壓在女孩身上。

空氣凝滯。

商彥回過神，無奈地垂眼低笑：「小孩，妳……」

話音未落，房門突然被人推開：「彥哥，舒校花來——臥槽！！」

「……」

「砰」一聲，門又被甩上，震天價響。

星。

商彥沉默幾秒，啞然失笑，他低眼，看著懷裡眼神無辜的蘇邈邈，眸裡像是落下點點碎

「小孩……妳是不是想誆我，嗯？」

蘇邈邈抿了一下唇，眼神慢吞吞地挪開。

「……我沒有。」

「聽話，最好別想。」

商彥垂眼，撐起身，站到床邊，臨轉身前，他想起什麼，側回眸，眼尾染上的笑意疏懶。

「而且我確實喜歡三十六D，妳不行。」

「……」

商彥說完，便俐落地轉身出門，直到身後最後一絲門縫閉合，他眼底的從容才散去，倚到牆上。男生垂著眼苦笑一聲：這個真的不行，商彥，你可別失心瘋。

認真為自己做了一番「心理輔導」，商彥再抬眼，組裡其他人個個表情詭異地看著他，想起剛才的闖入，商彥目光落向吳泓博。

吳泓博脖子一縮，乾笑：「彥爹，剛剛……剛剛那是……」

「是什麼？」商彥輕輕瞇眼。

「……」吳泓博抖了抖，目光閃爍。

「小孩才多大……你腦袋放乾淨點行不行？」商彥冷笑。

吳泓博被嗆得十分羞愧。

商彥邁開腳步，懶洋洋地走到旁邊，用辦公桌上的座機打了個電話。

「送條新運動褲到學校。」

「不是我，女孩穿的。」

「……那就各拿一件，讓她自己選。」

掛斷電話，商彥轉過身，辦公室裡還是一片安靜，他挑眉：「還有事？」

幾人對視一眼，吳泓博舉起一隻手。

「說。」

「舒校花在門外。」

商彥眼眸一涼，站了片刻，他起身走到門邊，一拉開門，舒薇果然站在正對門的牆壁前。

「商彥……」

舒薇眼睛亮了起來，目光故作不經意地在商彥身後掃了一圈。

商彥輕嗤一聲，靠上門框，他伸腳一踢，把門敞開。

「找人？……不如直接進去找？」男生漆黑的眸子裡壓著微冷的情緒。

舒薇委屈地看他：「我聽說你徒弟的事了，可那又不是我叫她們做的，你對我發火做什麼……」

商彥沉眸不語。

舒薇咬了咬唇：「竹林那天對你說謊，我已經道過歉了……你就別生氣了。」

「生氣？」男生輕嗤，轉開視線，「妳想多了。」

舒薇一咬牙，索性直問：「那怎麼從那天起，你就對我越來越冷淡？」

長廊寂靜，連辦公室裡聽見動靜的吳泓博等人都豎起耳朵。

商彥微瞇起眼：「舒薇，妳是不是忘了，一開始我說過，我不會否認，換三年清淨。但我也告訴過妳，我們之間不會有什麼關……」

話語未竟，小房間的門突然打開，披著微鬈栗色長髮，五官精緻豔麗的女孩走了出來。白皙的赤足踩在地面，她目光小心翼翼地掃過在場像是被按下暫停鍵的眾人，一邊尋找商彥的身影，一邊輕聲問：「師父，我的鞋帶斷了，能不能……」

看見商彥的瞬間，蘇邈邈也看到了門外的舒薇，對方正目光震驚地瞪著她。蘇邈邈慌忙抿住淡色的唇，嚥下沒說完的話，她低了低頭，隨後遲疑地望向商彥。

「師……父？」

滿屋死寂。

目光落了一身。

女孩身上只穿了一件比她薄瘦的身材大幾號的白襯衫，衣襬垂過雪白的大腿。空蕩蕩的襯衫下，那雙腿纖細勻稱，嫩滑瑩白，帶著一種視覺上的清香，讓人移不開視線。

門外的舒薇表情僵硬。

商彥臉一黑，轉身大步走向女孩。

「誰叫妳出來的！」

商彥臉色鐵青地站到女孩面前，他身材修長，此時刻意撐著女孩身後的門框，輕易就把這襯衫白腿的嬌小身影遮得嚴絲合縫。

商彥靠得太近，讓蘇邈邈有點錯愕，臉頰跟著泛起粉色。她往後挪了一點，呼吸順暢許多，才細聲開口：「不是，我……鞋帶泡水斷掉了——」

她低了低頭，看向自己的腳尖。

商彥眸子漆黑，順著目光往下看，白皙小巧的足尖不安地蜷著，趾甲泛粉，圓潤漂亮地點綴在細嫩的腳趾前端，像是幾片花瓣。

商彥閉了閉眼，額角一跳。

此時培訓組裡的幾個男生終於回過神，一邊驚嘆一邊靠了過來。

商彥手臂從門框上滑下，一把勾住女孩纖細的腰，輕鬆一提，就把人拎進房間，放到床上。

「在我叫妳出來以前，不准再動了。」他壓下上身，目光有些凶地「威脅」女孩。

「……」蘇邈邈眨了眨眼，不明白商彥突然生氣的原因，但她還是乖巧地點了點頭，「好。」

商彥這才轉身，門縫幾雙眼睛裡全是好奇，他順手從床上抄起蘇邈邈之前擦頭髮的白襯衫，手腕一擰，甩了過去。

被甩個正著的男生們見商彥往外走，連忙向後退，唯獨最前面的吳泓博被隔著襯衫按著腦袋推了出去。

商彥把身後的房門拉上，目光涼涼地掃過興奮的幾個男生。

「造反了？」

吳泓博把臉上半溼半乾的襯衫抓下來，笑得像個花痴：「彥爹，仙女哎，想抱抱……」

「……抱你媽！」商彥氣得發笑，「我徒弟，不能抱。」

吳泓博委屈無處訴。

商彥冷瞥他：「進組第一天就告訴你們了，不准覬覦。」

最後四個字說得吳泓博等人背後發涼，幾人對視一眼，終究不敢在這個節骨眼自尋死路。他們遺憾地看了一眼緊閉的房門，各自回到電腦桌前。

確定沒有哪隻眼睛再敢亂瞄，商彥收回目光。

舒薇還站在門外，臉色難看，眼裡情緒複雜，變換不停。

見商彥目光掃過來，她調整語氣開口，竭力讓自己聽起來毫不在意：「原來你徒弟就是那天在餐廳裡看到的女孩……你是一開始就知道？」

商彥皺眉，如果他一開始就知道，根本不會給小孩機會露臉。

眼神微閃，商彥扼住這個危險的想法：「不知道。」

舒薇低下頭：「那……你喜歡她？」

滿屋子八卦的視線如聚光燈一般照了過來，商彥眼睛一抬，所有伸長的脖子又縮了回去。

「她是我徒弟。」商彥頓了一下，轉過身，慢慢開口，「純潔的師徒關係，不容玷汙。」

舒薇和在場其他人相對無語。

舒薇心裡的緊張情緒總算緩和了些，臉色也恢復紅潤，上前兩步，壓低聲量，「我後天生日，在學校裡不方便慶祝，所以想這個週日辦個party，你……」舒薇突然頓了頓，想了想，探頭進培訓組，「我這個週日的生日party，想邀請你們全組一起來慶祝，你們有空嗎？」

在場的男生們愣住。

「我們？」吳泓博伸手指向自己鼻尖，又在空中劃過半圈，「全組？」

舒薇點點頭，輕笑道：「如果學弟們沒什麼事，希望你們務必參加……具體的時間地點，我會再發邀請函給你們。」

「臥槽……邀請函哎。」

「太高級了，長這麼大，我還只有在電視劇裡見過。」

「你他媽屬金魚的嗎？上學期參加那個什麼電腦交流會，你入場拿的不是邀請函，難道是狗牌？」

「……」

「所以去不去？」

「為什麼不去，這麼正當的理由可以白吃白喝——還是說，你想週日被黃老師或者彥爹抓去寫腳本？」

最後這句話讓腦袋湊在一起的幾個男生同時一顫，他們目光凝重地對視了一眼，迅速達成共識，轉回頭：「謝謝學姐邀請，我們會去的。」

舒薇笑笑，這才眼神閃爍地看向旁邊的商彥。

「商彥……你也會去吧？」

商彥眼皮一壓，目光垂落，看不出真實情緒地瞥向她。

舒薇難堪地握緊了手，她無聲地深呼吸，在心底安撫自己：他對誰都是這樣的，她已經習慣了，只要……只要能確定關係就夠了。

這樣默念了幾遍，舒薇伸手輕輕撥開臉側的一縷髮絲，露出笑容。

「畢竟，我也幫你做了這麼久的擋箭牌……這是我畢業前的最後一個生日，你可以來吧？有些事情，我也想跟你談清楚。」

「……『幫』？」

商彥單手插在褲子口袋，往門上一靠，清雋的側顏上掛著懶洋洋的笑，眼裡卻是寒涼。

「好。」他轉了轉脖子，漫不經心，「是該談清楚了。」

舒薇一走，壓抑不住八卦欲望的幾人冒出頭。

「彥爹，難道你和校花真的什麼關係都沒有？那學校裡怎麼傳得跟真的一樣？」吳泓博說道。

「聽起來是真的。」欒文澤附和。

組裡還有個高三男生，此時扶了扶眼鏡：「三年級也盛傳你們是男女朋友。」

商彥嗤了一聲，走向自己的電腦桌。

吳泓博還在分析：「既然不是彥哥自己說的，其他人也沒膽子造謠，那肯定就是……呃……舒薇自己說的？」

「無所謂。」商彥眼都沒抬，在電腦桌前一停，他皺眉，「我的椅子呢？」

「……」吳泓博和欒文澤聞言一起無語地伸手指了指最裡面的牆角。

吳泓博：「彥爹，你自己踹飛的，你忘了？」

商彥這才想起來，他側身瞥了一眼：「還能用嗎？」

吳泓博哀痛搖頭：「這一腳下去至少二級殘廢，怎麼說也是陪伴你一年多的結髮老『椅』，彥爹你太絕情了。」

「……」商彥瞥他。

吳泓博立即狗腿地改口：「不過換作我有這麼一個小仙女一樣的乖徒弟，別說踹廢椅子，踹斷腿都理所應當！」

「狗腿過頭了。」欒文澤小聲提醒。

「……」吳泓博偷偷看了看商彥。

商彥似笑非笑地瞥著他：「說吧，想斷哪條腿，我成全你。」

「……」吳泓博立刻求饒，「對不起彥爹，我的椅子孝敬給您。」

商彥自然沒答應，他去電話旁按下重撥鍵，接通後懶散地開口：「加一雙女孩的鞋。」

「尺碼？我怎麼知道。」商彥抬起下巴，瞥一眼安安靜靜的房間，「你等等。」

他將電話筒擱到桌上，轉身走向房間，推開門，女孩垂著一雙白淨的小腿和腳掌，乖巧又安靜地坐在床邊。

她聽見聲音，仰起臉，瞳仁烏黑淺亮：「師父。」

商彥應了一聲，走到床邊。他單膝跪到女孩身前，左手伸過去撈住女孩細細的一隻腳踝，往身前抬。

蘇邈邈被他這行雲流水的「吃豆腐」動作嚇得一愣，眼睛茫然又無辜地睜大，呆呆地看著他。

「師父……？」

「不是要鞋子嗎？」

商彥右手托住女孩的腳掌，看見在女孩腳跟後露出的指尖，不禁莞爾失笑，抬起眼：「還沒有我的手掌長……小孩，妳到底是十七，還是七歲？」

「……」蘇邈邈氣得想踹他。

感覺手掌上托著的女孩雪足輕輕掙了一下，滑膩的觸感拂過虎口，商彥眼神更深，在原地僵了兩秒，站起身，渾若無事地走出去，聲音懶洋洋地落在後面：「還是不准出來。」

尾音微不可察地上飄，商彥左手插進褲子口袋，指腹無意識地摩挲了一下剛剛被擦過的虎口。

回到桌前，他右手拿起話筒，另一頭的人聽見動靜，無奈地先開口：『我叫他們每個尺碼都拿一雙也可以。』

「看過了。」商彥語氣淡定，「你店裡不是有我資料？比我手掌短一公分左右。」

電話那頭似乎噎了一下，過幾秒才問：『你用手量？』尾音驚到拔高。

「怎麼了？」

『不是……那女孩是昏迷了嗎？你不能直接問她尺碼？』

「……」沉默幾秒，商彥垂眸，莞爾。

他握著電話的手抬起，屈起拇指，用指節叩了叩眉心，笑得無奈至極。

「我說忘了，你信嗎？」

『你這種沒人性的禽獸，我更相信你是故意占人家便宜。』

「……去你的。」商彥笑罵。

『還需要什麼別的？我叫他們一起送過去。』

「椅子壞了，補一張……」想了想，商彥改口，「兩張吧。」

『好，沒其他的了？』

「嗯。」

送東西的人幾乎和厲哲一起來到培訓組辦公室門外。

印著獨特黑色凹凸花紋 logo 的大箱子被幾個人抬了進來，還有一個妝容精緻的女人跟在後面，手裡提了幾個同樣 logo 的禮盒。

看到商彥，女人頷首，臉上的微笑恭謹有度：「商少爺。」

看見她，商彥似乎有些意外：「妳怎麼來了？」

女人笑笑：「老闆說了，能讓您親自用手掌量足長的女孩，怠慢不得。我選了幾套乾淨的內衣和外搭，送給那位小姐。」

想到女孩之前落水溼淋淋的狼狽樣，商彥便沒有阻攔：「人在房間裡。」

女人再次微笑著向他點頭，這才轉身繞過商彥，進到房間裡。

負責搬運的幾個人放下箱子便退出去了，等在外面的厲哲走了進來。

「彥哥，教務處叫小美人，啊不，叫蘇邈邈過去一趟。」

「？」商彥望過去，「找她做什麼？」

「好像說是要核對一下具體情況吧。」

商彥沒什麼表情，停了兩秒，皺起眉：「等一下我帶她過去。」

厲哲多逗留了幾秒，也沒見小美人露臉，只得遺憾地轉頭往外走，快走到門口時，他突然想起什麼，轉身幾步又竄了回來。

「差點忘了。」

商彥從房門收回目光，側過身，瞥向厲哲。

厲哲伸手從褲子後面的口袋掏出一疊淡紫色卡片：「路上遇見舒校花，說是要給你們組的邀請函？」

吳泓博幾人好奇地接過去。

「還帶著香味呢，不知道是什麼香水，」厲哲樂道，「你們聞聞，超香！」

「去你的，」吳泓博伸手揮他，「你從屁股掏出來的，還要我們聞？」

厲哲傻笑。

不等他接話，房間的門突然開了，最先出來的還是那個穿著西服的女人，跟在她身後，個子小巧的女孩慢吞吞地露了臉。

女人拿來的不是什麼誇張的衣物，而是風格極簡的一套黑色運動衣。長袖長褲，剪裁得體，把女孩的身形勾勒得纖細而乾淨，漂亮大方。沿著袖口和長褲兩邊，滾著兩條銀色與粉色相並的窄線，將過於深沉的黑色點綴出一點青春朝氣的純淨。

女孩腳上穿著一雙白鞋，露出袖口的手指尖握在身前，連衣帽也戴了起來。不過這一次，少了大幾號T恤的優勢，帽子只勉強遮住一點，巴掌大的豔麗小臉全部露在外面。

在場的人都看呆了。

女孩遲疑地看向商彥。

商彥直勾勾地垂著眼看了她兩秒，臉上漫不經心的笑意消散，不快地看向旁邊的女人：「這套運動服……沒有口罩？」

厲哲等人一頭霧水。

女人愣了一下，頗有深意地轉頭看一眼女孩，說道：「需要我回去取一副嗎？」

剛剛那句話是脫口而出，此時商彥冷靜下來，應付地勾了一下唇角。

「……開玩笑的，不用。」這個謊扯得十分沒有誠意。

站在女人身後的蘇邈邈皺皺鼻尖，嗅了一下：「什麼味道？」

她一開口，其餘幾個人回過神，吳泓博最先反應過來，伸手舉起邀請函：「這個，香水味太重了，嗆得我想打噴嚏。」

蘇邈邈的目光好奇地看過去：「是什麼……？」

被顏值逆天的小美人一盯，吳泓博手抖了一下，搗眼，把邀請函塞給旁邊的欒文澤：

「不行不行，被小蘇這麼看著我說不出話……你來你來。」

欒文澤無奈，避諱地看了商彥一眼。

商彥手插在褲子口袋，倚在門邊，眼皮懶洋洋地垂著，黑漆的眸子裡有些情緒不定，不知道在想什麼，但似乎沒有阻止的意思。

欒文澤於是開口解釋：「這是舒薇送來的生日 party 邀請函，邀請我們全組這個週日去參加……」

他頓了一下，組裡其他人也反應過來——之前舒薇說邀請他們全組，但不知道這個「全組」，是不是包含蘇邈邈？

「生日 party……」

女孩好奇地看向那疊淡紫色的卡片，她知道所謂的生日聚會，但在她十七年的人生記憶中，自己沒有辦過，也不曾受人邀請，只在療養院的後花園裡，偷偷躲在角落，看另一個女孩戴著紙做的王冠，而其他孩子繞著那個女孩唱生日快樂歌……

後來那個小王冠被孩子們丟掉了，沾上泥土，泛了潮，髒兮兮的，但蘇邈邈還是把它撿回來，夾在自己病房的小櫥窗裡。

她也想參加那樣的 party，她還沒唱過生日快樂歌呢。

蘇邈邈神遊太虛的時候，身後頭頂傳來有點低啞的嗓音：「想去？」

蘇邈邈轉過頭，商彥垂眼看著她，冷白清雋的臉上沒什麼情緒。

對他，可以說實話吧？蘇邈邈想著，慢慢點了點頭。

商彥莞爾，薄唇勾起一點笑，他伸手摸了摸女孩的帽尖：「那師父陪妳。」

旁邊，吳泓博和欒文澤對視一眼，暗自咧嘴，帶小蘇去舒校花的生日party，這不擺明要出事嗎？

蘇邈邈和商彥、厲哲一起離開科技大樓，前往教務處。

雖然論壇被封鎖，但下午第一節課以前，體育場發生的事情已經廣為流傳，說是高二一班轉來的女孩不但不是傳聞中的「醜八怪」，反而是一個能壓得住舒薇的小美人。一到下課時間，全校大半男生都在興奮地議論著這件事。

蘇邈邈頂著那張運動服藏不住的豔麗小臉，從科技大樓出來，沿途不斷接受各路目光「檢閱」，其中自然不乏蠢蠢欲動的學生。

商彥走在女孩身後不遠處，單手插在褲子口袋裡，模樣疏懶，唯獨一雙眸子漆黑。凡是對上他的目光，即便原本有什麼想法，也都嚇得趕緊把那點苗頭掐死。

一路無話地進入教學大樓，學生更多，除了教務處門口，那是塊「風水寶地」，格外清淨。

教務處外面站了一排女生，原本走在最前面的蘇邈邈見狀突然停下腳步，隔著兩三級臺階的商彥跟著頓住，順著女孩的目光望去，他看見了站在最左邊的喬欣藝。

商彥微哂，眸色卻很冷，他踏上兩級臺階，站到蘇邈邈身後，手一抬，扣住女孩的帽子，沒怎麼用力地揉了揉。

他垂眸，啞聲笑道：「小孩，妳怎麼這麼慫？」

「……」女孩有些僵硬的背慢慢放鬆下來。

真奇怪啊……她心想，怎麼這個人一說話，她好像就不怎麼害怕了。

看到商彥的身影，喬欣藝幾人臉色刷白。

「彥……彥哥……」她們目光驚懼，幾番對視之後，幾人朝商彥身旁的蘇邈邈一起彎下身，「對不起……」喬欣藝微咬著牙，「我們知道錯了。」

兩側長廊上，在教室外遊蕩的學生紛紛好奇地看過來。

蘇邈邈也是第一次遇見這樣的場面，不由得愣在原地，不知所措。

「然後呢？」商彥突然開口，走上前。

喬欣藝幾人一愣，直起腰，不安地問：「彥哥，什麼然後……」

商彥在那幾個女生身前停住，聞言輕嗤一聲，眸裡墨色像凝結了冰。

「小孩被妳們推進水裡……」想起女孩在水池中無助而瑟縮的背影，商彥眼神裡染上點薄戾，他脣角勾起，眼神沉得駭人，「你他媽跟我說聲對不起，就算了？」

正對商彥的喬欣藝抖了一下，抖掉臉上最後一點血色。她不敢再看商彥，恐懼地搖著頭縮起脖子，嚇到快哭出來。

「對不起，彥哥，對不起……我們、我們真的不敢了，我們再也不敢了，彥哥……你放過我們吧，我們真的不敢了……」

聽喬欣藝和其他女生連聲哀求，走廊兩旁圍觀的學生都露出點不忍。

商彥卻笑了。他垂著眼，側身對著光，將清雋的側顏勾勒出冷白凌厲的線條。在半明半暗中，男生的眼神透出一瞬的沉戾。

「放過妳們？……好啊。」

幾個女生驚喜地抬頭，正對上男生薄唇勾起的冰冷，她們眼底的驚喜僵住。

商彥一側身，讓出樓梯，聲線冰涼：「只要妳們從那裡滾下去，我就放過妳們。」

「彥、彥哥……」看著那足足十幾級的臺階，喬欣藝嚇得一句完整的話也說不出來，渾身不住顫慄。

她目光乞求地看向商彥，渴望從男生的眼裡看出半點轉圜的餘地，然而沒有，他垂眼睨著她們，薄唇微勾，冷白清雋的臉上沒有情緒，只有漠然。

「捨不得自己？沒關係，我幫妳。」

商彥說完抬起手，然而抬到一半，他又停住，微皺了一下眉，側過身。

和兩旁長廊上那些驚懼的目光不同，站在他身後樓梯轉角，穿著黑色運動服的女孩模樣乖巧又安靜，有些茫然地望著他。

被那澄澈乾淨的目光一盯，商彥舉到半空的手輕輕握起，放了下去。

「先送小孩回教室。」他瞥向厲哲。

「哎？可是教務主任不是要蘇邈邈進去確定情況嗎？」厲哲問。

站在女孩的目光裡，商彥一身戾氣退了大半，笑也懶散。

「沒必要，我突然覺得，私下了結更快。」

他話音剛落，後面幾個女生更是面無血色。

厲哲同情地看了她們一眼，清了清喉嚨，紅著臉，目光閃爍，轉頭看向蘇邈邈：

「那……那我送妳、送妳回教室吧？」

蘇邈邈奇怪地看著厲哲，十分不解這人為什麼突然結巴，但她還是慢慢點了點頭，輕聲道：「……謝謝。」

「……」厲哲的臉又更紅了一點。「不不不不不客氣。」

蘇邈邈一臉疑惑。

商彥輕瞇起眼，看來還是有人對他家小徒弟賊心不死，要找個時間，跟厲哲認真地「聊一聊」了。

高二一班的部分學生，也在體育場裡，見到了蘇邈邈的真面目。

噴泉池邊驚鴻一瞥，雖然沒看幾秒就被商彥用外套把小美人藏了起來，但那幾個學生回教室後依然激動得到處亂竄，宣傳「轉學生是個小美人」的消息。

起初還有學生不信，但見好幾個人都這樣說，不由翹首期盼起來。

等到下午第二節下課，終於看到和厲哲前後走進教室的女孩，全班躁動了。

「臥槽臥槽，真的是小美人！」

「比舒薇好看啊！」

「有嗎？我還是更喜歡舒薇。」

「呿，人家在乎你喜不喜歡嗎……再說了，舒薇知道你是誰嗎？」

「我是女生，但我也覺得她好可愛，想拐走，嗚嗚……」

「我也是，想拐走！」

「別想那個，先想想她和誰同桌。」

「……」

最後這句話一出，全班像是被潑了一盆冷水，躁動的心臟集體冷卻，有的還不由得抖了一下。

尷尬的寂靜裡，文素素坐在自己的座位上，手裡緊緊捏著筆桿，指尖都泛白了。

「素素，妳沒事吧？妳臉色有點難看。」跟她同桌的學生擔心地問。

文素素驀地鬆開手，抬起頭，露出不甚明顯的笑容。

「沒事，可能是體育課跑得太快，有點不太舒服。」

「這樣啊，那妳好好休息。」

文素素敷衍地點頭，目光狀似不經意地落向教室前方，被眾人熱議的女孩像是什麼都沒聽到，漂亮豔麗的小臉上看不出情緒，安安靜靜地回到自己的座位。

倒是厲哲在原地表情糾結地站了一下，目光亂掃，突然對上文素素，他眼睛一亮，快步走了過來：「文班——」

厲哲頓了一下，那個「花」字說不出口，有蘇邈邈在班上，好像文素素算不上班花了啊……

他眼珠轉了轉，迅速改口：「文班長，妳有點不夠意思啊。」

「……」文素素自然聽得出他換了稱呼，氣得臉色微白，還不能表現出來，她低下頭假裝翻書，「我怎麼了？」

「那天在餐廳裡見到的小美人分明是班上的新同學，妳怎麼提都沒提？」

經厲哲這麼一說，其他學生也想起來了，有男生在後排出聲附和。

文素素翻書的手一頓，不悅地抬頭：「你們當時並沒有問我，我有什麼義務一一通知？」

厲哲被文素素的態度刺了一下，有些訕訕地笑道：「那關於新同學，班長妳有沒有什麼能透露的？」

「……」文素素眼神微滯，要不要乾脆把蘇邈邈那個要命的病說給……目光閃了幾下，她猶豫許久，才重新低下頭，「沒有……我說過了，她只是我阿姨家的女兒，我們不熟。」

「不熟啊。」厲哲失望地摸了摸後腦杓。

他正準備抬腿回座位，就見教室後門進來個學生，趴在門邊說道：「我聽說了兩個消息，你們要不要聽？」

厲哲頓住腳：「少賣關子，有話快說。」

「哎喲，沒看見，厲哥也在？」那男生乾笑，不敢再拖拉，「我……我也是剛剛聽高三那邊說的。他們說我們班上新來的同學，是彥哥在電腦組帶的小徒弟。」

全班愣了愣。

蘇邈邈正跟坐在後面的齊文悅小聲交談，聽到男生的話，她也遲疑了一下，好奇地抬頭看過去。

「徒弟？」聽到議論聲的齊文悅驚訝地轉向蘇邈邈，「真的假的？」

「……嗯。」蘇邈邈點了點頭。

班上其他人同樣疑惑，傳消息的那個男生被問急了，索性直說：「高三那邊說是舒薇說的，總不可能有假吧。」

全班安靜了幾秒，不知道從哪個角落冒出一個聲音：「呵，是正牌女友聽到傳聞坐不住了，站出來澄清關係，以正視聽吧？」

厲哲隨手從旁邊拿了一本書扔過去：「正牌個頭啊，彥哥都沒認，你敢蓋章！」

被書砸的人抱著腦袋一縮；書被拿去扔的人也不敢說話，自己哀怨地起身去撿。

厲哲哼了一聲，看向後門：「第二個消息是什麼？」

「哦……就是我剛剛從三樓過來，看見教務處裡，喬欣藝——就上學期把四班一個女生打耳光打到退學的那個——還有經常跟她一起混的幾個女生，哭著跟教務主任說要轉學呢！」

「……沒意思。」

毫不意外的厲哲轉身回了座位，班上其他人卻小聲討論起來。

「喬欣藝？……不就是體育課上帶頭欺負班上新同學的那個？」

「喬欣藝會哭？？」

「就是說啊，我還以為只有她逼人家退學的分兒呢。」

「看來彥哥出手了。」

「喬欣藝都嚇哭了，到底有多可怕……」

「『三中商閻羅』，你以為是鬧著玩的啊。」

低聲的議論傳進吊兒郎當地和幾個男生開玩笑的厲哲耳裡，他眉一聳，從坐著的桌上跳下來，轉頭看向前排，臉色冷得難看：「剛剛那話誰他媽說的？活得不耐煩了是嗎？」

厲哲甩頭把手裡的書往桌上一摔，發出「啪」的一聲響：「再讓我聽見，我他媽——」

「……你是誰的媽啊？」一個懶洋洋的聲音突然在前門響起。

剛才還有點動靜的教室裡，驟然一寂，班上多數學生紛紛低下腦袋，尤其是之前低聲議論的那幾個，更是嚇得臉色微變，大氣不敢出。

僵在原地的厲哲一看見倚門站著的商彥，也立刻慫了。

「呃，彥哥……你怎麼回來得這麼快？」

商彥嗤笑一聲，站直身，神態疏懶地走進教室。

「還有兩分鐘上課，我不回來是要遲到嗎？」

「……」厲哲頭一次知道，彥哥字典裡還有「遲到」這個概念……

商彥回到座位旁，蘇邈邈正和齊文悅小聲聊著天。女孩聽得很認真，眼眸澄澈乾淨，像是兩方漂亮的琥珀。

商彥含笑垂眼。

被商彥目光一掃，齊文悅主動噤聲，蘇邈邈後知後覺地轉回頭，目光順著視線裡那雙長腿，掠過那人精瘦的腰身，一直落到那清雋張揚卻又總是神態疏懶的俊臉上。

蘇邈邈想起自己剛剛聽到的，她輕聲問：「你把她們嚇哭了嗎？」

「沒。」商彥微一挑眉，「她們太愧疚，自責得哭了，勸都勸不住。」

「……」蘇邈邈慢吞吞地皺起細細的眉，她聲音更低，像是輕聲的呢喃，還透著點軟軟的鼻音，「商閻羅……」

教室裡一片死寂，驚悚的目光紛紛投來。

女孩並未察覺，仍低垂著漂亮的眉眼，小聲道：「你好凶啊……」

這樣不好，會變得像她一樣……讓很多很多人不喜歡……那種感覺一點都不好。

站在原地，商彥映著女孩纖細身影的眸子裡，漆黑不知加深多少。他一瞬不瞬地望著女孩，眼瞳一點點瞇起。

旁邊的齊文悅嚇出一手心的汗，急著替蘇邈邈解釋：「彥哥，邈邈剛來班上，不知道你那個名號……不能說……」

她話還沒說完，卻聽商彥驀地低聲啞笑。

他從褲子口袋裡抽出手，白淨修長的十指微扣，袖子挽起露出的漂亮手臂撐在兩桌之間，眼眸漆黑地俯到女孩耳旁，緩緩停住。

他嗓音沙啞，女孩耳邊響起的笑聲懶散又撩人。

「我還能更凶一點……小孩，妳想試試嗎？」

男生俯得很近，近到蘇邈邈幾乎可以一根一根數清楚他細密纖長的眼睫，其下那雙眼眸漆黑，光線像是被壓抑在最深處，或明或暗地晃動著，格外意味深長。

蘇邈邈慢吞吞地眨了一下眼，勾在一起的手心裡，指尖不安地輕抓了抓。猶豫幾秒，她微微向後縮了一下細白的頸子：「……你要凶我嗎？」

那眼神大有「你要是凶我，我就要跑了」的意思。

商彥盯著她兩秒，驀地失笑，他伸手極輕地在蘇邈邈頭頂按了一下，起身坐回位子。

「不凶妳。」

所以別跑。

……野獸天生喜歡追逐逃跑的獵物。撲住嗚咽恐慌的獵物，咬住其後頸，將之叼回巢穴慢慢享用……

那種本能，最是壓抑不住。

所以千萬別跑。

商彥眸裡情緒攪成濃墨，神遊物外地翻過手裡的課本，卻根本沒看進去。

旁邊的蘇邈邈小心翼翼，師父好像有點生氣了，不然怎麼盯著物理課本的眼神，像是要把書吃了似的？

……真凶。

女孩皺了皺小臉，心想。

下午第三節是物理課。蘇邈邈之前在療養院，有蘇家專門聘請的私人家教，每天上門輔導，但她也只學完高一的課程。

這學期轉入三中，私人家教沒再上課，又耽誤了前兩週的課程，蘇邈邈聽起課來便有些吃力，故而下課鈴聲響了半分鐘，女孩依然苦惱地窩在嶄新的物理課本前，對著老師講的一道題苦思冥想。

另一邊，商彥睡了大半節課，剛從座位上抬起頭，第一眼看見的就是身旁輕咬著筆頭的蘇邈邈。

女孩的唇色有些淡，是一種接近櫻花瓣的嫣色。唇形秀氣漂亮，瑩潤的唇瓣輕咬著一截筆頭，隨著呼吸微微翕張，隱約還能看到整齊又漂亮的貝齒，以及思考間隙偶爾擦過貝齒的粉舌。

商彥驀地頓住，眼底倦色幾秒內便被墨似的情緒席捲一空。

「彥哥，最後一節自習課，你要去培訓組嗎？」厲哲的聲音從後排追來，踩著話音，幾人走到第一排前面，「不去的話，我們翻去校外吧？」

「……」商彥終於緩緩收回目光，冷白清雋的俊顏上不知為何一點情緒都不見，似覆了層薄薄的寒冰，格外沉戾，「培訓組。」

厲哲幾人面面相覷，互相用口形無聲交流，猜測是什麼人惹惱商彥了。

商彥收拾好自己原本就沒幾本書的背包，單手一拎，往教室外走去。

厲哲見狀，遲疑了一下，小心地看向旁邊，女孩埋著小腦袋，還在對著課本苦思冥想。

厲哲清了清喉嚨：「小蘇，我們下節自習課出去玩，妳要不要一起——嗷！」話尾被一巴掌拍了下去。

「誰打……」厲哲捣著腦袋直起身，質疑的聲音戛然而止。

商彥去而復返，此時嘴角微勾，眼神涼颼颼地笑著：「拐我小徒弟翹課，你皮癢？」

厲哲捣著腦袋委屈道：「我問問嘛……」

「問也不行。」商彥目光斜掃，剛抬起頭的女孩完全不懂發生了什麼，茫然地仰臉看著他們，筆頭捏在手裡，唇瓣上還沾著點水光。

商彥眼裡一深，拂落視線。

「更何況，小孩這小短腿，怎麼翻牆？從牆頭扔過去嗎？」

「……」蘇邈邈儘管沒有完全聽懂，但她感覺到「小短腿」這三個字透出來的「惡意」，她氣惱地瞪著商彥。

商彥被那雙烏黑溼漉的瞳仁盯了幾秒，啞然失笑。

「好好念書，不准亂跑。」

他轉身欲離開，又停下腳步。蘇邈邈還愣著，突然手裡一空，商彥回身將她指節間的筆轉了半圈，順勢拿走。

「不准咬筆！髒不髒？」

蘇邈邈抿住嘴，當眾被師父指正壞習慣，讓她有點赧然。

「不咬了……」軟聲答應，女孩把手伸向男生的手，想拿回自己的筆。

商彥微瞇起眼，下一秒，他將手裡的筆一收，邁開那雙長腿：「沒收。」

男生將細細的中性筆夾在修長的指節間，背過身向女孩晃了晃。

「……」蘇邈邈氣哭。

厲哲幾人跟著尷尬地走了。

等他們的身影消失在門外，蘇邈邈後座早已按捺不住的齊文悅撐著桌子湊過來：「哇，邈邈，商彥對妳也太不一般了吧？」

蘇邈邈還在哀嘆自己可能再也要不回來的筆，聞言慢吞吞地轉過去。

「妳剛來學校不知道，『商閻羅』這個名號，背地裡說說就算了，誰敢當著商彥的面說……」齊文悅誇張地吐出舌頭，「都嚇屁了。」

蘇邈邈被她逗笑，眼角輕彎下來。

齊文悅又道：「之前真是嚇死我，我還怕他教訓妳，沒想到他竟然笑了。嘖，有徒弟的人果然不一樣。」

蘇邈邈想了想：「他不是常常笑嗎？」

「那不一樣，他在女生面前很少笑，非常冷淡……跟他同班一年多，我從沒見他對哪個女生像對妳一樣。為妳出頭也是……」齊文悅邊說邊朝女孩眨眨眼，「怎麼樣，抱彥哥大腿，做小徒弟的感覺是不是很爽？」

一個身影掠過蘇邈邈的腦海，她猶豫了一下，還是忍不住問道：「那……舒薇呢？」

齊文悅被這個問題噎住，隨即不好意思地抓了抓頭：「這我不清楚，舒薇畢竟是高三的嘛，不過……」

「不過什麼？」蘇邈邈好奇地問。

齊文悅神祕兮兮地湊過去，壓低了聲音：「舒薇這人，長相漂亮、身材又好，還會打扮，聽說家境也不錯，好像還是哪家雜誌的簽約模特兒……妳可得小心她。」

蘇邈邈愣了一下：「我為什麼要小心她？」

齊文悅嘆氣：「妳怎麼這麼單純？」

蘇邈邈：「……？」

齊文悅：「要不是三中的論壇出問題，莫名其妙就進不去了，否則妳信不信，現在論壇裡肯定全是討論妳和她。」

蘇邈邈不解。

「三中校花的位置舒薇牢牢占了兩年多，沒人能撼動。文素素人氣夠高了吧，卻還是沒辦法跟舒薇比。」齊文悅一攤手，「但妳出現了，情況立刻就不一樣了。才沒多久，學校裡都傳開了。我國中同學上節課還從別班跑來問我妳的事，現在全校都等著看，這個『校花』的位置到底花落誰家。」

蘇邈邈慢慢皺起眉：「可我不想爭這個校花的位置……」

「這由不得妳，全校這麼多雙眼睛看著呢。」齊文悅伸手，安撫地拍了拍女孩的肩，「所以，舒薇現在保證看妳不順眼，我想她肯定會想方設法找妳碴。」

齊文悅話音剛落，跟她同桌的一個戴著黑框眼鏡的女生抬起頭：「嗯，她會。」說完，女生還扶了扶自己的眼鏡。

蘇邈邈愕然地抬眼望去，齊文悅樂了，伸手為蘇邈邈介紹：「這是我們班上成績永遠第一的高智商學霸，廖蘭馨。她都這麼說了，那肯定不會錯！」

說完，齊文悅自己先好奇地轉過去：「不過妳為什麼這麼肯定啊？」

廖蘭馨神色平淡：「他們不是說了嗎？她是商彥小徒弟的事，是舒薇傳出去的。」

齊文悅：「所以呢？」

廖蘭馨極輕地皺了一下眉，略帶嫌棄地看了齊文悅一眼：「妳就沒從這裡面感覺到什麼？」

齊文悅虛心求教：「什麼？」

「……」廖蘭馨解釋道，「迫不及待，如鯁在喉。」

說完，學霸就繼續埋頭念書了。

齊文悅想了想，恍然大悟地點頭，朝廖蘭馨豎起大拇指，然後轉向前座的女孩。

「這下妳懂了吧？保重啊，蘇邈邈同學。」

「……」

「不過等校花評選開始，我一定會投妳一票！」

「……」

隔天，喬欣藝幾人果然沒有出現在學校裡。有八卦的人專程去教務處探聽情況，原來幾人已經確定辦理轉學。

這件事經過發酵，學校裡原本對高二一班「小美人」蠢蠢欲動的，都紛紛偃旗息鼓，畢竟讓商彥這麼保護的小徒弟，想出手，需要非常大的膽量。

週二，電腦組要去鄰省參加比賽，蘇邈邈對程式設計還未上手，便留了下來。商彥和吳泓博、欒文澤等人，當天下午離開學校，趕赴鄰省。

一週的時間眨眼過去，週日清晨，文家。

用過早餐之後，文程洲夫妻帶著文素素赴一場高爾夫球約。臨走前，文程洲不放心地問：「邈邈，妳真的不跟我們一起去嗎？」

剛從餐廳出來的女孩步伐放慢，輕點了下頭。

站在玄關換鞋的文素素聽見了，抬起頭，看向站在餐廳門旁的女孩。

在學校曝光真實樣貌之後，女孩仍舊穿著那套寬大的T恤，但已經不用帽子遮著臉了。文素素不得不一天十幾個小時地看著這張精緻豔麗的臉，偏偏還不會審美疲勞，她氣得在心裡跺腳。

她輕抬下巴，面無表情地瞥了女孩一眼。

「爸爸，我們該出發了。」

文程洲應了一聲，交代家裡傭人照顧好蘇邈邈，便轉身和文素素一起出門。

三人走後，蘇邈邈上樓回自己房間，在乳白色衣櫃前遲疑片刻，最終從裡面拿出那套黑色的修身運動服。

換好衣服下樓，蘇邈邈在餐廳門外踮了踮腳：「阿姨，我要去參加一個……同學的生日party。」

女孩的聲音細軟，帶著小心的試探。

餐廳裡的阿姨正要回答，突然想起什麼，連忙轉身：「妳要出門？阿姨送妳過去吧？」

蘇邈邈搖了搖頭：「不麻煩阿姨了。」

「可妳自己一個人安全嗎？」

「有同學在，沒關係的。」

耗費好一番口舌，蘇邈邈終於「獲釋」。文家的傭人阿姨依然不放心，跟在蘇邈邈身後來到別墅外。沒想到門外很氣派地停了一排車，是四輛光芒四射的……計程車。

傭人阿姨一頭霧水，這是什麼情況？

就在這時，最前面一輛的後車窗搖下來，吳泓博興奮地探出大半個身子，朝蘇邈邈招手：「來了啊小蘇，妳上第二輛車，後面兩輛是厲哲他們幾個！」

「好。」

「我們這輛在前開——哎喲，臥槽！等等！卡住了，卡住了司機大哥！……文澤！文澤幫一下啊——」

開。

走到車邊的蘇邈邈忍不住回過頭，莞爾輕笑，不等她轉身，面前的後車門突然從裡面打

「party 要遲到了，小孩。」

隨著戲謔的啞笑，車裡那張清雋的側顏轉了過來。

蘇邈邈一愣，低頭看過去。透過身旁的薄光，那人高挺的鼻梁在冷白的皮膚上拓下淡淡的影子，漂亮得像是從古老而經典的電影中走出來的貴公子，讓人很想描邊摹刻下這一幀畫面收藏。

蘇邈邈眼睫顫了顫，感覺心跳漏了一拍。她有些慌亂地避開那人似笑非笑的目光，低頭鑽進車裡，還下意識地按了按心口的位置。

……還好帶了藥。

蘇邈邈輕輕皺眉，不安地想。

最近病情都很穩定，怎麼剛剛……突然像要發病似的？

蘇邈邈坐穩，傭人阿姨上前，扶著車門囑託幾遍「注意安全」，才放計程車隊離開。

「走嘍！」第一輛車裡，傳出不知道誰的笑鬧聲。

「注意安全啊，邈邈！」傭人阿姨的聲音很努力地追上來。

蘇邈邈搭乘的第二輛車開了出去，司機大哥笑著搖頭：「你們現在這些學生真會玩。」

「……？」蘇邈邈不解。

「不是去參加生日 party 嗎？怎麼搞得像搶押寨夫人一樣？」

蘇邈邈懵住，坐在旁邊的商彥莞爾，他側眸，望向身側，女孩的目光都有些呆了。

商彥忍不住想要逗弄女孩，他單手撐著座椅，傾身過去，幾乎貼到女孩耳邊。

「小孩。」商彥啞著嗓音開玩笑，「師父包妳吃香喝辣，衣食無憂，陪妳上山打獵，下海捕魚，只要妳跟我回寨，做我的押寨小美人……好不好？」

尾音沙啞的「好不好」說完，車內安靜許久，又過幾秒，蘇邈邈終於反應過來，慢吞吞地往車門方向挪了挪。

「……不好。」說話間，女孩細白的頸子上，一點點染上嫣粉的顏色。

商彥莞爾：「為什麼不好？」

「我……」蘇邈邈噎了兩秒，「不吃辣……」

「那吃別的。」

蘇邈邈憋了口氣，小聲道：「不勞而獲也不好……」

「誰告訴妳，」商彥舌尖輕輕抵了抵上顎，笑道，「押寨美人可以不勞而獲？」

蘇邈邈茫然地抬頭，望向他。

商彥看得很清楚，映著他身影的瞳仁裡澄澈乾淨，黑白分明。

跟張白紙一樣的小孩，什麼都不懂……什麼顏色都任君塗抹。

商彥捏緊了指節，緩緩吐出一口氣，他轉開頭，微瞇起墨黑的眼瞳，漫無目的地盯著窗外：「我要妳怎麼稱呼我？」

「師父。」蘇邈邈不解地看著男生的側臉，但還是乖巧地回答。

商彥沒回應，他只是輕瞇起眼，望著窗上兩人交疊的身影，心底嘖了一聲。

為人師表啊，商彥，至少……做個人吧。

第五章　純潔的師徒關係

一排搶眼的計程車，停在C城一家極為有名的私人俱樂部外。

俱樂部門外的黑衣保全在見到四輛計程車後都神情古怪。站在最外的兩人對視一眼，兩相搖頭確定無印象後，其中一人上前，走到為首的吳泓博幾人前面，伸手攔住他們的去路。

那保全皺著眉頭說：「不好意思，幾位，我們這裡只接待ＶＩＰ會員及其客人，還請你們離——」

話音未落，最先擠下車的吳泓博掏啊掏，終於把那淡紫色的邀請函掏出來，遞到保全面前。看清邀請函，保全神色變化不大，只是放鬆眉頭，伸手接過。

「大哥，什麼年代了還以貌取人？況且，計程車也是車，看不起是怎麼樣？我跟你說，這個構造上……」吳泓博不滿地說著，大有跟保全碎念兩個小時的架勢。

慢一步下車的商彥走過來，他神色懶散，走近後一抬腿，作勢要踹吳泓博：「幾點了，還不進去？要我們陪你站門外吹風嗎？」

吳泓博躲開，委屈兮兮地說：「飯可以不吃，但道理得跟他們講清楚啊。」

「去旁邊開講座，別擋路。」商彥繞開吳泓博，走到那保全面前。

保全兩秒前不經意抬頭後就沒再低下去，一直呆愣地看著商彥，眼睜睜見他走到面前也沒有反應。

商彥停下腳步，微一挑眉，視線往下，壓到那邀請函上：「有問題？」

電光石火間，保全終於想起面前這個看起來十分眼熟的男生是誰了，他驟然回神，臉色大變，近乎慌亂地彎下脖子：「商少……」

「沒問題就讓開。」商彥不疾不徐地打斷了保全的話，「我們要進門。」

「抱、抱……抱歉。」保全連忙往旁邊退，途中還踉蹌了一下。

吳泓博離兩人最近，看得很清楚，不過幾秒鐘，那保全的額頭上竟然已經冒汗。

吳泓博稀奇地看了商彥一眼，商彥卻視若無睹，稍側過身，望向幾公尺外的蘇邈邈。

「走了，小孩。」他莞爾，「小心走丟了，被人拐回去『押寨』。」

「……」蘇邈邈腳步一滯，微惱地低下頭。

旁邊吳泓博看了，樂道：「哎，彥哥，押寨是什麼梗？」

商彥放慢腳步，等蘇邈邈走到自己身旁，他側垂視線，似笑非笑：「小孩，妳告訴他。」

蘇邈邈這次終於忍不住了，她微仰起臉，烏黑的瞳仁裡帶著點惱火，又像是水光盈盈，不滿地瞪向商彥。

吳泓博看戲看得很樂：「彥哥，我發現小蘇翅膀硬了啊，都敢瞪你了。」

商彥沒在意，一笑置之。

蘇邈邈卻愣了一下，如果不是吳泓博提起，她自己都沒有注意到。不知道從什麼時候開始，她對商彥好像越來越不拘束，所有情緒寫在臉上，再也不像對旁人那樣小心翼翼地擔心自己會惹對方不悅。

對蘇邈邈來說，這是她從未經歷過的人際關係，對她來說是全然陌生的新世界，就像是初次鑽出泥土的芽，一切都讓女孩覺得好奇和期盼。

C城這間私人俱樂部占地很廣，包含四種不同主題建築。按照邀請函上的「現代館」引導，以及中途趕來接待的人指路，一行人很快抵達舒薇辦party的包廂。

眼前這一間，看起來就像個小型音樂廳，不過不同於音樂廳整齊的座位，這間包廂內，半橢圓形舞臺前，既有靠近吧檯的高腳椅，也有散亂不失美感的桌椅，緊鄰牆角還分布著幾處設計感十足的真皮沙發座。

包廂內的燈光大概是可以調節的，僅僅是商彥幾人進門到桌旁的這一段路，頭頂光線便經過由明轉暗，又由暗轉明的幾重變幻。

蘇邈邈是第一次來這樣的地方，從進門初接觸燈光起，她就有些不安，身體不由自主地往商彥貼近幾分。

商彥有所察覺，不理會周圍投來的目光，他停下腳步，皺眉說：「不舒服嗎？」

「……」蘇邈邈搖頭，想了想，她又輕聲開口，「不吵鬧的話就沒關係，師父。」

不知是不是此時燈光昏暗的緣故，女孩的尾音聽起來格外輕軟，那聲「師父」好似多染了兩分繾綣，聽得商彥額角一跳。

他移開目光：「……如果有什麼不舒服，要告訴我。」

「嗯。」女孩回應。

兩人繼續往包廂內走，吧檯、方桌、真皮沙發……不少受邀學生提前抵達，散坐各處，反倒是 party 的主角舒薇還沒有現身。

到場的人裡，多數是舒薇高三的同班同學，這些人都很清楚舒薇這次 party 的心思和計畫，故而視線或明或暗地，都落在商彥身上。

商彥踩到燈光明處的一瞬間，場中突然安靜得詭異，有人張口欲言，然而就在此時，包廂的門再次打開，從門外走進來的正是盛裝的舒薇。

包廂內的燈光恰好轉到最亮，舒薇看到商彥的身影，驚喜地抬起手，「商——」下一秒，她僵在原地，瞪著商彥旁邊的蘇邈邈，舒薇臉色鐵青，「……她為什麼在？」

舒薇整個人降到冰點，包廂裡原本就安靜的氛圍，頓時被壓到死寂。

商彥正要拉小孩入座，聽到舒薇的話微屈的長腿重新站直，他挑眉抬眼，目光看了過去：「不歡迎？」

舒薇咬了咬唇。商彥幾乎是她費盡心機求來的，她當然歡迎，可蘇邈邈……

不等舒薇開口，之前被她聲音嚇到的電腦組眾人也反應過來，吳泓博臉上仍是嘻嘻哈哈的笑容，但眼神卻有點不高興。

他離舒薇較近，上前兩步，壓低聲音半開玩笑地說：「舒學姐，之前是妳說邀請我們全組的，這小蘇是我們組的新人，妳又不是不知道……學姐給點面子，別讓小蘇下不了臺。」

舒薇捏緊薄裙的裙襬，用力到指尖血色全無。

如果她堅持不讓蘇邈邈參加，想必電腦組其他人，尤其是商彥，也會跟著一起離開吧。

幾秒後，舒薇豔抹過的紅唇一彎，她眨了眨眼，抖掉之前冰冷的神情。

「我只是太意外了……」舒薇笑笑，往裡面走，「邈邈是商彥的小徒弟，我知道，她就像是我的小徒弟一樣，我怎麼會不歡迎呢。」

說話間，舒薇已走到女孩面前，她低下目光，在高跟鞋的加乘下，眼前的女孩比自己矮了將近十公分。

舒薇眼底笑意輕輕閃爍起來，她伸出手，要去挽女孩垂在身側的手腕，然而還差幾公分的距離，眼前的女孩突然被人往身後一攬。

伸出去的手落空，舒薇不由錯愕地抬頭。斑駁變幻的聚光燈下，男生那張清雋的面龐上，笑意淡得近乎於無。

他輕笑了一聲，眼眸清冷：「我養的小徒弟，怎麼變成妳的了？」

「……」

冷白又俊美的臉上透著點頹懶的不馴，商彥嘴角一扯，似笑非笑地側身，垂下眼，去看被自己扯到身後的蘇邈邈。

「小孩。」他語氣不正經，沙啞地笑喚了一句，「我是妳什麼人？」

蘇邈邈不解地仰頭望他。聚光燈的光線從側面照過來，望著她的那雙眸子漆黑，細長微捲的眼睫在冷白高挺的鼻梁上斜拓下蝶翼似的陰影。

女孩的心思蕩漾：「師父……」

這是她進場後第一次開口，如同吳儂軟語一般的低腔，透著點輕糯的鼻音，神情認真又疑惑。

商彥舌尖捲過上顎，片刻後才回神，垂眼，他嘖一聲輕笑：「會讓別人做妳師父嗎？」

「……」這個問題之前沒有出現過，蘇邈邈猶豫了一下，不知該怎麼回答，又安靜幾秒，女孩低下頭，「……不會。」聲調依然很輕，但這一次卻堅定得多。

「——」舒薇臉色頓變，安靜的包廂內，也有幾聲輕議從各個角落傳來。

商彥愣了兩秒，驀地一笑，他甚至忘記自己問這個問題的初衷，也全然不記得身後的舒薇。

「沒白疼妳。」聲音裡帶著明顯的愉悅，商彥動作停了一下，慢慢彎下身，停在女孩耳邊，「認定只有一個師父就不准反悔，不然……」

蘇邈邈好奇地抬眼看他，不然什麼？

商彥動作一滯，女孩微微側身望著他，眼瞳溼漉清亮，睫毛捲翹地眨了一下，近在咫尺，如同抓在人心頭上，癢得發麻。

「……」調戲不成反被「將軍」，商彥眸色加深，近乎狼狽地躲開她的視線。他直起身，輕咳一聲，暗下來的燈光幫他隱藏臉上的不自然，「不然打斷腿。」

蘇邈邈：「……」噫，真凶。

學生裡有擅長炒熱場子的，此時覺得包廂內氣氛尷尬，出聲開了幾句玩笑，才放鬆下來。

沙發區和方桌區多是高三學生，電腦培訓組這幾個人宅慣了，除了吳泓博，到了這種場合，一個個都安靜乖巧，所以選位置的時候，幾人毫無異議地跟著吳泓博走向那排沒人的吧檯高腳椅。

這長排的吧檯一側貼牆，另一側距離包廂正中的半橢圓形舞臺很近。吳泓博幾人坐下後，就只剩最靠近舞臺的兩張高腳椅。

商彥抬腳踩上最近那張高腳椅的環形踏板，突然想起什麼，回身看去。嬌小的女孩站在不遠處，不知何時已停下腳步，她目光有些呆地盯著另一張高腳椅，一動不動，似乎是在質疑，這個世界上為什麼會有椅子高到她的胸口？

商彥失笑，收回腳，單手插進褲子口袋，倚在吧檯上看戲。

「小孩。」順著女孩望來的目光，他下巴輕抬，示意那高腳椅，「妳先上。」

「……」

「上不去就乖乖承認自己一百五吧。」商彥笑著逗她。

「……」蘇邈邈目光遲疑地重新看向那張高腳椅。

吧檯椅一般都很高，只不過蘇邈邈第一次來這樣的地方，所以有些驚訝。此刻定神一看，高腳椅和臨近的吧檯下方，都有讓人踩踏的地方。

應該……能上去吧？

蘇邈邈不確定地想，目光游移。

隔著旁邊的橢圓形舞臺，另一側也有一排同樣的吧檯高腳椅。蘇邈邈的目光晃過去，正好有一個女生踩著吧檯下的大理石踏板，扶著吧檯，一踮腳，輕輕鬆鬆就坐了上去。

好像滿簡單的……

蘇邈邈稍稍安心，視線轉了回來。

見女孩如臨大敵地往前挪了兩步，商彥輕一挑眉，似笑非笑，「真要試？」商彥挑釁，「那願賭服輸，上不去可別哭啊。」

「……」蘇邈邈氣得想踹他，最後只握緊手指，微惱地仰起臉，軟軟的聲音裡透著點堅定，「我能上去！」

——矮子最後的倔強。

商彥啞聲笑起來，抽出插在褲子口袋的那隻手，往前一伸：「請。」

蘇邈邈剛準備動作，旁邊聽不下去的吳泓博鼓起勇氣開口了：「彥哥，你不要這麼欺負我們小蘇啦？」

「……」商彥一抬眼，笑意發涼，「『你們』小蘇？」

吳泓博縮了縮脖子：「……口誤，你家，你家的還不行嗎？」

商彥很滿意：「我怎麼欺負她了？」

「既然是賭，哪有單一方下注的道理。」吳泓博朝蘇邈邈使眼色，「小蘇輸了要承認自己一百五，那你輸了……」

蘇邈邈終於會意，她遲疑一下，轉過頭去看商彥。

「如果我上去了，那……那師父怎麼說？」

商彥輕瞇起眼。

女孩不知道是不是之前氣到，素來白皙的臉頰此時微襯上嫣色，眼睛也烏黑漉溼，還帶點沒散的惱意，眨也不眨地瞪著他。

被這麼盯了幾秒，商彥莫名有點口乾舌燥，喉結滾了一下，他移開眼，順手拿起吧檯上的杯子，裡面是什麼酒也沒看，仰頭一飲而盡。

「如果我輸了……」手裡酒杯轉了半圈，商彥嘴角勾起，轉回視線，嗓音被酒液醺染得沙啞，這一笑裡透著戾，又摻點邪氣的恣肆，「隨便妳做什麼……嗯？」尾音意味深長。

蘇邈邈被他笑得一懵，大腦空白了幾秒，等意識慢慢回籠，不明來由的灼熱燒到臉頰上，灼得她心思恍惚，心跳也加快了不少。

蘇邈邈有點慌亂地挪開目光，不敢再和商彥對視。她微微張開嘴巴，小心地深呼吸，眼裡滿是茫然。

她今天，心臟，真的很不對勁啊……

旁邊距離最近的吳泓博和欒文澤也看呆了，等回過神來，「臥槽，彥爹，」吳泓博抗議道，「你不能這樣對我們小蘇——你這笑得也太撩……太勾引女孩了，犯規！」

連最老實的欒文澤都看不下去，用眼神控訴商彥。

商彥轉過身，拿著酒杯晃了晃，啞聲笑道：「她又聽不懂。」語氣裡，似乎藏著些遺憾。

「……」

這個沒底線的禽獸，禍害全校女生也就算了，連他們組裡這顆早上五六點的小太陽都不放過。

吳泓博豁出去了，轉過頭，壓低聲音慫恿蘇邈邈：「小蘇，狠一點，他不是說隨妳處置嗎？要他輸了就脫掉襯衫，裸體回去！」

商彥聽見，把玩酒杯的修長手指一停，側過身，目光掠過吳泓博，瞥向女孩。

女孩聽了吳泓博的話，有些懵呆地轉去看商彥，目光相對，幾秒後，商彥啞然一笑，似乎有點訝異。

「……真想看？」

蘇邈邈回過神，還來不及搖頭否認，吧檯旁側身向她的男生放下手裡的酒杯，轉過身，背倚臺邊，右手肘撐著檯面，左手往高腳椅上一搭，垂眼看她，笑意頹懶又散漫：「可以啊，小孩。想看師父脫襯衫？野心不小。」

「……」蘇邈邈在他輕啞戲謔的語氣下紅了臉，艱難半晌，才澀聲開口，「我、我沒有……」

眼見女孩臉紅得嫣然欲滴，旁邊控訴的目光幾乎化作實體，商彥終於笑著收回視線，不再逗她。

「那這樣，妳輸了妳一百五，我輸了我一百五，公平嗎？」

「……」蘇邈邈從剛剛開始，心裡就莫名慌張，此時用力點了點頭。

她輕吸一口氣，走上前，手扶住高腳椅和吧檯檯面，學著之前看到的那個女生的動作，單腳踩上吧檯下的大理石踏板，然後輕輕一踮腳——上、上不去。

蘇邈邈呆住了，她能夠明顯感覺到，高腳椅的椅座就卡在自己後腰偏下的位置……幾公分，咫尺天涯。

她回頭，沮喪又絕望地看了一眼那踮腳也坐不上去的椅子。

旁觀的吳泓博憋了半天，終於忍不住，「噗嗤」笑成一團；欒文澤也忍俊不禁，別開臉。

卡在半中間的高度，女孩沮喪得簡直要哭了。那雙烏黑的眼瞳好像暗了許多，委屈得不得了。

吳泓博一邊笑得抱肚子，一邊轉過頭替女孩說情。

「哈哈……彥哥，你就……哈哈哈……你就別為難小……」

女孩頭更低了。

然而吳泓博話還沒說完，蘇邈邈腰上突然一緊，不等她反應過來，整個身體凌空，下一秒，她便被腰間那有力的手臂抱到了高腳椅上。

蘇邈邈懵住，耳邊空氣被那沙啞嗓音輕輕振動，疏懶帶笑：「妳贏了，我一百五，我認輸。」

「……」呆了好久，蘇邈邈後知後覺地紅了臉頰。

不遠處的沙發上，盯著這一幕的舒薇握緊了手裡的杯子，神色猙獰。

受邀賓客全數到齊後，門外穿著筆挺禮服的禮賓員將大包廂的門拉開，排成列的侍者魚貫而入。他們穿著統一的制式服裝，手上戴著白娟手套，掌中托著亮銀色的托盤，將一份份點心和酒飲送往學生們聚集的區域。

鮮有學生見過這樣的排場，不少人一時都愣在原地，過了幾秒，才隱隱有議論聲從各個角落響起。

「之前就聽說舒薇家境很好，今天一看，還真不是一般的好啊。」

「廢話，普通家境能在這裡開party嗎？這裡可是C城最好的私人俱樂部，會員資格沒有『這個』資產位數根本拿不到。」說著比了一個手勢，引得周圍其他人震驚不已。

又過片刻，有人羨慕感慨地碎念：「要是誰能把她娶回家，可真是少奮鬥二十年啊。」

「嘿，你別想了，也不看看，這名花早就心有所屬了啊……」

這話一出口，幾人目露贊同，紛紛看向同一個方向——吧檯旁。

魚貫而入的侍者一分為三，其中一隊來到吧檯邊。為首的那名男侍者，端著托盤徑直走到舞臺邊緣的吧檯盡頭，停到商彥和蘇邈邈對面。

隔著一段黑色大理石檯面，侍者向兩人欠身，隨即將托盤上的點心和兩杯水果酒放到兩人面前。

蘇邈邈的注意力立時被那杯色彩絢麗的水果酒吸引，杯中物呈現橙色的漸層，自下而上，由淺及深，像是在宣紙上暈開的水粉，染出層疊斑駁的美感。

蘇邈邈第一次見這樣的東西，她好奇地望了幾秒，伸出手，想要去摸那看起來涼涼的杯子。然而指尖距離杯壁只差幾公分，女孩細白的手突然被人輕輕拍開，另一隻指骨修長的手拿走了那杯水果酒。

商彥將酒擺回侍者面前：「小孩，妳才多大就想喝酒？」

侍者回道：「客人，我們的水果酒酒精濃度低於百分之三，基本上等同果汁。」

「不行。」

「……」

眼看到手的漂亮杯子就這麼飛了，蘇邈邈幾乎呆在高腳椅上。幾秒後，她眨了眨眼，回過神，轉過頭，眼神委屈地控訴商彥。

「我不喝，我只看看。」

「那也不行。」

「……我和你一樣大！」

商彥頓了一下，側顏上嘴角一勾，他轉回頭，似笑非笑地看她。

旁邊吳泓博見狀，於心不忍地提醒：「小蘇啊，妳師父比妳大一歲。」

「……」蘇邈邈呆住。

商彥微瞇起眼瞳，女孩的神態模樣落入他眼裡，他只覺得每一分表情都恰到好處，總能勾得他心裡像被貓爪輕抓似的發癢。

他垂下眼，不再看女孩：「還有什麼想狡辯的？」

蘇邈邈憋了憋：「那我喝什麼？」

侍者也看向商彥，同時開口建議：「我們有幾種果汁……」

蘇邈邈眼睛微亮，指了指侍者手裡的托盤：「也能做成這樣嗎？」

侍者點頭：「可以。」

女孩那雙烏黑的瞳仁裡更盈滿幾分瀲灩的水色，她期待地轉頭看向商彥。

商彥瞥她，突然輕睇起眼，頓了兩秒，他側身，語氣平靜：「給她一杯牛奶。」

侍者：「……？」

商彥：「比果汁健康，還能長高。」

「……」蘇邈邈氣極。

最後在女孩目光控訴下，她面前的飲料還是換成了果汁，調得與水果酒同色同調，立刻讓她忘了之前的煩惱。

不過這次放下杯子後，侍者沒有急著離開，而是恭敬地看向商彥。

「先生，門外有人找您。」

「？」

「他要我轉交這個給您。」侍者說著，將手裡一張名片放到桌上。

蘇邈邈也好奇地看過去，在黑色大理石檯面上，那張白色的名片極為刺眼。名片的設計風格素簡，正面只有淡金色的紋路襯著四角，正中是一個獨特的黑色凹凸花紋 logo。

之前在培訓組辦公室，送衣服給她的那人手裡拿著的禮袋上，也印著這個圖案。

商彥眉頭微挑，拿起名片，長腿下了高腳椅便欲離開，然而轉身前似是想到什麼，又側回眸，伸手叩了叩蘇邈邈面前的檯面。

「這個位置，所有果酒換成果汁。」

侍者點頭：「好的。」

商彥目光看過來：「小孩，乖乖待在這裡，別亂跑。」

「……」蘇邈邈沒說話，她慢吞吞地低下頭，看向地面。

商彥跟著垂下視線——女孩穿著小白鞋的腳在半空中晃啊晃，距離地面有一段距離，商彥啞然失笑：「很好。」

「……」蘇邈邈微繃著臉，面無表情地抬起頭看他，烏黑的瞳仁裡像剪了兩段夏日的水影，澄澈漂亮。

商彥目光微閃：「我很快回來。」

女孩點頭。

商彥轉過身，眸色沉浮不定，頓了一下，才向外走去。

蘇邈邈看著他的背影消失在門外，停了幾秒，垂下眼，重新轉回吧檯前。

她嚐了一口面前的果汁，酸酸甜甜的，有點涼，順著舌尖向後滑，絲絲的果汁餘味沁開，而杯中漸層的渲染，也隨著手心的溫度慢慢混合，交融。

蘇邈邈看得出神，突然感覺身邊多了點陌生的氣息，她轉頭望去，舒薇站在吧檯旁，扶著商彥空出來的高腳椅，微微笑著看她。

「妳好，蘇邈邈。」

蘇邈邈遲疑了一下，慢慢向她點頭。

「……妳好。」

舒薇狀似無意地望了一眼包廂的門：「商彥出去了？」

「……嗯。」

「妳知道嗎？」舒薇也不介意女孩惜字如金，主動坐到商彥的高腳椅上，側托著臉頰，紅脣豔勾，「我對妳……非常好奇。」

蘇邈邈頓了頓，然後她像是什麼都沒聽見，拿起杯子喝了一大口果汁，臉頰都微微鼓了起來——自然也就沒辦法接話了。

不悅的情緒從舒薇的眼眸掠過，但很快，她目光一閃，那點不悅情緒轉為笑意。

「我最好奇的一點是，妳之前為什麼要一直藏著臉，不肯讓大家看？」

蘇邈邈一點一點嚥下果汁，目光無害地看向舒薇。

兩人對視很久，久到舒薇臉上的笑容有點掛不住，眼底藏著的那些陰暗負面的情緒幾乎暴露出來，她的缺乏自信、擔憂、嫉妒……好像都逃不過女孩那雙澄澈乾淨的眸子。

終於將最後一小口果汁嚥下，蘇邈邈抿了抿脣，看向舒薇：「因為……妳們。」

舒薇沉浸在自己的懊惱情緒裡，聽見聲音後過了幾秒才反應過來，她甚至忘記掩飾，下意識地皺起眉：「什麼？」

女孩看向她的眼神一如最初的乾淨，毫無雜質，剔透得能看清她倒映在裡面的身影，然而那出口的話語卻讓舒薇背後發冷。

「我不喜歡……被討厭，也不喜歡，裝作喜歡的討厭。」女孩轉頭，不再看舒薇，伸出指尖輕輕摩挲著微涼的玻璃杯，「裝作不討厭，和討厭的人說話……不累嗎？」

舒薇臉色變了又變，最後停留在尷尬的模樣，她笑得僵硬：「邈邈，妳是不是誤會什麼了，我並沒有說我討厭妳——」

「但是我很累。」女孩聲音極輕，軟腔裡還帶著一點發糯的鼻音，語氣平靜得有些發涼，沒有遲疑地打斷舒薇的話。

蘇邈邈慢吞吞地抬頭，看向舒薇：「所以，我可以不和妳說話嗎？」

「……！」舒薇臉上的笑終於掛不住了，她表情有些猙獰地望著蘇邈邈。

被瞪的蘇邈邈猶豫了一下，然後她伸手，慢吞吞地把桌上距離舒薇最近的那杯果汁往旁邊挪了挪，接著想了想，還是有點不放心，又伸出一隻手，把那杯子牢牢握在手心裡。

她以前陪院長奶奶看電視劇，經常看到有人被潑水，這個果汁的顏色在玻璃杯裡看起來真的很漂亮，但是如果潑到頭髮上……嗯……太慘了。

這麼一想，女孩手裡的杯子握得更緊了。

所幸舒薇瞪了她幾秒後，看起來並沒有拿果汁潑她的意思。

過了半晌，舒薇死死地盯著蘇邈邈，豔抹的紅唇勾起一個諷刺的笑容，再次開口時，她壓低了聲音，終於不再掩飾自己的敵意。

「仗著自己有一張漂亮的臉蛋，討人喜歡，再加上有商彥護著妳，妳就覺得自己可以跟我作對了，是不是？」舒薇冷笑，「小學妹，這樣就想跟我搶商彥？妳未免想得太簡單，妳以為妳是第一個敢覬覦他的人？」

「……」

蘇邈邈被舒薇說得愣住，不等她明白「搶商彥」這個詞的真正含義，舒薇語氣更冷地開口：「說到底，妳也只有一張臉好看而已……我聽人說，妳還有病是吧？」

那個「病」字咬得特別重，滿溢著一個十七八歲的女生最不懂事也不假思索的惡意。

蘇邈邈的神色終於第一次有了明顯的變化，她目光暗淡，放在膝蓋上的細白手指，也無意識地輕握起來。

舒薇見自己這番話產生效果，滿意地笑了：「妳這個反應倒真是讓我有點好奇，妳生的是什麼病？」

蘇邈邈輕抿住唇：「……和妳沒關係。」

舒薇被刺得眼神一冷，片刻後，她抱臂輕蔑地笑起來：「妳不想告訴我也無所謂，凡是我想查到的事情，我一定能查到。」

「……」蘇邈邈仰起臉，那雙烏黑的瞳仁裡第一次染上涼意，微啟雙唇，聲音輕而冷，一字一句咬得無比清晰，「妳不能。」

「……」舒薇一愣，幾秒後她回過神，難堪地變了臉色，剛剛那瞬間，她竟然被這麼一個小女生震懾住了？

舒薇再也坐不住，跳下高腳椅，「妳抬頭看看周圍，知道這個俱樂部的入會費是多少嗎？是妳這種家庭一輩子都不敢想像的天價。」她冷笑一聲，「我不能？妳就看看我到底能不能！我真好奇，等知道了妳的病，商彥還會不會這麼護著妳！」

說完，舒薇轉頭走了。

蘇邈邈沉默地垂下眼，她左手邊的吳泓博去了洗手間，而隔著一張高腳椅，坐在吧檯後方的欒文澤臉上有些猶豫。

過了約莫半分鐘，欒文澤終於鼓起勇氣，抬頭看向女孩：「小蘇。」

「……」蘇邈邈仰起臉看過去。

欒文澤把打好的草稿又斟酌了幾遍，才小心地開口：「妳生病了嗎？」

「……」蘇邈邈無聲地點點頭。

見女孩沒有說話，欒文澤意會到她不願說是什麼病，他安撫地笑了笑：「妳別擔心，無論是什麼病，既然學校准妳入學，就不會有問題。」

蘇邈邈很輕很輕地點了點頭：「……謝謝。」

「而且彥哥不是舒薇說的那種人，他不會因為妳的病疏遠妳的。」

「……」

「不過，舒薇家裡確實有些厲害，妳要小心。」

蘇邈邈沉默兩秒，抬起頭，眼神澄澈、乾淨、又認真：「我家裡也很有錢。」

欒文澤一愣，失笑：「嗯，知道了。」

看出欒文澤不信，蘇邈邈欲言又止，最後悶悶地轉回頭。

出了包廂門，商彥目光掃了半圈，定格在長廊臨窗的一道背影上。

他眉一揚，走了過去：「你怎麼在這裡？」

臨窗站著的人轉身，臉上掛著不正經的笑：「這問題不該是我問你嗎？我一個輟學生，在這種地方混也就算了，你可是未來榜首啊，怎麼跑來這裡？」

商彥輕嗤一聲：「有人辦生日party。」

「誰啊，這麼大面子，連我們商少爺都請得動？……乾妹妹？」

商彥作勢要踢他，那人笑著一躲：「好了，我知道商少爺修身養性，一心向學。」

商彥收回長腿，斜倚在牆上，懶洋洋地睨著他，要笑不笑：「有事快說，少廢話。」

站窗前的人挑眉：「還不承認是乾妹妹，不然你會這麼急著回去？來C城以前，不是最討厭這種場合？」

商彥瞥他：「我走了。」

「好好好，我不該問。」那人笑著伸了伸手臂，「其實也沒什麼大事，就是剛好你打電話給我那天，你姐在我旁邊。」

「？」商彥停了一下，輕瞇起眼，「你跟她說了什麼？」

「天地良心，我什麼都沒說。」

商彥明顯不信。

這人誠實地揭開謎底：「你姐當時直接要我開擴音。」

「……」空氣靜止一秒，「薄、屹。」商彥沉著聲威脅。

薄屹無辜地聳聳肩：「你知道的，我在你姐面前一向無力抵抗。」

商彥：「……」

薄屹：「不過你姐是來C城出差，沒時間逗留，當天就走了。」

「所以？」

「所以我作為代表，謹代替商嫻小姐來問你一聲——那個被你親自丈量足長的女孩，跟你到底是什麼關係？」

薄屹笑著看了一眼商彥後方的包廂門：「是這次party的主角嗎？」

商彥脣角扯了一下，輕蔑又不耐：「不是。」

「好吧，」看出商彥不想說，薄屹也不強求，他聳了聳肩，轉身，「那我回去交差了。」

薄屹走出幾步，突然聽見商彥開口叫住他：「你前幾年，收過兩個小徒弟？」

薄屹腳下一停，「是啊，」他不解地轉回頭，「怎麼了？」

「比你年齡小？」

「是……啊。」薄屹不明所以，話接得有點遲疑。

商彥沉默兩秒：「漂亮可愛嗎？」

薄屹：「……？」

商彥望著窗外，眼神似是有些失焦。擦得一塵不染的玻璃上，彷彿映出之前女孩坐在高腳椅上的身影，那雙烏黑溼漉的眼睛望著自己，或是期盼，或是失落，或是懵然，或是委屈……

商彥眼神一晃，重新聚焦。

「你和你的小徒弟相處，會不會……」

薄屹一愣：「會什麼？」

「她看著你的時候，你會不會……」商彥輕瞇起眼，聲音啞得有些低沉，「很想把她弄哭，想看她眼眶通紅，最好哭得只能抓著你的衣服小聲哽咽地喊你『師父』……可是等她真的像是要哭了，你卻又捨不得？」

「……？」幾秒後，薄屹炸了，「操！商彥！我那兩個可是男徒弟……你變態啊！」

薄屹心有餘悸地走出俱樂部，下了臺階，被門廊外的豔陽一照，他後知後覺地打了個冷顫。

扶著車門的禮賓員等了半天，不由奇怪地轉頭，卻見薄屹身體僵硬地站在後面，臉色陰晴不定。

「薄先生……？」禮賓員小心翼翼地提醒。

薄屹的表情定格在某種咬牙切齒的狀態，他回過神：「等一下。」說著薄屹拿出手機，避到旁邊去了。

他在聯絡人中備註S的列表裡翻了一輪，最後停在其中兩個上下並列的名字——商嫻、商驍。

拇指在第一個名字上空停留幾秒，最後薄屹一咬牙，往下移了一行，撥出第二個名字的電話號碼。

薄屹深深吸一口氣，屏息以待。

『嘟……嘟……對不起，您撥打的電話暫時無人接聽，請稍後再撥。』

「？」薄屹不信邪，又重撥一次。

『嘟……』

『對不起，您——』

『嘟……』

『對不——』

薄屹面無表情地撥出第七通電話，總算在第七遍「對不起」以前，聽到了電話接通的聲音。

接電話的是個怯怯的男聲：『您、您好？』

另一頭的聲音聽起來很像自己的大徒弟，聯想到商彥的話，薄屹臉一黑：「這不是商驍的私人號碼？」

『我……我是老闆的新助理，老闆在拍、拍MV，您找他有事？』

「你讓商驍來接。」

『哎？可是我們老闆拍攝期間不准、不准打擾。』

「……」薄屹額角跳了跳，耐著性子報上名字，「你告訴他，是我的電話。」

另一頭安靜幾秒，接著聽那個小助理怯怯地問：『您是哪位？』

「……」薄屹咬牙，「我是哪位？你不會看來電顯示？」

『來電顯示——』小助理聽起來快嚇哭了，『來電沒有顯示，只有一串號碼啊……』

「……他沒加我聯絡人？」

『是、是啊。』

「……」薄屹做了一遍深呼吸，重新開口，「那你告訴他，是他妹夫打來的電話。」

『哦，哦哦，好的，先生您稍等。』

電話那頭窸窸窣窣了片刻，薄屹聽見那小助理的聲音響起：『老闆，您的電話，對方說是您妹夫。』

空氣沉寂幾秒，一個沉啞磁性又冷淡的男聲低低傳來：『妹夫？』

『對，他是這樣說的。』

『不認識。』

「……」薄屹在電話這頭聽得清清楚楚，商家的兒子都是狗吧？

忍無可忍的薄屹終於再次炸了：「商驍！你們商家要出個小變態了，你管不管！」

另一頭沉默許久，終於手機換人聽了，磁性低沉的男聲從話筒裡傳來：『薄屹？』

儘管這個聲音已經連續幾年蟬聯「娛樂圈最性感低音炮」的封號，隨隨便便就能讓路人尖叫，但聽到對方用那種「你哪位」的口吻喊出他的名字，薄屹還是很想痛痛快快地摔斷電話。

薄屹深吸一口氣，默念三遍「老子涵養天下第一」，才終於恢復平靜。

「……是我。」

『嗯。』確定了他的身分，電話那頭的聲音鬆散下來，語氣疏懶，『誰變態了，商嫻？』

「……」沉默三秒，薄屹原地跳腳，「我老婆那麼可愛，她怎麼會變態！」

對方停了一下，然後平靜地說：『你老婆、商嫻、可愛，這三件事不相關。』

「……」薄屹真的不知道，商驍是怎樣做到用如此冷感的口吻，傳達出這麼強烈的嫌棄情緒。他無力地抹了抹臉，「總之，等你有空，多關注一下你們商家的小兒子吧……我感覺他正邁向變態的邊緣。」

『？』商驍疑惑，『他做了什麼？』

「他還沒做。」薄屹面無表情，「但我覺得他在構思一些違法犯罪的禽獸行徑。」

商驍無語。

「反正你多留心吧。」薄屹嘟囔著往外走，「不然他走上歧路，我老婆和我準岳父非把我的腿打斷不可……」

『然後？』

「然後什麼？」薄屹打開車門，俯身鑽進去，「沒有然後了啊。」

電話那頭一陣響動，手機似乎又交給了助理。小助理遲疑的聲音傳來：『老闆，通話還……沒結束。』

『嗯。』把性感和冷感完美糅合的聲線淡然響起，『掛斷，封鎖。』

「……？」十幾秒後，駛離俱樂部的加長轎車中傳來咆哮，「把總店分店所有商驍的簽名看板都撤了！全撤！」

商彥重回包廂，眼神裡透著點沉鬱。旁邊經過的學生本想打招呼，一對上他那神色，抬起來的手不由得僵在半空，到嘴邊的話硬生生嚥了下去。

商彥未察，也不在意。他在門旁停下腳步，若有所思地看向自己的座位，然而出乎意料地，他的座位旁邊，被高腳椅襯得越發嬌小的女孩正躬著身，伏在吧檯上。

商彥眉一皺，徑直走了過去。到了女孩跟前，商彥擰著眉把趴在桌上的女孩掃了一遍，隨即看向另一邊的吳泓博：「……怎麼回事？」

吳泓博尷尬而內疚地開口：「剛剛他們端上來新的水果酒，小蘇那杯應該是沒加酒精的果汁，不過顏色調得一樣，又放在一起，我沒注意，好像是把她那杯拿走了，小蘇大概是拿了本來該給我的那杯……」

剩下的話，不用吳泓博再解釋，商彥也猜到了，他目光更加陰鬱。

吳泓博被看得罪惡感深重，腦袋低下去：「對不起，彥哥，是我沒注意……而且小蘇好像真的一點酒都不能沾，喝完以後臉色發白，現在已經好很多，但就有點醉了。」

商彥低眼去看蘇邈邈，果然，在他們交談的過程中，女孩微微側臉壓著放在桌上的手腕，一動未動。細密的眼睫微顫著蟄伏在臥蠶上，瓷白細滑的臉頰透出淡淡的嫣色。安靜又漂亮，跟睡著的瓷娃娃一樣。

商彥抬手撐著吧檯邊緣，壓下身，靠近女孩臉側：「小孩。」

蘇邈邈沒睜開眼，只輕咂了一下嘴，潤溼了有些乾澀的唇，像是雨後的花瓣，抹上一點淡淡的水色。

商彥眸子裡情緒加深，可是不等他再開口，包廂裡的燈光突然暗了下來。不同於之前的明暗變幻，這次的燈光暗到幾乎難以視物的程度，唯有吧檯旁，那個橢圓形舞臺的外緣，小型的ＬＥＤ燈亮了一圈。

商彥皺眉：「又搞什麼鬼？」

吳泓博解釋：「剛剛彥哥你不在，我聽他們說舒薇這次辦party，好像還專門請了幾個小明星和小樂隊助興……現在大概是要開始表演了吧。」

商彥聞言，黑暗裡眉心蹙得更緊，他盯著沉醉不醒的女孩幾秒，抬手脫下身上的外套。

商彥站得離舞臺很近，吳泓博借著臺上燈光看見他的動作，不由得愣住：「彥哥，你這是……？」

商彥沒有開口，用實際行動回答——他伸手將睡著的蘇邈邈扶起，用外套從頭罩住。俐落地做完動作，商彥才解釋：「小孩怕吵。」說著，他走到兩張高腳椅之間，把醉得迷糊的女孩穩穩護住，讓她姿勢舒服地倚進懷裡。

醉得迷糊的蘇邈邈在睡夢裡也很知巧，感覺被挪到一個不那麼硬的「檯面」上，她軟軟地哼了一聲，一顆小腦袋蹭了蹭，終於找到一個最舒服的位置，安靜地趴好。

商彥站定不動，旁邊的吳泓博目瞪口呆，過了半晌，他才勉強找回自己的聲音：「咳……彥哥，要是早知道做你徒弟有這個福利，啊不是，有這個待遇……大概全校女生都搶破頭要加入電腦組了。」

「……」商彥懶洋洋地瞥他一眼，懶得搭話。

舞臺上果然有歌手登臺，所幸音樂聲並不大，輕柔舒緩。商彥也就暫時放下把小孩抱出去的想法。他靜止不動，安靜地當棵「無尾熊」睡覺的樹。

想起女孩剛剛輕咂嘴巴的模樣，再腦補一隻咬著樹葉睡著的小無尾熊，商彥的嘴角不由得勾了起來。

這場小型歌舞秀，持續了大約二十分鐘。隨著音樂節奏越來越快，包廂中學生們的興致也高昂起來。直到那些小歌手和樂隊集體謝幕，包廂裡掌聲漸起，窩在商彥身前的女孩才動了一下，迷迷糊糊地睜開眼睛。

熟悉的昏暗，還有熟悉的薄荷一樣的氣息。

好像是……

一回生，二回熟，蘇邈邈慢吞吞地抬手，把罩住腦袋的外套拉下來。她仰起臉，對上一雙望下來的漆黑眸子。在昏暗的光線裡，那雙眼瞳像是熠熠閃著某種零碎的星塵微光。

想起自己上次被罩住外套的經歷，蘇邈邈沉默了一下，小心翼翼地問：「我……被潑果汁了嗎……」

商彥一愣，隨即莞爾：「小孩，妳是喝了一杯濃度不到三的果酒，醉得睡了一覺，還順便做了場夢？」

蘇邈邈抿抿嘴巴，鬆了口氣。

……看來是沒有。

她微微坐直身體，目光在昏暗的四周掃了掃，最後落向舞臺，停了兩秒，她好奇地問：「舒薇要跳舞嗎？」

商彥側身看過去，舒薇不知什麼時候站上舞臺，身上的衣服也換了，改成一條紅色的魚尾長裙。長裙上半身以半透明的紅紗替代了胸腰處的部分，設計裁剪凹凸有致，從右腿腰下位置開叉，隱約露出雪白長腿。

在眾人的低呼和議論聲中，舒薇神色複雜，既有驕傲、又有不滿和哀怨地望著商彥。見到商彥終於將目光轉過來後，她紅唇一勾，抬手輕彈了個響指。

包廂裡音樂一起。

「哎喲，臥槽，還真是 something！」旁邊吳泓博一聲低呼。

商彥微微挑了挑眉，視線轉了過去，他身旁的蘇邈邈同樣好奇地問：「什麼是……something？」

「這妳都不知道啊？」吳泓博驚訝地問，隨即眉飛色舞地解釋，「就是韓國一個女團的超人氣舞曲，剛剛看舒薇這一身打扮，我就覺得有點像，果然是啊！……她也真敢選！」

蘇邈邈聽得更好奇了：「這支舞怎麼了？」

吳泓博一拍腿：「這支舞超級辣！尤其是開頭，哎對對就是現在這段，學貓的，簡直叫人噴鼻血——」

吳泓博話說到一半，商彥一伸手，把女孩兩耳一遮。

原本一邊聽吳泓博解說，一邊聚精會神看表演的蘇邈邈一臉不解。

商彥垂眸，似笑非笑地瞥了吳泓博一眼，目光涼颼颼的：「別聽他鬼扯，兒童不宜。」

吳泓博：「……」

一支舞曲進行過半，包廂裡全是壓抑的低呼聲。如果不是顧忌商彥在場，說不定就有男生對著舞臺吹口哨了。

看著舞臺上扭腰摸腿撩頭髮，且目光始終盯著自己的舒薇，商彥輕嗤一聲，垂下眼，漆黑的眸子裡劃過晦暗的情緒。

片刻後，他偏過視線，發現旁邊的小孩看得比他還聚精會神，想起剛才劃過腦海的一幕，男生輕瞇起眼：「……小孩。」

「——？」蘇邈邈聽見夾雜在音樂裡的呼喚，轉過頭。

商彥聲音微啞地問：「妳也有一條紅裙吧？」

蘇邈邈愣了一下，隨即想到，商彥指的是他們那次在餐廳偶遇，自己穿的那件紅色小禮服，於是誠實地點點頭。

旁邊吳泓博聽見了，笑嘻嘻地道：「彥哥，你不會也要小蘇跳這個吧？她不行啦，我們小蘇是仙女型的，不適合這一套。」

蘇邈邈卻聽商彥低笑一聲，沙啞裡透著點微戾：「穿成這樣跳舞，就逐出師門。」

吳泓博噎住。

商彥微俯身，靠近女孩面前，黑眸微深：「逐出師門的後果是什麼，妳知道嗎？」

蘇邈邈遲疑地搖了搖頭。

那人薄唇一勾：「打斷腿。」

蘇邈邈：「……」

包廂裡燈光驀地一亮，蘇邈邈回過神來，原來是舞曲已經結束。場中其他學生紛紛鼓掌歡呼，蘇邈邈下意識地看向舞臺，卻見穿著紅色長裙、髮絲凌亂的舒薇胸口微微起伏，臉色近乎鐵青地瞪著自己。

目光裡滿是不言而喻的威脅。

蘇邈邈默然，她是無辜的，她什麼也沒做，還很努力地捧場看了……

經過這支舞熱場，包廂裡玩得更瘋了。沒多久，學生們便將場中可移動的沙發與椅子圍成一大圈，號召所有人坐進去；電腦組幾人也換到沙發上。

唱歌、遊戲、拚酒……所有人樂此不疲，唯獨今天party的主角——舒薇從舞臺上下來後，便一直沉著臉，對所有敬酒的人來者不拒。

她的目光始終盯著一個人。

突然，舒薇將手裡的酒杯往大理石檯面上用力一擺，「砰」一聲，打斷包廂裡的熱鬧。

眾人神情驚疑地看向舒薇，只見她霍然起身，大步走向角落的沙發座，然後猛地停住。

所有人順著她的目光看去，燈光柔軟的沙發上，窩在一角的女孩身上蓋著一件明顯比她大了幾號的外套，睡得安穩。而她身旁，側身坐著的男生微垂著眼，漫不經心地把玩著手裡的酒杯，目光始終若有似無地落在女孩身上。

舒薇握起拳頭：「商彥——」

突然安靜下來的包廂裡，舒薇的聲音格外清晰。

商彥從自己的思緒裡回過神，抬眼，清雋俊美的面龐上，似笑非笑，涼薄得叫舒薇心寒。

她咬緊牙關，憑藉著酒勁，一字一句地說：「你想清楚，到底還要不要和我在一起！」

四周本就安靜，這話音一落，頓時更是死寂，所有人的目光不約而同地看向商彥。

除了與商彥親近的人以外，其他學生都認為答案理所當然。舒薇長相漂亮，身材好，家境又如此優越，簡直找不到拒絕的理由。

然而就在這死寂之中，商彥微微皺眉，他看了一眼身旁睡著的女孩，隨後又抬起眼眸，語氣冰涼而不快：「別吵醒她。」

「……」

許多學生的笑容僵在臉上，而舒薇更是一瞬間紅了眼眶。

——你想清楚，到底還要不要和我在一起！

——別吵醒她。

對她來說，沒有比這更傷人的拒絕方式了。

「商彥，你別後悔！」舒薇咬牙怒道。

商彥眼神平靜且淡漠地看她。

被這樣的目光澈底激怒，舒薇轉頭走到她班上一個男生面前：「辛浩清，你是不是喜歡我？」

那男生一呆。

「說！」

「是……我喜歡妳——」

話音未落，舒薇直接勾住那男生的脖頸，踮腳親了上去。

包廂裡一片死寂，全場目瞪口呆。幾秒後，有人再按捺不住，口哨聲、驚呼聲紛紛響起，而在這片嘈雜中，蘇邈邈還是被吵醒了。

之前的酒意未散，睡得有些迷糊的女孩揉著眼睛坐直身體，喧鬧的聲音湧入她耳中。

「臥槽，舒薇瘋了吧？？」

「媽的，她就是想給彥哥難堪！」

「操……」

「彥哥！誰怕誰，你也找個女孩親回去！」

最後那句話一出，立刻有大半的人附和。隨之而來的，是這些人的目光倏地聚集到離得最近、剛睡醒的女孩身上。

蘇邈邈的眼眸裡滿是初醒的迷茫霧氣，意識也不清楚，完全不知道眼前這一幕喧鬧是怎麼回事，而突然加在身上的目光，讓她下意識轉過頭，看向坐在自己身旁的男生。

「師……父？」

「親一個！親一個！親一個！」

包廂裡眾人開始起鬨，商彥垂眼看向面前的女孩，眸子裡漆黑如墨。耳邊哄鬧聲越演越烈，女孩無害又毫不設防地望著自己。男生修長的頸線上，喉結滾動。

沒等到回答，蘇邈邈眨了眨眼，轉而看向場中，只見兩道身影抱在一起，似乎……

商彥驀地動作，他向前傾身，指骨修長的手掌覆上女孩的眼睛，聲音有些喑啞，無奈地笑：「……別教壞小孩。」

蘇邈邈被商彥遮著眼睛帶離包廂，出了包廂的門，她眼前的昏暗才終於退去——商彥的手垂回身側。

他低眼望著面前的女孩，而蘇邈邈也正仰起小臉，不解地看著他，目光茫然。

半晌後，商彥輕笑了一聲：「知道剛剛發生什麼事？」

蘇邈邈此時已完全清醒，她回想了一下，遲疑地看向商彥：「舒薇，是不是親了別的男生？」

商彥瞥向女孩，目光有些意外，他原本以為，女孩就算看到，也會羞於啟齒，然而與蘇邈邈澄澈乾淨的眼瞳對視幾秒，商彥不由莞爾。

……是他想當然耳了。

商彥側開目光，他以為「白紙一張」應該羞於啟齒，但事實上，正因為從未被塗抹過什麼顏色，女孩反而不懂也不會去聯想，「親吻」之後更深層的欲望。

商彥不及開口，又聽女孩聲音輕軟地安慰他：「師父，你不要太難過。」

商彥動作微頓，片刻後，他唇角一勾，似笑非笑地轉回來。

女孩仍糾結著眉心，漂亮的眼睛微微垂著，似乎在思考怎麼繼續安慰：「舒薇應該是喜歡師父的……親別的男生，嗯，可能是因為她喝了酒。」

感覺自己找到一個絕佳理由，蘇邈邈眼睛微亮，她仰起頭：「喝酒真的很暈，和書上說的一樣，會控制不住自己。我剛剛……我剛剛喝完就有那種感覺。」

商彥原本覺得饒有興致，聽到這裡，眸色微沉，眼底笑意不變，他眉一揚：「什麼感覺？妳喝完酒……也會想去親別的男生？」

蘇邈邈猶豫，糾結著該不該順著自己剛才的話說下去，卻聽見頭頂男聲微微俯下來，語氣沉啞地威脅：「敢這樣，打斷腿。」

蘇邈邈：「……」噫，又來了。

兩人單獨相處的局面，再次被推開的包廂門打破。吳泓博幾人表情難看地走出來，到商彥身後一段距離處放慢腳步。

為首的吳泓博最先忍不住：「舒薇是不是有毛病，她今天到底在搞什麼？」

「確實有毒。」

「明天上學，這件事還不知道會被傳成什麼樣子呢。」

組裡另外兩個男生出聲附和，連素來比較沉默的欒文澤都目光不善地點頭。

吳泓博慢步上前，小心地觀察商彥的神情，見他眸色微沉，以為他是為之前包廂裡的事情生氣。

他先對其他三個男生比了手勢，然後才出聲寬慰：「彥哥，你別太生氣，為這樣一個女人，不值得。」

商彥懶散抬眸：「……為誰？」

吳泓博被問得一愣，過了兩秒才反應過來：「舒、舒薇啊。」

商彥輕嗤一聲，漆黑的眸子裡掠過輕蔑的情緒：「她親所有人一遍我也不在乎。」

「……？」吳泓博不解，「那彥哥你為什麼看起來……有點生氣的樣子？」

商彥沒有接話，他微瞇起眼瞳，垂眸看向身前的女孩。

蘇邈邈被他盯得身體一僵，呆站了兩秒，才慢吞吞地往後挪了一步。

順著商彥的目光看過去，吳泓博越發不解，小聲問：「小蘇，妳覺得妳師父生氣了嗎？」

蘇邈邈躲過商彥的目光，點點頭，豔麗的小臉上表情嚴肅：「生氣了，他還說要打斷我的腿。」

電腦組眾人一頭霧水，吳泓博瞪大眼睛，率先鼓起勇氣反抗：「彥……彥爹，你可不能這樣遷怒小蘇啊！小蘇是無辜的，她什麼都沒做！」

蘇邈邈站在吳泓博身後，隨著吳泓博的話音微微點頭。

商彥輕瞇起眼，盯了女孩兩秒，他嗤笑一聲。

過去他在電腦組，甚至整個三中都沒人敢頂撞，看來小孩出現後，情況用不了多久就會完全改變。

商彥垂眼：「小孩，妳過來。」

他似笑非笑的神態，看得吳泓博心裡發毛，吳泓博張口還想說什麼，商彥目光一瞥，唇角笑意也涼了：「小孩的腿我捨不得打斷，你的就不一定了。」

「……」吳泓博退敗，蘇邈邈只得乖乖走向商彥。

商彥垂眼，眸裡情緒沉浮不定地看著女孩，過了半晌，他舌尖抵著上顎啞笑一聲：「小孩，妳只知道剛剛發生了什麼……」

但妳不知道，剛剛差點發生了什麼。

商彥話未說完，摸了摸女孩的髮頂，轉身率先往樓下走。

蘇邈邈被摸得一愣，不解地看著男生修長的背影。

師父最後看她的那個眼神……為什麼好像別有深意？

在商彥的「淫威」之下，電腦培訓組全員被迫提前結束週末。

從俱樂部出來，幾人坐上計程車，一路直奔三中。一行人從學校警衛室順利進入校園正門，顯然學校的警衛已經習慣培訓組這幾個男生在假期出入校園。

反倒是看到其中的蘇邈邈，值班的警衛奇怪問道：「這是你們誰家的小妹妹？」

商彥莞爾，蘇邈邈啞然，其餘人無奈。最後還是吳泓博解釋：「大叔，這是我們組裡的新人，未來棟梁！」

「噢喲，」大叔驚嘆地看了一眼女孩，心裡再次感嘆造物主對這張臉蛋的厚愛，「那可真是了不起。女孩，加油哇！」

蘇邈邈鮮少與陌生人接觸，也鮮少從他人身上感受到善意。此時突然被警衛大叔鼓勵，不由得一愣，站在原地呆了兩秒，才慢慢點了點頭。

不好意思的情緒很快蔓延，白嫩的細頸和耳廓都染上一點點淡粉。

商彥瞥見，目光微動。他似是漫不經心地走上前，伸手在女孩薄肩上輕慢一搭。「我徒弟，」商彥朝警衛笑笑，「請您以後多照顧。」

九月末的微風裡，夾著夏末的燥熱，男生的聲音清冽乾淨，帶一點微啞的磁性，滿是恣肆又張揚的氣息。

樹上蟬鳴忽起，嘰嘰吱吱，叫得蘇邈邈心慌意亂，她一路上渾渾噩噩，都不知道自己是怎麼回到科技大樓的。

蘇邈邈上週開始正式上課，一週沒來培訓組報到，而商彥幾人則是去鄰省參加比賽，同樣也沒回辦公室。

眾人推開門，滿目熟悉，桌椅都維持上次離開前的模樣。

蘇邈邈站在門外，愣了愣，這大概是她第一次對某個地方產生類似「久別重逢」的歸屬感……像是想像中的「家」。

而記憶裡，無論是她不確定是否幻想中去過的蘇家，還是療養院，或者文家……都不是她的「家」，都不曾讓她有過「家」的感覺。

這裡是第一次。

女孩眼神恍惚，心思在這一瞬間複雜得無法言喻，說不出是開心還是難過多一點，那些沉甸甸的情緒壓得她垂低了眼。

幾人進到辦公室，「哎，這兩個還沒拆箱啊？」不久前才從商彥那裡收到「斷腿」威脅，吳泓博此時十分狗腿，「彥爹，我幫你和小蘇拆了啊。」

房間安靜了幾秒，才傳出極淡的一聲「嗯」。

蘇邈邈也回過神，走進辦公室，她看著那兩個大箱子：「這是什麼？」

欒文澤在旁邊解釋：「上週彥哥……嗯，椅子壞了，他叫人送兩張過來。」

蘇邈邈想起吳泓博剛剛的話，好奇地問：「有一張是我的嗎？」

欒文澤剛要回答，就聽拆箱拆到一半的吳泓博笑出聲：「哈哈哈，臥槽，有毒……這是什麼鬼顏色！」

這下蘇邈邈按捺不住了，她走到那兩個箱子前，趴在打開的箱子上，探頭往裡看——兩張椅子的形狀和設計完全相同，外表包覆著極其舒適的柔軟真皮材質，唯獨顏色……十分具有……少女感。

一張粉紅，一張粉藍。

蘇邈邈：「……」

聽到笑聲從小房間出來的商彥，邁著長腿懶洋洋地走過來。他低頭，盯著那椅子兩秒，然後輕瞇起眼，走到辦公室的座機旁，拿起話筒撥了個號碼。

幾秒後，電話接通。

「……那椅子是什麼鬼顏色。」

電話那頭一愣，薄屹笑起來：『哎，你竟然才打開看，我還奇怪你怎麼沒反應，害我白白期待那麼久。』

商彥輕瞇起眼：「商嫻手機號碼多少？」

薄屹笑聲噎住：『我錯了，哎，大哥——不過這也不能怪我，是你說要一對的，那是我這裡唯一一組情侶椅，所以就送過去了。』

商彥的眼神頓了頓，片刻後，他微微側身，看向箱子裡的那兩張椅子，顏色確實相襯。

……情侶椅嗎？

一點晦暗的心思從商彥心裡掠過，他沉默幾秒，抬眼問：「小孩，妳喜歡嗎？」

「哎——？」蘇邈邈不解地抬頭，迎上商彥的目光，遲疑片刻，她輕輕點頭，「喜歡。」

商彥薄唇輕勾了一下，那極其少女的兩個顏色，頓時順眼許多。

電話另一頭，薄屹還在低低笑著：『那你要換成什麼顏色，你說吧，我叫人去——』

「不用了。」

『……嘎？』

「顏色不錯，我很喜歡。」

「……？」薄屹一抖，「商彥，你真要成變態了，你知道嗎？！」

商彥輕嗤一聲：「我樂意。」說著就要掛斷電話。

『哎哎，你先別掛！』薄屹連忙阻止，『你姐幫你買了支手機，要我送過去給你，你看約什麼時候好？』

「……」商彥臉上笑意不變，眼底情緒卻涼了幾分。他沉默片刻，薄唇微動，「不要。」

薄屹哂笑：『你也不能……一直聯絡不上啊……』

「聯絡不上？」商彥嗤笑，「那我現在跟你是透過腦波通話嗎？」

『市話多不方便……』

「手機方便，」商彥冷眼，「方便他們一天二十四小時定位追蹤我？」

薄屹無從辯駁，他和商彥都很清楚，商家就是這個意思。

沉默僵持幾秒，薄屹恨恨道：『好，你就別拿，我看你能不能一輩子不用手機。』

商彥低低哼笑一聲，以示輕蔑。

掛斷電話，商彥轉身，吳泓博猶自呆滯：「彥爹，你真要用這張……椅子啊？」

商彥眼睛一抬，神色放鬆：「我不能用？」

「不是……」吳泓博心情複雜地看了一眼那極其少女的粉藍色，「只是彥爹你在我心目中英偉的形象快要崩塌了……」

商彥輕捏指節，懶洋洋地挑眉笑道：「要不要我為你重新樹立一下？」

「……」吳泓博一個冷顫，乾笑，「不、不用了。」

商彥目光轉向蘇邈邈：「小孩，妳拿筆電過來，上週說的迴圈問題，我教妳一遍。」

「……哦。」女孩乖巧地抱著筆電，跟商彥暫用黃老師的辦公桌。

她坐在椅子上，男生則站在她身旁，單手撐著桌面俯下身，另一隻手在螢幕上指點講解。直到遇上一個問題，商彥走到立櫃裡翻了翻，沒找到自己要的書。

「我去藏書室拿一本，迴圈這部分必須……」商彥回身看向桌後，聲音驀地一停。

此時已臨近傍晚，夏末夕陽的餘暉從窗外照進來，在女孩瓷白的皮膚上鍍了一層淺淺的薄光，原本就精緻豔麗的五官，更是被勾勒得近乎絕美。

她安靜而乖巧地看著他，眼瞳圓潤烏黑，其中像是只有他一個人的倒影。

而他也希望只有他一人。

如果她這樣看著別人……

商彥目光微沉，別開了眼，剛才心底一瞬間湧上的情緒，連他自己都覺得十分危險。

「……師父？」蘇邈邈見男生恍神，不由奇怪地出聲提醒。

商彥眼神微頓，轉身道：「我去拿書給妳。」

「嗯。」

商彥一離開辦公室，努力假裝辛勤用功的幾個男生立刻鬆懈下來。

吳泓博跳起身，原地伸個懶腰，哭喪著臉：「我的媽啊，小蘇，妳得趕快出師！彥爹這種教法，我們呼吸都不敢太大聲啊……」

蘇邈邈看其他幾人也是同樣表情，不由輕笑：「你們為什麼那麼怕他？」

吳泓博嘆氣：「是只有妳不怕他。」

「……」看女孩一臉茫然，吳泓博又開口，「彥爹對妳確實是……嘖嘖，大概他把這輩子所有的溫柔紳士風範都留給妳了。」

旁邊有個高三的男生也跟著笑：「真的，今天party最後，我都嚇一跳，以為彥哥要去親……咳！」

他話沒說完，但組裡除了蘇邈邈，其他人都心知肚明。

吳泓博感慨：「可不是嗎？當時舒薇來那麼一招，所有人又在起鬨……彥哥得要多有原則，才能忍得住？」

話音剛落，辦公室門重新打開，手裡拿著書的商彥走進來，目光微涼地掃過他們。

吳泓博幾人心虛地立正站好，彼此對視幾眼：「哎，這兩個箱子太占空間了，彥哥我們先拿下去回收！」說著，四人爭先恐後地抬著兩個空箱子衝了出去。

一眨眼，房間裡就只剩他們兩人，蘇邈邈不明所以。她伸手接過商彥遞來的書，剛翻了幾頁，就聽見頭頂傳來一個聲音。

「他們告訴妳，我很有原則？」

「……」蘇邈邈一愣，抬頭。

望過來的眼眸漆黑，微熠著某種深沉的情緒。

「別相信他們。」他啞然低笑，舌尖輕抵住上顎，瞇眼，「我是肉食動物。」

第六章　信不信讓妳哭

蘇邈邈目光茫然地仰起臉，眼睛眨也不眨地看著商彥。顯然，她不理解商彥這句話的真正含義。

商彥被女孩純淨得毫無雜質的眼眸盯了幾秒，不由得自嘲地輕嗤一聲，伸手揉揉女孩的頭頂：「小孩，妳以後就乖乖跟在師父後面。」

蘇邈邈被揉得輕縮了一下細白的頸子，再抬眼時更迷糊了：「為什麼？」

商彥眼神漆黑，低咬著唇線，嘴角逸出一聲悶悶的啞笑：「怕妳……被狼叼走。」拖進窩裡，吃得一點不剩。

蘇邈邈一頭霧水，沉默半晌，實在想不通，於是安靜地點了點頭：「……哦。」

商彥喉結滾動，站直了身，轉移話題：「剛剛講解的部分，妳聽懂了嗎？」

蘇邈邈點頭，又搖頭，苦惱地皺眉：「這個迴圈是上週寫的，有些地方已經忘了。」

說到這裡，商彥也想起一件事：「上週妳進班前，我要妳留在培訓組等我，為什麼話都不留就跑了。」

蘇邈邈回憶了一下：「是吳泓博說，你和——」話音戛然而止。

半晌沒等到下文，商彥垂眼看她：「我和什麼？」

「……」蘇邈邈抿了抿脣，有點不確定現在能不能提那個名字。

商彥輕瞇起眼：「小孩，說，我和誰？」

蘇邈邈低下頭，小心翼翼：「他說，你和舒薇……手牽手去校外了。」

話音一落，蘇邈邈偷偷抬眼觀察商彥的反應，便見那人臉上的笑意驀地一沉。

……啊，果然不能提。

「所以，妳就信了？」

蘇邈邈：「……哎？」

商彥壓住脾氣，聲音微沉地緩緩重複一遍：「你相信吳泓博說的？」

蘇邈邈糾結了一下：「嗯。」

「為什麼不直接問我？」

「我……那時候聯絡不到師父。」蘇邈邈輕聲說。

商彥微愣，隨後他皺了皺眉。

……或許薄屹說得對，他該辦一支手機了？

此時商彥已經完全忘記，幾分鐘前他還對這件事嗤之以鼻。

「師父，」蘇邈邈猶豫很久，還是小心地開口問，「你還在生舒薇的氣嗎？」

商彥難得有股想要嘆氣的衝動，他把女孩坐著的旋轉椅拉過來，兩手往兩側的扶手上一撐，俯下身：「小孩，我只說一遍。」

蘇邈邈被他逼得往後縮了縮，漂亮的眼睛睜得微圓，似乎有點受驚。

「舒薇和我，沒有任何關係。」

蘇邈邈一愣，反駁道：「可是吳泓博說，她是我的準師娘，是——」

商彥右手一抬，輕捏住女孩的下巴，沒說出口的話被迫夭折。

蘇邈邈無措地仰起臉，看著商彥。

原本只是想阻止女孩的話，然而此時被那雙溼漉漉的眼睛驚慌地望著，商彥又覺得不做點什麼實在可惜，於是鬼使神差地，他輕輕摩挲了一下拇指。

指腹下，觸感細滑。

商彥眸色一深，幾秒後，他驀地回神，抽手直起身，「妳只需要相信我說的。」他喉結輕滾，有些不自在地挪開眼，「我只說一遍，再讓我重複，打——」

「我知道。」女孩小聲開口，眼神烏黑靈動，「打斷腿。」

「……」

蘇邈邈全然不知危險地仰著小臉朝他笑：「師父，你的威脅一點新意都沒有。」

商彥垂眼看著她，片刻後，那張清雋冷白的臉逐漸恢復慣常的懶散神情，唇角挑起一點淡笑，眸色染上某種欲望深沉的薄戾：「新意？等我真的要換懲罰的時候……信不信我讓妳哭得喘不過氣？」

這一眼，意味深長。

蘇邈邈一呆，過了幾秒，出於求生本能，她慢吞吞地往後挪了挪。

門外，電腦組其他人的交談聲伴隨著腳步聲傳了回來，商彥目光微動：「妳剛剛說，是吳泓博告訴妳那些事的。」

蘇邈邈抿住嘴巴，很講義氣地沒有開口。但商彥也不太需要佐證，他嘴角微勾，眸裡情緒泛涼，單手插著褲子口袋轉身往外走。

辦公室的門敞開，聲音從走廊上傳回來：「跟我過來。」

「哎……？彥爹，你找我幹麼，是有什麼——嗷嗚！」

「再廢話？」

「我不廢話了嗷嗷——彥爹你下手輕點我自己走——」

聽著那漸漸遠去的聲音，蘇邈邈同情地看了房門一眼，重新低下頭看書。

吳泓博垂頭喪氣地回到培訓組，「沒事吧？」組裡有人開玩笑地看他，「我還以為你會鼻青臉腫地回來呢。」

吳泓博氣到不行：「你還幸災樂禍……」

「所以彥爹為什麼要教訓你？你這兩天挺安分的啊。」

辦公桌後方，蘇邈邈心虛地抬起小腦袋。

「彥爹說，有人從我那裡聽說他和舒薇的傳聞，但是天地良心，我真的只在組裡說，怎麼傳出去了？」

「哈哈哈哈……你這孫子也真夠倒楣！」

「孫子？喊誰呢！」吳泓博挑釁。

「喊你孫子。」那男生不上當，仍是哈哈哈地捣著肚子直笑。

吳泓博盯著他幾秒，冷笑：「我喊彥爹，你喊我孫子，好啊你，膽子未免太大，活膩了嗎？」

辦公室裡的笑聲突然卡住，說話的男生像是隻被掐住脖子的公雞，噎了好半天才連忙道歉：「我錯了吳哥，吳哥，別生氣啊，吳哥！」

辦公室的門突然打開，幾人嬉笑的聲音驀地收住。開門的人卻沒有進來，只用目光掃過噤若寒蟬的吳泓博等人，隨後懶洋洋地往門上一倚。

商彥的視線落到電腦後面：「小孩。」

「……」蘇邈邈從電腦後面探出半張小臉。

商彥瞥一眼斜對面的石英鐘：「時間不早了，我送妳回家。」

「哦，好。」蘇邈邈聽話地闔上面前的程式書，抱在身前，起身往門外走。

「彥爹，那我們……」吳泓博諂媚地笑。

商彥瞥向他們，沉默兩秒，他脣角一勾，低嗤一聲：「發給你們的程式題，做完再走。」

眾人無語。

商彥肩側抵著門，看著女孩從自己眼前滿吞吞地走過，他眼底掠過點笑意，再看向其他人，那笑意涼了下來：「明天週一，我要驗收。」

在眾人掙扎的目光裡，商彥停了一下，抬起眼。

吳泓博等人見到轉機，目光閃亮地看著他：「彥爹？」

「對了。」商彥懶懶一笑，語氣漫不經心，「如果被我發現，你們之中有人用的是同一個解題演算法……那你們下週，很可能會死在培訓組。」

說完，商彥關上門，幾秒後，整條長廊都聽得到，電腦培訓組辦公室傳出撕心裂肺的哀嚎：「彥爹不要啊……放過兒子們吧！」

站在長廊上的蘇邈邈嚇呆地看了看身後，她伸手猶豫地指過去：「他們……」

那根細白的手指被人拉回來，商彥啞聲笑，忍不住輕捏了一下掌心裡握著的柔若無骨的手指，「不管他們。」商彥垂眼，「我送妳回家。」

說完，男生率先鬆開手，轉身往樓梯間走。

看著他的背影，站在原地的女孩遲疑了一下，慢慢抬起手。纖細的右手五指微張，一切正常，唯獨食指指尖紅彤彤的，像是剛遭到蹂躪一樣。

所以……蘇邈邈不解地跟上去，她這也算是被師父……「體罰」了嗎？

蘇邈邈和商彥在三中校門外坐上一輛計程車，直驅文家別墅。

一路上，車內安靜無語。

商彥單手搭在車窗邊，白色襯衫袖子隨意捲起，露出漂亮凌厲的手臂線條。他的目光落在車窗外，似乎是望著向後飛掠的景色出神。

蘇邈邈偏過頭，盯著他的側影。她看得安靜，視線像是最後一遍打磨精緻美玉的潤刀，小心翼翼地拂過眼前這道側影的每一條弧線，好似不管從哪一個角度看去，都挑不出任何瑕疵……

張揚而恣肆，隨性又散漫，比誰都漫不經心，卻也比誰都從容淡定。相比其他人在青春歲月裡慌慌張張、縮首畏腳的狼狽模樣，他竟是全然無畏和落拓不羈。也難怪，就如齊文悅所說，有那麼多像舒薇、文素素一樣漂亮的女生喜歡他。

蘇邈邈心裡感慨著，正要轉回頭，結束這次暗中觀察的工作，突然，一直望著窗外的男生啞然一笑，側回眸：「小孩，在古代，像妳剛才那樣盯著師父看，是會被浸豬籠的。」

蘇邈邈悚然。

看女孩睜大眼睛、驚訝不已的樣子看著自己，商彥莞爾失笑。他垂在車窗邊的右手抬了抬，輕叩一下車窗玻璃：「妳沒發現這上面能映出倒影嗎？」

「……」猶如做賊被當場逮到的赧然心理瞬間籠罩蘇邈邈，她低下頭，過了半晌，商彥才聽見那細如蚊蚋的聲音低低響起，「對不起……師父。」

女孩看起來像是被人欺負得毛都垂下來的小動物。

商彥忍了兩秒，還是沒忍住，他低笑一聲，伸手揉了揉女孩的長髮：「有什麼好對不起的？」

「嗯……不該看師父。」

男生悶聲笑起來：「可以看。」

蘇邈邈疑惑地抬眼望向他。

商彥垂下視線，似笑非笑地瞥過來，想了想，他左手輕撐住座椅靠背，附到女孩耳邊：

「俱樂部裡不是說過嗎？我輸了……隨便妳做什麼都可以。」

蘇邈邈：「？」

第二天是週一。

學校破例允許蘇邈邈不必參加升旗這類的集體活動，所以早上到校後，她便一直待在教室，坐在自己的位置上。

她的座位靠窗，十月的晨光溫暖，窗外湛藍的晴空高遠，天邊的雲被描上一層淡金色的輪廓。早晨偷偷帶著一絲涼意的風，把幾幢樓外，鮮豔旗幟下朗朗的聲音掠了一些回來。

蘇邈邈聽得出神，一個人對著窗外發呆。

沒多久，升旗典禮結束，長廊上逐漸響起學生們的腳步聲和交談聲。

「真的假的？不可能吧……」

「我也不太相信哎。」

「……真的！高三那邊升旗前就傳開了，大家都這樣說。」

「商彥今天到現在都沒露面，我看這件事也可能是真的。」

「不是還有好多人看到了嗎？」

「這麼說的話，那我們……咳，不是，那學校裡其他女生不是有機會了嗎？」

「對哦。」

那些議論聲裡提起的名字，讓原本不在意的蘇邈邈愣了一下。她轉頭看向教室前面，班上幾個女生恰巧走進來，不過和蘇邈邈一對上目光，幾人立刻閉上嘴巴，各自回座位。

蘇邈邈越發疑惑。

半分鐘後，齊文悅和廖蘭馨也挽著手臂回來了。經過蘇邈邈座位旁時，齊文悅本想說什麼，卻被廖蘭馨拉了一把，於是又憋屈地把話嚥回去。

兩人就座，蘇邈邈忍不住轉過身，三人目光相對，詭異地沉默了幾秒。

廖蘭馨淡定地開口：「我覺得，邈邈想問的，和妳想說的，應該是同一件事。」

齊文悅和蘇邈邈對視一眼，「不行，我實在憋不住了。」齊文悅飛快地說，「邈邈，學校裡已經傳瘋了！所有人都說昨天舒薇在生日 party 上和商彥分手，還主動親吻她班上另一個男生，這件事到底是真是假？」

「……」蘇邈邈輕皺起眉頭。

「我的邈邈小美人，求妳不要賣關子了。」齊文悅雙手抱在身前晃了晃，一臉泫然欲泣的神情，「我今天為這件事跟其他班的都快吵起來了，妳一定要給我一個答案呀！」

蘇邈邈聞言，疑惑地說：「這個……有什麼好吵的？」

齊文悅義憤填膺地挺胸，「我們彥哥是什麼角色，怎麼可能被舒薇甩！」說完她又頹然嘆氣，「但是高三那邊也信誓旦旦，我真的搞迷糊了。」

蘇邈邈見齊文悅五官都快皺到一起了，不由輕笑。

「……妳還笑得出來。」齊文悅沮喪地看她，「妳師父不知被八卦成什麼樣子了……現在全校都說他為情所傷，一蹶不振，所以連升旗典禮都沒參加。」

蘇邈邈聞言愣了愣，片刻後，她眼睛笑得更彎了。

齊文悅不爽：「妳還笑！」

「妳自己相信這套說詞嗎？」蘇邈邈努力忍住笑，微彎著眼角看她。

齊文悅頓了頓，也無奈地摀臉笑起來：「所以才說他們異想天開啊，我們彥哥怎麼會是為情所傷的凡人？」

蘇邈邈不理會她的話，輕聲道：「昨天我在現場。」

齊文悅眼睛登時亮了，雙手「啪」一聲拍在桌上：「我就知道，妳這個徒弟一定有內幕消息，快說快說！」

蘇邈邈想了想，搖搖頭：「別的我不能說，但師父說了，他和舒薇沒有關係。」

齊文悅：「嗯？嗯嗯？……這話聽起來簡單，但我怎麼覺得暗藏很多訊息？」

她轉回頭：「廖廖，妳怎麼看？」

廖學霸已經開始做練習題了，聞言抬了抬眼，「當事人都說沒關係，還能怎麼看。」

「可是學校裡傳他們是男女朋友都一年了，怎麼會沒——」話音一頓，齊文悅悚然地轉頭看向廖蘭馨，「難道全是舒薇一廂情願？」

廖蘭馨手撐著腦袋，轉著筆想了想：「我想大概就是舒薇一廂情願，只不過商彥覺得煩，所以一直沒否認吧。」

齊文悅不解：「煩？煩什麼？」

「……」廖蘭馨嫌棄地看她，「妳不記得高一上學期，我們班天天一下課，教室門口是什麼盛況嗎？」

似乎想起什麼情景，齊文悅表情微僵，半晌後，她搖頭感慨：「原來如此啊……不過，真是這樣的話，彥哥為什麼又突然否認了呢？」

廖蘭馨有意無意地看向蘇邈邈，停了兩秒，朝蘇邈邈微微一笑，然後繼續低下頭去做自己的練習題：「以前無所謂，現在有所謂了吧。」

「啊？」走神的齊文悅連忙轉回來，「什麼無所謂有所謂的？廖廖妳說話別說一半啊！」

廖蘭馨卻怎麼也不理她了。

蘇邈邈伸手，輕摸了一下鼻尖，然後慢吞吞地轉回去。不知道為什麼……被廖學霸看了一眼，她現在莫名地心虛。

距離第一節上課只剩下不到五分鐘，教室裡逐漸安靜下來，直到前門突然打開，教室裡的學生抬頭一看，靜寂幾秒，又躁動起來。

原本專注在書本上的蘇邈邈茫然地抬起頭，還來不及看清楚，她的目光就被一道修長挺拔的身影占據了大半。

男生似乎是跑上來的，氣息有些不穩，幾縷黑色的碎髮汗溼，凌亂地襯在冷白的額前。

蘇邈邈軟聲輕問：「你怎麼才……」

「來」字還未出口，就被一隻骨節漂亮修長的手打斷，男生把一個淺灰色的保溫杯擺到女孩面前。

蘇邈邈懵了一下：「……這是什麼？」

「牛奶。」商彥放下背包，想了想，又補充道，「加熱過的。聽說是國內營養成分最高、品質最好的。」

他嘴角輕勾一下，似笑非笑地望著女孩：「以後每天幫妳帶。多長高幾公分，這樣才對得起師父用心良苦……知道嗎，小孩？」

再次被「中傷」身高，蘇邈邈氣鼓鼓地瞪了他一眼：「你今天缺席升旗典禮，這樣很不好，老師會——」

話又未說完，她的下巴被人輕輕捏住，跟昨天一樣的手法，非常管用，只不過此時教室裡有一堆眼睛盯著，女孩差點被氣成河豚。

垂眼望下來的男生眸子漆黑，笑意中帶著點快跑後的沙啞和疏懶，「妳知道為了這東西，」他目光拂過女孩掌心的杯子，「我今早跑了C城多少地方嗎？」

蘇邈邈驀地一呆，過了幾秒，她遲疑地抬了抬手裡捧著的保溫杯，心虛地小聲說：「這個嗎？」

「嗯，」商彥收回手，「這個產品在實體店面已經很少販售了，找起來費了些時間。」

蘇邈邈的目光掠過男生難得有些狼狽的側影，片刻後，她輕眨了眨眼，低下頭，看著手裡的保溫杯，下意識地握緊了點。

旁邊的男孩伸手過來在她頭頂輕揉了一下：「下課前喝完，以後每天一杯，期末體檢我要驗收成果。」

蘇邈邈打開杯子，牛奶溫熱馨香。她嚐了一口，有點甜。

女孩的眼睛被牛奶的溫熱熏得有些潮溼：「驗收……什麼成果？」聲音也軟軟悶悶的。

旁邊的男生笑了一聲，停下拿書的動作：「兩公分……會不會太為難妳？」

蘇邈邈再次氣成河豚。

高二一班星期一的第一節課，是班導李師傑的化學課。

下課後，李師傑沒有急著離開，而是轉頭看了一眼第一排單獨的那張課桌。

「……商彥。」

班裡一靜，無人作聲。

蘇邈邈從一道令人痛苦的化學題目裡抬起頭，看向自己身旁。趴在桌上的男生戴著降噪耳機，眼睫壓在冷白的臉下，睡得正沉。

「商彥？」李師傑提高音量，又喊了一聲。

「……」某人仍是熟睡狀態。

李師傑皺了皺眉，卻也無奈。商彥的物理化學成績都非常優異，他們這些老師為了教大多數學生而準備的課程，對商彥來說確實沒什麼聽的必要，而且這人上課雖然從不聽課，卻也不搗亂，戴上降噪耳機，安安靜靜地趴在那裡，還真讓他無話可說。

李師傑正打算另外找時間約談商彥，卻見坐在男生旁邊的蘇邈邈猶豫了一下，鼓起勇氣伸出手，扯掉男生靠自己這邊的耳機。

教室裡悚然一默，屏息看著女孩的背影。

被驚擾睡眠的男生緩緩睜開眼，眸子裡黑漆漆的，沒有聚焦。

拿著他耳機的女孩小心地抬了抬指尖：「商彥，李老師叫你。」

空氣靜寂幾秒，男生微皺起眉，有些不耐地摘掉耳機，慢慢地站起身，但卻沒有半點學生們想像中要爆發的模樣，他瞥了眼手錶，第一節課已經下課。

「……喝完了嗎？」男生低沉的聲線帶著濃重的睡意和初醒的沙啞。

女孩反應過來，慢吞吞地點點頭。

商彥懶洋洋地垂著眼皮，打了個呵欠，聲音帶倦，冷白的俊臉上沒什麼表情：「……乖。」

說完這些，他才走出座位，到講臺前：「老師，您找我。」

「……啊，哦，是。」李師傑回過神，「你跟我去教室外面一下。」

「……」商彥看起來仍未睡醒，無精打采地往外走。

李師傑下講臺前，還有些古怪而不解地回頭看了一眼蘇邈邈。

教室外，下課時間，學生們在走廊上嘻鬧追逐，有些人跑到一班門外，不過一看見走在李師傑身後的商彥，都紛紛臉色微變，趕緊退走。

李師傑看到這一幕，有些啼笑皆非，回過頭看看身後的男生，眼皮也不抬一下，彷彿一靠牆就能睡著。

李師傑無奈：「你們電腦組最近很忙？」

「……還好。」商彥捏了捏眉心，勉強清醒一些。

李師傑：「那你怎麼像三天沒睡覺一樣？」

商彥懶散地扯了一下唇角：「昨晚幫黃老師趕一個腳本，弄得比較晚。」

李師傑挑眉：「……所以你今早才沒去升旗典禮？」

「不是。」

李師傑：「那是為什麼？」

「……」商彥頓了頓，「私事。」

李師傑臉色有點沉了：「私事？……真的像學校裡傳的那樣？」

商彥難得微愣：「傳什麼？」

「你和高三的舒薇……」說到一半，李師傑似乎覺得不妥，眉頭擰得更緊，「商彥，老師知道你聰明，學習對你來說得心應手，但你有電腦組要兼顧……更何況求學階段，還是要以學業為重。談戀愛這種事情，可以等到大學再做嘛，為了這個影響學業，多不值得？」

「……談戀愛？」商彥輕嗤一聲，「老師，您別找我，要找造謠的人解決。」

李師傑愣了愣：「你是說，沒有這回事？」

「嗯。」

「我就說嘛……」李師傑鬆了口氣，「那你今早升旗典禮為什麼沒去？」

商彥沉默片刻，低笑了一聲：「私事。」

「……」這一笑，讓同為男性的李師傑察覺到某種警訊，「商彥，老師還是那句話，學業為重，談戀愛可以往後——」

「老師，」商彥抬眼，放鬆的神色間透出點痞痞的笑意，「有些事情，我自己也控制不了……怎麼辦？」

商彥前腳才跟在李師傑身後出了教室，後腳班上的學生就壓抑不住地躁動起來。

「哇哇，蘇邈邈，妳簡直膽大包天！」齊文悅誇張地低呼。

「連老虎的鬍鬚都敢拔了啊，你是不是不要命了？」

蘇邈邈不解地轉回身：「什麼老虎的鬍鬚？」

齊文悅叫道：「當然是彥哥啊！他睡覺妳也敢叫？任課老師裡除了班導和語文老師，沒一個敢管他，好嗎！」
蘇邈邈想了想，皺起眉：「這樣不好。」
齊文悅：「哈，妳都來班上一週多了，又不是沒聽說過彥哥的成績，他們哪有辦法管？」
蘇邈邈搖搖頭：「對作息不好。」
「……」算了，齊文悅換個話題，「我看剛才上課之前，妳跟他聊了好久，怎麼樣，知道他為什麼沒來升旗嗎？」
蘇邈邈遲疑了一下，輕輕點頭。
齊文悅眼睛一亮，湊近：「為什麼？」
蘇邈邈伸手，把桌角的淺灰色保溫杯拿到面前，輕搖了一下：「因為牛奶。」
「……？」
「他說跑了好多地方才買到。」
「……？」齊文悅噎了十幾秒，終於從牙縫裡擠出話來，「所以商彥……失蹤一個早上……就為了幫妳買杯牛奶？」
蘇邈邈補充：「要加熱，也耽誤了一點時間。」
「……」齊文悅轉過頭去抱著廖蘭馨一陣「痛哭」，「廖廖，這是什麼感天動地的師徒情誼，哇——我也想有這麼個師父！」
廖蘭馨面無表情地翻了一頁書：「別想了。」
「……為什麼？」

「妳不美，也不萌。」

「……」齊文悅愣了一下，叫道，「絕交！」

蘇邈邈聽著齊文悅和廖蘭馨鬥嘴，目光卻有些不安地落向教室前門。

不知道班導喊商彥出去是為了什麼……

蘇邈邈正思索著，一班的生物老師抱著一疊試卷從前門進來，走上講臺。

教室裡嘈雜的學生像是被按下暫停鍵，一個個不安地望向生物老師懷裡的試卷。

「上週四的生物測驗成績出爐了。」生物老師冷著臉，把手上的試卷拍到講桌上，「就你們考的分數，還好意思吵吵鬧鬧？」

全班噤若寒蟬。一班的生物老師年近五十，脾氣不好，背地裡學生們都稱她為「更年期老師」，沒事不敢隨便招惹。

「生物小老師。」生物老師冷著臉喊了一句，「上來，把這些試卷發下去。」

生物小老師不敢拖延，趕緊跑到教室前面，接過試卷，找了附近幾個同學幫忙發下去。不過多數學生此時沒什麼心情幫忙，各個目光緊張地盯著生物老師手裡沒發出來的那薄薄一疊試卷。

蘇邈邈才剛進班上，自然不懂規矩，完全不明白這詭異的安靜是為了什麼，只聽耳後齊文悅聲音顫抖地碎念：「完了完了，上帝阿門佛祖觀音菩薩西王母……保佑我千萬別在那裡面……」

蘇邈邈聽得一頭霧水，上帝佛祖什麼的，她能理解，可求西王母是哪裡的習俗？

「好了，規矩你們都懂，被我點到名的，自己上來拿試卷。」

生物老師說完，果然拿起那疊試卷，開始逐一點名。眼見前幾個上去拿試卷的學生被罵得狗血淋頭，大家都眼巴巴地看著發試卷的小老師，祈禱自己的試卷趕快發到手裡。

蘇邈邈趁隙轉向後方，好奇地問：「蓋老師是把班上成績最差的試卷留在手上嗎？」

還沒拿到試卷的齊文悅已經進入石化狀態，無悲無喜地看她一眼：「妳太天真了……任何名次成績都可能被她點名，只要妳犯了她眼裡不該犯的錯誤……嗚嗚嗚廖廖，她上次捏我大腿的瘀青是不是還在……」

「……」蘇邈邈又問，「什麼人都不放過嗎？」

齊文悅咬牙切齒：「可不是，連廖廖這種大學霸都被叫上去罵過。唯一沒被罵過也不會被罵的，大概就是——」

話音未落，教室前門推開，聽完李師傑「教訓」的商彥神態頹懶地走進來。齊文悅一翹手指頭：「喏，來了。」

蘇邈邈不解。

齊文悅解釋道：「你師父在理科方面就是個大變態……嗯……對不起，請忘掉我剛剛的措詞，總之就是，他是唯一一個以前沒被罵過，以後也不可能被罵的角色。」

想到這人天天上課都在睡覺，蘇邈邈就覺得非常神奇。

商彥垂著眼皮從講臺前走過，似乎完全沒看到那票在挨罵的學生，也完全感覺不到教室裡的緊張氛圍，邊走還邊打了個呵欠，一副沒睡醒的模樣。

「商彥。」講臺上的生物老師看見他，忍不住出聲問，「你上週三怎麼不在學校？」

商彥睏倦的神色裡多了點不耐煩，但他還是停下腳步，嗓音放鬆：「去T省參加比賽。」

「這樣啊。」生物老師從手邊教材裡翻出一張空白試卷，「這是上週三課堂測驗的試卷，你拿回去……對你來說難度不高，裡面有兩道題，我用藍筆圈起來了，你做那兩道就好。」

「嗯，」商彥伸手接過，仍是沒睡醒似的沙啞嗓音，「謝謝老師。」

生物老師一直板著張臉，直到聽聞這句話才露出點笑容。

齊文悅在蘇邈邈身後，托著臉感慨：「學神的待遇，真是令我等凡人豔羨不已啊。」

對比上一個垂頭喪氣、面有菜色地站在旁邊挨罵的學生，蘇邈邈心有戚戚焉地點點頭。

生物老師一抖手裡的試卷，臉上笑容消散：「蘇邈邈。」

「……」蘇邈邈呆住。

齊文悅低聲說：「臥槽！」

已經走過講臺的商彥也停下腳步，輕瞇起眼。在他視野前方，女孩茫然地望著講臺，一副「我是誰、我在哪、我要做什麼」的傻樣。

生物老師罵學生的氣勢……小孩說不定會被嚇哭。

商彥微微皺眉，臉上倦意消退大半。在蘇邈邈起身離座之前，商彥轉身走回講臺旁。

生物老師一抬頭，剛要開罵，突然愣了一下：「商彥？你還有事？」

「這份試卷是我同桌同學的，我幫她拿。」

生物老師一愣：「可她這試卷上──」

「我教她。」商彥言簡意賅。

生物老師絲毫不懷疑商彥的能力，聞言想了兩秒就點頭同意了。她把手裡的試卷遞過去：「蘇邈邈高一課程的基礎還可以，但後面，尤其上個月的新課程，學得一塌糊塗。下個月就期中考試了，她這個成績可不行。」

「……」拿過試卷，一看上面那個紅色的分數，商彥忍不住挑眉，頓了兩秒，他回身抬眸，望著女孩勾了一下脣角，笑得有點涼，「老師放心，我一定嚴加管教。」

全體師生，包括蘇邈邈，都驚得說不出話。

四十分鐘後，下課鈴響，生物老師站在講臺上，把講義一闔：「你們班下節課是自習，對吧？抽出點時間來把這份試卷好好看一看，聽到沒──別老是把生物放著爛，這理綜三科，你們是能不考生物嗎？」

嘮叨一頓之後，生物老師轉身出了教室，門內哀鴻遍野。

教室前門，幾個人火燒屁股地衝進來，為首的厲哲面帶怒氣，衝到商彥和蘇邈邈桌前才猛地煞車：「彥哥，我聽說高三那邊都他媽的在傳你被舒薇甩了，這是哪個白痴說的，要不要把人揪出來！」

商彥難得沒在補眠，正單手轉著筆看蘇邈邈做生物題。聞言，他停下動作，目光落到女孩白淨裡透一點嫣粉的臉頰上。

「小孩，妳介意嗎？」

「……？」還沉浸在血糖平衡調節裡的女孩茫然地仰起臉看他，思索了一下耳邊飄過的聲音，她更迷糊了，小心翼翼地問，「我為什麼要……介意？」

商彥盯了她兩秒，啞然失笑：「那就不管。」

「——？」厲哲不敢置信，「不是……那就放任他們造謠？而且我聽說舒薇今天上午到處拉著他們班上那男的秀恩愛——彥哥，這你也能忍？」

商彥無聲一哂，眼神嘲弄：「我為什麼需要忍？」

厲哲澈底懵了：「所以到底是忍還是不忍？」

這次，在商彥開口前，蘇邈邈直起身，「不是忍不忍，是不需要忍。」女孩軟聲解釋，「『唯沉默是最高的鄙視，最高的鄙視是無言，並且連眼珠都不轉過去。』」女孩的眼眸裡閃爍著一點淺淺的笑意。

「這是魯迅先生在《半夏小集》裡說過的。」她側過身，「師父，你是這個意思吧？」

商彥指了指試卷：「做題目。」

「這……真……」難得聽美人小女神說這麼長一串，厲哲呆在原地，半晌說不出一句完整的話。

商彥瞥他，目光微涼：「還有事？」

厲哲臉紅了半天，終於反應過來，慌亂地轉頭看向商彥：「下節自習課，彥哥你要去……呃，培訓組嗎？」

商彥垂眸思索兩秒，「不去。」接著站起身，單手撐著桌面，另一隻手叩了叩蘇邈邈眼前的生物試卷，「拿著生物課本、筆、這張試卷，還有筆記本，跟我去自習室。」

厲哲在旁邊愣住，左右看看：「彥哥，你這是要……？」

商彥薄唇輕扯了一下，四個字咬得意味深長：「嚴加管教。」

厲哲：「——？」

蘇邈邈欲哭無淚。

三中的自習室，或許稱為圖書館更恰當。圖書館為單棟的四層樓建築，每一層都分為閱覽區和自習區，占地面積很廣。

學校內三個年級，高三的自習課被各科老師霸占，猶如稀有物品，而高一學生剛從升學考試解脫沒多久，很難收心，所以整個圖書館大樓，基本上只有高二學生使用。

商彥和蘇邈邈一起坐電梯上了四樓。

「理科相關的參考書籍、課外輔導教材，基本上都在四樓。」邊走出電梯，商彥邊對蘇邈邈說，「理科成績進步以前，這裡就是妳的『家』，知道了嗎？」

蘇邈邈：「……哦。」她討厭生物。

商彥：「過來，我帶妳熟悉一下圖書區。」

「……」蘇邈邈心不甘情不願地走上前。

「這一帶是物理。這一排是各個版本、修訂本的教科書；這三排是輔導書籍或者工具書；這三排是題庫以及各種考古題……」

兩道身影，繞著四樓圖書館高高的書架穿梭，一邊走，商彥一邊低聲為蘇邈邈介紹書籍的擺放位置。講完化學書籍之後，兩人來到生物區。

「這裡——」商彥話音初起，隔著一排高高雙面書架，傳來兩個女生的交談聲。

「舒薇真不要臉，學校裡誰不知道是她纏著商彥……她怎麼好意思說是自己甩了商彥？」

「得不到就只能裝清高吧。」

「課間操的時候，我還看見她拉著他們班那個男生在石廊那邊親親熱熱……也不知道是做給誰看。」

「反正商彥肯定不會理她，做也沒用。」

「嘻嘻，就是……誰叫她以前那麼得意忘形，整天恨不得向所有人宣示自己和商彥有關係，想起來就噁心……」

「現在被打臉了吧。」

「活該！」

「要不是舒薇家境好，學校裡沒多少人敢當面惹她……換成普通女生跟商彥有牽扯，早就被排擠得沒辦法上學了……」

「這麼誇張嗎？」

「當然啊！就連舒薇，上學期也被人在課桌上放過死老鼠呢！」

「我的天——」

兩個女生全心投入八卦，完全沒注意到，在書架另一側，透過書籍間隙隱約可見的兩道身影。

起初，商彥神情懶散得近乎淡漠，可聽到後面，他眉眼間的情緒不由得沉鬱下來。蘇邈邈憋了憋，低軟著聲音輕道：「師父，我們先走吧……」

書架對面的其中一個女生耳朵特別尖，聽到聲音後臉色微變：「誰在那裡？」

伴隨著話音，從書籍上方的縫隙，蘇邈邈看見兩個身影快步繞過書架，向這排走來。她與商彥站在書架深處，這裡是生物區的第一排書架，與其他排不同，恰好是個有進無出的死角，除了那兩個女生即將現身的入口，這排書架和牆面之間別無出路。

想到那兩人最後一番話，商彥皺了皺眉，他微壓下身，把女孩扣進懷裡，往書架上一壓，嗓音低啞：「別亂動，別出聲。」

幾乎是話音剛落，兩個女生就神色警惕地走進這排書架的入口。接著，兩人不由得同時愣住，就在視線的前方，書架盡頭的角落裡，站著一道寬肩窄腰雙腿修長的背影。

男生單手撐在書架上，另一隻手似乎扣住一個女孩的後腰，把人緊緊壓在書架上。女孩纖細的雙腿被他以膝蓋抵住，禁錮在書架與男生之間，沒有半點掙扎的餘地。

男生向前俯身，背影曖昧，在做什麼……似乎不言而喻。

兩個女生驚懵在原地，過了好幾秒，其中一個終於回過神，喚道：「商……商彥？」

書架前，男生微直起修長的頸線，抬起頭，微轉過視線，側顏清雋凌厲，眸子漆黑，聲線喑啞：「……滾。」

一直到那兩個女生噙著淚跑開，蘇邈邈仍不明白發生了什麼事。

兩人在角落裡，安靜許久之後，女孩小心翼翼地仰起臉，從男生肩臂側邊，費力地踮著腳，探出顆小腦袋。

商彥身後的走道上已經空無一人，蘇邈邈莫名憋著的一口氣終於放鬆，她落回腳跟，好奇地抬頭看身前的男生。

「師父，剛剛……」話才出口，她身前的男生側回眸，眼睫一壓，垂眼望著近在咫尺的女孩。

剛才他作勢微微躬身，手臂正好扶在女孩耳旁的書架邊緣。隔著這樣近的距離，幾乎連女孩的睫毛都能數清楚。耳邊安靜到極致，在這方寸大小的角落裡，只剩下彼此的呼吸。

每一絲空氣都被無限拉長，在女孩微微翕張、花瓣似的唇間近乎無聲地進出，而那雙因為驚慌有些溼漉的琥珀色眸子，瞳仁微微放大，滿溢著無辜地望著他。

心裡有無數個聲音告訴他：不可以，不行，往後退。

唯有在最幽暗的深淵裡，有一個綽約的低音，似有若無，像是蠱惑的魔音，從高築的心牆縫隙，一點一滴滲入、放大，直到澈底吞噬他的理智。

趁她什麼都不懂的時候……把她變成你的，你一個人的。

最後那句話如同深淵推過來的一隻無形的手，於是他再聽不到那些勸誡，全部意識裡只剩下一句話……

商彥眼簾半垂，眸光暗去，他勾著女孩的後腰俯下身——

「……師父。」一個極輕的聲音，在最後一秒拉住他。

商彥喉結一動，抬眸。

女孩澄澈的眼睛裡深藏著一絲不自知的畏怯，她垂在身側的指尖也握得緊緊，她沒有驚叫也不曾掙扎，只是望著他。

「你是要像……舒薇那樣……」蘇邈邈的視線不安地向下，忍住心底的驚慌，低聲重複，「像她那樣嗎……」

商彥眸色一深，直起身，片刻後低聲笑了起來：「怎麼，妳以為我要利用妳報復她？」

蘇邈邈沒有回答，見男生退開，她微微鬆了口氣，又心有餘悸地抬眼看他。

商彥輕嗤一聲，撇開目光：「她算什麼。」

男生冷白清雋的側顏上，凌厲的眉宇間帶著一點極淡的不屑，片刻後，萬般情緒消退，商彥低下視線，輕瞇起眼：「昨天不是說了，我和她沒關係。再讓我重複一遍的話……」

商彥話中止音，目光一壓，落到女孩纖細的雙腿上。

「那你剛剛……」蘇邈邈不安地往後縮了縮。

「……逗妳的，」商彥垂下眼，目光從女孩身上拂落，他舌尖輕抵上顎，脣角微抬，嘖出聲淡淡的笑，「嚇到了？」

女孩遵循本能地點了點頭，而後回過神，又連忙搖頭，抬起澄澈的眼眸和他對視：「我們說好的，你不討厭我，我也不怕你。」

商彥身體僵了一下，過了片刻，他伸手揉了揉蘇邈邈的長髮：「下次記得，早點喊『師父』。」

說完，他回身往書架外走。

轉過去的瞬間，男生眼底笑意倏地一沉。

……你瘋了吧，商彥。

自習區在圖書閱覽區的後方，臨窗。窗外便是葉冠鬱鬱蔥蔥的老樹，還有從樹葉間隙篩下來，斑駁如金箔似的陽光，將臨窗的桌椅拓上剪影似的畫。光線明亮而不刺眼，些微暖意也從葉間落下。

這區都是十人一桌的大長桌，五五相對。不過此刻沒什麼學生，只有不遠處寥寥落落地坐著幾個人。

商彥選了一張空桌尾端，兩個相鄰的座位，拉開其中一張椅子，示意女孩坐下：「坐這裡。」

蘇邈邈無聲地點頭，抱著書包坐過去。

商彥坐到她的左手邊，接著拿出生物老師給他的空白試卷，放到蘇邈邈面前，伸手叩了叩其中兩道題目。

「這兩道題，妳再做一遍。」

不同於平日鬆散疏懶的語調，男生的話音裡帶著不容辯駁的平靜。

蘇邈邈側過臉，偷偷看他，稜角清雋分明的好看面龐，冷白的膚色襯上一層薄薄的光，從她的角度看去，鼻梁的弧線格外英挺而漂亮，只是沒表情。

這樣好看到近乎張揚的臉，此刻卻半點表情也無，脣微抿著，透出點凌厲而低鬱的氣壓，似乎十分不悅。

蘇邈邈剛準備收回目光，就聽到那嗓音微震：「答案和題目……是寫在我臉上？」

「……」蘇邈邈心虛抬眼，正對上那雙漆黑眸子裡拂落的目光。

噫，凶巴巴的。

蘇邈邈不敢反駁，只偷偷瞪了他一眼，才重新低下頭。

生物試卷上落了一小塊很亮的光斑，蘇邈邈猶豫一下，伸出左手擋在那光斑前，讓試卷上的文字不再模糊。

女孩不自覺地輕翹了一下嘴角。

商彥看得莞爾，他無聲取來一冊薄筆記本，試舉著調整高度，為女孩遮住從窗外樹葉間漏下的光。

蘇邈邈有所察覺，剛要抬頭，就聽耳旁一個冷冷淡淡的聲音說道：「專心。」

因此她沒有看到，那人垂眼望著她的神情與目光，讓窗外秋陽都遜色三分。

雖然是做第二遍，但生物這科對蘇邈邈而言，做幾遍都沒有什麼差別。

對著題目苦思冥想，女孩手裡的筆頭無意識地咬進了嘴裡。

商彥的目光無意間掃過來，便沒再挪走，盯了幾秒，他眸色微沉，喃喃道：「我不可以，它可以？」

「……啊？」心思完全投注在生物試卷上的女孩還沒反應過來，突然手裡一空，她茫然地抬眸看向商彥。

商彥：「不准咬筆。」

蘇邈邈：「……」

像是怕她記不住，男生輕瞇起眼：「見一枝，沒收一枝。」

無力反抗的蘇邈邈只得拿出筆袋，再找一枝合適的筆，就在這時，頭頂不遠處傳來一聲意外的低呼：「……商彥？」

蘇邈邈不自覺抬頭望過去。

舒薇？準確地說，是和她傳聞中的新男友並肩站在一起的舒薇。

「……啊。」蘇邈邈低低叫了一聲，轉過頭，她擔心地看向商彥。

商彥原本垂著眼，目光低沉地打量自己手裡剛沒收的中性筆，聞言瞥了開口的人一眼，懶洋洋地壓低視線，對上女孩的目光。

商彥皺了皺眉，伸手輕捏住女孩的下巴，把那張漂亮豔麗的小臉壓下去：「專心做題目。」

蘇邈邈氣得想直接在那白淨的指節上咬一口，不過嘴巴張到一半她就慫了，又乖乖閉上。

這點細微的表情變化，沒能逃過身旁那人的眼睛，商彥啞聲低笑：「怎麼，想咬師父？」

「沒……」

「那妳剛剛是想做什麼？」

「……」憋了一會兒，女孩小聲咕噥，「打呵欠。」

商彥莞爾，收回手。

站在書桌旁邊的舒薇臉色鐵青，她瞪著商彥舉著筆記本、為女孩遮擋陽光的手，眼眶有些發紅。

「舒薇……」她身旁的男生低喚一聲。

舒薇回過神，她咬緊唇瓣，強撐出一個笑：「剛好遇到熟人……我看我們也坐這裡好了。」說著沒給那個男生反駁的機會，將自己的背包擺在兩人對面的空位上。

商彥抬眸，不耐地瞥了一眼，重新低下目光。

舒薇咬著牙恨恨地坐下來。

幾分鐘後，蘇邈邈眉心微蹙地盯著試卷，眼也沒抬地去摸自己的水杯，摸到之後，她愣了一下。

「……怎麼了？」商彥眼角餘光注意到，轉過身問。

蘇邈邈晃了晃杯子，有點尷尬：「來之前忘記裝水了。」

商彥放下手裡的筆記本，揉了揉僵硬的手臂，起身道：「給我吧。」

蘇邈邈一呆：「我自己……」話未說完，她的下巴又被捏住。

「專心做題。」

「……」

「聽話。」男生啞然一笑，拿著女孩的水杯走向這一層的茶水間。

蘇邈邈覺得臉頰莫名地有點發燙，她神色倉促地想低下頭，卻先對上對面舒薇吃人似的目光。

蘇邈邈愣了一下。

不等她說什麼，舒薇恨恨地瞪了她一眼，轉身拿起自己的背包，翻出面紙，站起身：「我去一下洗手間。」說完也沒等身旁男生回應，轉身就往商彥離開的方向追去。

圖書館每一層的洗手間都在茶水間隔壁。

看著舒薇旁邊的男生惴惴不安的眼神，蘇邈邈心情複雜地低下頭。

原本已經很難懂的試卷，在舒薇離開之後，蘇邈邈更加無法專心，一個題目似乎要讀個四五遍，才能勉強理解。

蘇邈邈和這張生物試卷又僵持了幾十秒，終於忍不住放下筆。她站起身，神色遲疑。

雖然今天商彥凶巴巴的，但怎麼說也是師父，不能見死不救……

蘇邈邈這樣想著，離開了座位。她穿過閱覽區，前面有一條狹窄的長廊，盡頭就是洗手間和茶水間。

然而剛轉進長廊，蘇邈邈就僵在原地，她茫然地望著前方。

長廊盡頭，商彥手裡拿著她的水杯，被舒薇緊緊抱住。

來到茶水間，剛剛按下飲水機的熱水閥，商彥便聽見一串腳步聲從長廊傳來。

他目光不經意地一抬，在走近的人身上淡淡瞥過，眼簾一垂，重新遮住漆黑的眸子。

從頭到尾，男生那張冷白清雋的臉上，連一點細微的表情變化都沒有。

舒薇的神情僵住，她握緊了手，掌心的面紙包裝被她捏得發出難聽的呻吟。

「商彥……」遲疑許久，她還是緩緩開口。

伴隨著話音，飲水機的熱水閥被修長的指節輕輕一撥，水流驀地收住。商彥舉起杯子看了一眼，直起身，拿起擺在飲水機上面的保溫杯蓋，一邊轉緊杯蓋，一邊轉身往外走。

來到門前，商彥步伐一停：「……讓開。」

他的聲音裡聽不出什麼情緒，像是遇到個擋路的陌生人。正是這點——沒有情緒亦沒有反應，讓舒薇最後一絲偽裝的從容徹底崩潰。

她伸手去拉商彥的衣袖：「商彥，我……」

商彥拿著杯蓋的手一抬，輕易避過她的動作，同時凌厲的目光掃落，不耐地盯著她的臉：「有完沒完。」

那聲音如浸了冰雪似的寒冷，舒薇眼眶紅了起來：「你不喜歡我哪裡……我可以改——昨天是我錯了，你別不理我……商彥……」

商彥氣得失笑，目光冷得像冰，一字一句地低語：「妳有病吧？」

商彥推開女生，忍無可忍地往長廊走去，來不及蓋好的保溫杯裡濺出幾滴滾燙的水，落到手掌上，灼得皮膚發麻。商彥微微皺眉，重新把蓋子轉緊。

就在此時，他身後突然響起個很低的聲音：「你是不是……喜歡蘇邈邈？」

商彥的腳步驀地停住，意識恍惚了一下。

他身後的舒薇抬起頭還想說什麼，突然看到走廊入口，一個身材嬌小的女孩落在地上的陰影。

舒薇瞳孔微縮，想也不想地快步上前，趁著商彥失神的瞬間，從後面緊緊抱住了他。

商彥被這動作喚回意識，眉眼一冷，手裡握著的保溫杯差點摔到地上。

「……放開。」白皙手背上青筋綻起，商彥目光沉冷，正欲動作，視線一抬，望見了長廊入口，看著他們、呆在原地的女孩。

舒薇強裝笑意的聲音從身後傳來：「你不想看看……你的小徒弟，對你是什麼感覺嗎？」

「……」商彥沉默。

舒薇心底泛起苦澀又得逞的情緒，然而下一秒，她聽見「嘎吱」一聲，非常刺耳，商彥以一種近乎暴力的力量，把那個不聽話的保溫杯蓋子轉緊。

「媽的。」一聲低鬱戾意的冷嗤。

舒薇感覺自己手腕一痛，像是被鐵鉗箍住似的，她本能地驚叫一聲，鬆開手想往後退，然而商彥緊捏著她的手腕，目光沉冷地望著長廊盡頭轉過身去的女孩。

他眼簾一垂，遮住眸裡漆黑的冷光，上身一轉，保溫杯換到左手，右手張開，握住，猛地後壓——「砰」一聲撞擊的悶響，引得背對他們的女孩轉回頭。

看清楚不遠處發生的一幕，女孩的瞳孔輕縮了一下。

長廊盡頭，商彥捏著舒薇的頸子，把人狠狠摜在牆上。他俯下身，眸光冷冽：「舒薇，有病吃藥，別來我這裡找死。」

他手上一用力，掐得舒薇叫都叫不出來，驚恐地看著他，「還有，用妳試蘇邈邈？」商彥垂眼低笑，嗓音裡透著點微沉的戾意，還有輕蔑到極致的不屑，「妳算什麼東西。」

舒薇臉色煞白。

商彥冷眼甩手把人推開，轉身走了出去。

一直等到男生停在身前，女孩仍沒有反應過來，愣愣地站在長廊入口。

「師……父？」她仰起臉看他。

商彥抬手，推了推額角太陽穴，落下時也抹掉了臉上的薄戾。他嘴角輕勾，語出卻是「威脅」：「我和她沒關係。不准胡思亂想，不准質疑。」

蘇邈邈回過神，慢吞吞地說：「可她剛剛抱了你……」

輕輕軟軟的腔調，撩撥得商彥微微沉眸，他低下身：「小孩，妳膽子變大了，敢質疑師父的話？……之前告訴過妳，再讓我重複會怎麼樣？」

蘇邈邈猶豫了一下，腳尖往前，帶著點不自知的挑釁，碰了碰男生的鞋：「打斷腿。」

商彥視線一落，小短腿都伸到他眼皮底下了，他啞然失笑。片刻後，他佯裝威脅地低聲道：「信不信真的把妳打斷？」

「……不信。」女孩鼓了鼓臉頰，沉默兩秒，她小聲接了句，「師父捨不得。」

心臟像是被什麼東西撞了一下，撞得商彥神智恍惚，有那麼一瞬間，他幾乎想不顧一切地……

商彥握緊拳頭，手背上青筋再一次綻起，和剛才不同，眼底沉沉浮浮的欲望被他一次又一次壓下，卻仍帶著不甘和近乎瘋狂的情緒湧上來。

耳邊呼吸聲似乎突然加重，蘇邈邈不解地抬頭：「師父……」

話剛出口，面前的人驀地直起身，走過她的身旁：「回去做題目。」

蘇邈邈頓時洩了氣，悶悶不樂地回應：「……哦。」

上午最後一堂數學課結束，蘇邈邈和齊文悅、廖蘭馨三人一起走向餐廳。

高二一班所在的三號教學大樓距離學校餐廳很遠，幾乎要跨過大半個校園。一路上，齊文悅走在中間，一左一右挽著蘇邈邈和廖蘭馨。

「邈邈，妳師父是不是有新女朋友了啊？」

「……？」蘇邈邈一愣。

齊文悅轉頭，看女孩一臉懵然的模樣：「看來妳也不知道啊……真奇怪，不會藏得這麼隱密吧，怎麼之前一點動靜都沒有？」

蘇邈邈終於消化這個消息帶來的驚訝，遲疑地問：「為什麼突然……這樣說？」

齊文悅晃了晃手機：「學校論壇不是恢復了嗎？今天論壇裡，有人說上午在學校裡撞見商彥和一個女孩接吻了。」

蘇邈邈一臉驚訝，連廖蘭馨似乎都很意外，她轉過頭看了看完全茫然的蘇邈邈，隨即皺起眉問齊文悅：「消息屬實嗎，確定不是造謠？」

「真的。」齊文悅用力點點頭，「據說當時情況還挺……嗯，激烈。」

廖蘭馨又問：「跟什麼人，在什麼地方？」

「哎，廖廖，妳今天怎麼難得這麼八卦？」齊文悅笑著說，「地點沒說，那個女孩的臉好像也沒曝光……說是商彥非常強勢，把那女孩壓在牆上親吻，擋得一絲不漏……」

齊文悅後面的話，蘇邈邈一個字都聽不進去，她臉頰不可遏制地發燙，藏在衣袖裡的指尖也不安地握緊，掌心滲出點汗，被風一吹，有些發涼。

明明只是擋了一下，怎麼會被造謠是在……

想到已經在論壇裡傳開，蘇邈邈更不安了，低聲小心地問：「後來呢？」

齊文悅遺憾地說：「沒有『後來』，被看見的兩個女生打斷了。」

蘇邈邈臉頰更燙，無力地辯駁：「我不是說那個，我是說論壇裡……」

「哦哦，妳問這個啊。」齊文悅遺憾地聳聳肩，「發文的人突然消失不見。進她主頁一看，所有資料都被清空，貼文刪除，帳號也註銷了……」

蘇邈邈愣了一下，這套乾淨俐落的ＳＯＰ聽起來有點耳熟——很有電腦培訓組的風格。

「唉！」齊文悅突然長嘆一口氣，「事到如今，只希望彥哥的新女朋友是個溫柔的女生，多照顧一下我們的邈邈。」

「……？」蘇邈邈不解，遲疑了一下，她心虛地問，「和我有什麼關係？」

齊文悅解釋道：「妳看，所謂一日為師，終身為父，商彥對妳那麼好，幾乎把妳當女兒在養，那他以後的女朋友，不就等於是妳繼母了嗎？」

蘇邈邈呆住。

齊文悅繼續魔性洗腦：「而且我們邈邈又長得這麼漂亮，跟個小仙女似的，再漂亮的繼母也沒辦法跟妳比。這就好比白雪公主和她繼母，萬一多出個『魔鏡』挑撥離間，妳可要小心被妳繼母餵毒蘋果啊！」

齊文悅一頓，打了個冷顫：「靠……我自己說得都起雞皮疙瘩了，這麼一想後果還真是嚴重……邈邈，妳放心，我一定盡我所能幫妳打聽出來，妳那個準繼母到底是何方神聖！」

蘇邈邈聽得目瞪口呆，旁邊的廖蘭馨也不由得翻了個白眼。

「妳是吃飽了撐著，白雪公主？……什麼爛比喻，妳還是快去取餐吧。」

齊文悅哭喪著臉，被廖蘭馨推去取餐窗口。廖蘭馨原本要到另一邊排隊，猶豫了一下，她停下腳步，身旁的女孩似乎還沒從剛才暗黑版童話故事裡回神。

廖蘭馨無奈地笑了一下：「邈邈。」

「……？」蘇邈邈回頭看廖蘭馨。

廖蘭馨沉默地打量著她，女孩膚色白皙，五官精緻漂亮，瞳仁烏黑透著水光，鼻尖秀挺微翹，唇瓣像含苞的花一樣柔嫩，讓人一看便移不開目光。個性也安靜得讓人心痛，乖巧得讓人忍不住想逗她，長著這樣漂亮豔麗的外表，卻沒有半點寵溺出來的嬌氣或者任性，乾淨得像塊沒有任何雜質的水晶，剔透又漂亮。

……也難怪那人會喜歡。

拋開身為同性的羨慕嫉妒，恐怕很難有人不喜歡她。

廖蘭馨皺了皺眉：「商彥……妳師父確實各方面都很優秀，但個性上，恐怕不是什麼善類……我也不知道他適不適合，妳自己要想清楚。」

蘇邈邈：「——？」

點到即止，廖蘭馨不再多言：「去取餐吧，等一下見。」

留下讓蘇邈邈一頭霧水又莫名其妙的話，廖蘭馨轉身走了。

與此同時，餐廳門外，厲哲跟在商彥身後，踏上一餐廳的臺階。

「哎，彥哥，你不是最不喜歡一餐廳嗎？今天中午怎麼來這裡？」

商彥的目光在遠處點菜的窗口慢慢掃過，微皺著眉，片刻後，視線終於「捉」到最熟悉的嬌小身影，他眸裡掠過點笑意：「走吧。」

「哦。」厲哲連忙跟上去，「對了，彥哥，我聽說今天論壇裡又有八卦……好像是有女生造謠，說你跟一個女孩在學校接吻了。」

商彥眸光微閃，沒接話。

厲哲還在傻笑：「這人造謠也不打草稿，你今天一上午都沒離開教室，只有第三節課陪我的小女神去了一趟圖書館，怎麼可能和什麼女孩接吻，還說你把人壓在牆上親，哈……」

商彥步伐一停，回眸，挑眉：「你的小女神？」

厲哲忍不住笑，還有點不好意思：「上次在餐廳裡……我就對小女神一見鍾情，彥哥你又不是不知道！」

商彥輕嗤一聲，眸色冰涼，「哦？今天上午在圖書館，我就是把你的小女神壓在牆上親了。」頓了一下，他露出個痞痞的笑，啞聲道，「……非常甜。」

第七章　占有慾

站在原地呆若木雞十幾秒，厲哲追上去，聲音都在顫抖：「彥彥彥彥彥哥……你你你剛剛說的一定……一定不是真的吧！」

「嗯。」商彥玩笑開過頭了，單手插在褲子口袋往餐廳內走，聲線慵懶，「……假的。」

厲哲鬆了口氣，露出一個心有餘悸的笑容，可惜沒等他笑多久，前面邁著長腿的男生頭也不回地補充一句：「但你再覬覦她，我不保證哪天不會付諸實行。」

厲哲滿臉疑惑，商彥卻不再理他，徑直向其中一個取餐窗口走去。

蘇邈邈已經第三次被擠出取餐隊伍。三中的餐廳基本上都是排隊取餐，因為有巡邏老師監察，但偶爾巡邏老師不在，學生們就會很熱情地上演一場達爾文「適者生存」的實境秀。在叢林法則下，最容易被淘汰的只有一種學生：小個子的。

眼睜睜看著取餐窗口離自己越來越遠，耳邊還有些嘈雜的吵鬧聲，蘇邈邈一張小臉都有點發白。她無力地抱著托盤低下頭，突然身後一股力量重重地把她往後一拉，蘇邈邈重心失衡，向後踉蹌了一下。

女孩嚇得不輕，慌亂地伸手想扶向旁邊，剎那間，她的手掌被溫熱的掌心包覆，後腰也被人一托。

女孩連忙站直身體，回頭道：「謝謝——師父？」

蘇邈邈驚訝地仰頭看向男生，清雋冷白的面龐上，表情有些不善，戾氣在漆黑的瞳子裡轉了半圈，他垂眼打量女孩，低聲問：「有受傷嗎？」

蘇邈邈搖了搖頭。

商彥抬眼，目光落到前面人群裡一個奮力往前擠的男生，黑眸驀地沉了沉，擰眉上前兩步，單手抓住那人後領，手上青筋一綻。伴隨「砰」一聲重物落地的悶響，那男生直接被甩到地上。

「臥槽，誰……」

受驚的眾人譁然，慌忙而迅速地向四周散開。

「彥……彥哥……？」地上的男生反應過來，驚恐地看著商彥。

商彥面無表情地垂下眼，薄脣微動，聲音冷得像寒冬裡的鐵：「踩著別人往前擠，你瞎了嗎？」

高一開學一個月，「商閻羅」的名號在三中已經無人不曉，被摜在地上的男生嚇得嘴脣都在抖：「對……對不起彥哥……我沒、沒看見……」

旁邊被嚇到的蘇邈邈反應過來，連忙上前抓住商彥垂在腰側的襯衫衣角：「師父，你別這麼凶。」

商彥動作僵了一下，最後還是斂眸收手，壓下怒氣，他回頭冷冷一瞥。經過剛才這一亂，幾個取餐的窗口前全部安靜下來，學生們的目光紛紛投過來。

之前傻在一旁的厲哲終於回過神，哭喪著臉上前，揮了揮手：「都排好隊！別像這輩子沒見過白飯似的，丟不丟臉！」

很快，一餐廳所有取餐窗口前，排起了整齊有序的長龍。

商彥從餐具區取了新的托盤和筷子，陪蘇邈邈站到其中一條長龍的最後，兩人前面的學生噤若寒蟬，時不時偷偷回頭看一眼。

蘇邈邈哭喪著一張小臉，商彥看了她兩秒，臉上寒意融化：「怎麼，生我的氣？」

蘇邈邈默不作聲，安靜地抬頭瞪了他一眼，想了想，苦口婆心地勸道：「師父，你不能這麼凶，大家會不喜歡你……」

「那妳呢？」

「……啊？」不知道話題怎麼會牽扯到自己身上，蘇邈邈茫然地仰頭看向商彥。

商彥目光閃了閃，他縱容自己的私欲，不著痕跡地挖了個陷阱：「妳也不喜歡師父了？」

蘇邈邈反應過來，連連搖頭，女孩鼻尖輕皺，表情十分認真，琥珀色的眼睛裡彷彿蘊著光：「我會一直喜歡師父。」

被掠食者盯上的小動物毫無知覺地跳進陷阱。

商彥舌尖抵了抵上顎，低頭無聲地勾起嘴角，眸子漆黑：「妳最好記住這句話。」

「……」蘇邈邈突然覺得後頸涼涼的。

頂著餐廳裡眾多窺視的目光，蘇邈邈排在商彥前面取了餐，倉促道別，落荒逃回和齊文悅、廖蘭馨約好的「根據地」。

蘇邈邈才坐下，放好餐盤，旁邊的齊文悅突然兩手一起抓住她的左手，捧起來：「邈邈，答應我，以後巡邏老師不在的時候，務必請妳師父來一餐廳走一圈。」

蘇邈邈被她的話搞得哭笑不得，廖蘭馨在旁邊嫌棄地白了齊文悅一眼，轉回頭，神色怡然地敲了敲餐盤。

「不過，今天確實是我在一餐廳取餐最有秩序的一次。」

三人玩笑過後，開始用餐。

抱著手機的齊文悅一直聚精會神地逛論壇，誓言要幫蘇邈邈把她那位神祕的新「繼母」找出來。

蘇邈邈心虛地敷衍過去，剛吃下一口飯，旁邊的齊文悅突然一聲低呼，蘇邈邈嚇得手指尖一抖，轉頭看去。

坐在對面的廖蘭馨也有些意外：「這麼快就找到了？」

「不是不是……」齊文悅激動地擺擺手，拿起水杯灌了口水，將噎住的飯菜嚥下去，然後指著手機螢幕，對蘇邈邈說，「我剛剛看到論壇裡有人說，下個月是二十週年校慶。」

廖蘭馨沉默兩秒：「這有什麼好激動的？」

「重點不是這個，」齊文悅戳螢幕，「重點是，發文的人說，因為要拍照宣傳，還要載入校史，今年的校慶主持人要選兩位形象最優的學生！」

廖蘭馨了然，目光意味深長地落向蘇邈邈。

乖巧吃飯的蘇邈邈感覺到視線，遲疑幾秒，慢吞吞地抬起頭。

「我不會主持。」

齊文悅豪邁地拍她的肩膀：「幹麼要會主持啊，寶貝，他們這次要找的是形象最佳的宣傳主持人，你這模樣已經是暢通無阻的通行證了！」

廖蘭馨突然發問：「選幾個？」

「一個呀。」齊文悅想都沒想。

廖蘭馨目光複雜地瞥了她一眼，暗示了一下。

齊文悅會意：「……對哦，我怎麼把舒薇忘了。論臉蛋，她絕對比不過邈邈，但她在三中的人氣歷久不衰哎。」

聽齊文悅提及舒薇，蘇邈邈不由得動作一停。想起上午圖書館茶水間外，自己撞見的那一幕，她微垂下眼，豔麗的小臉下意識地黯淡下來，細眉輕蹙，嫣色的脣也抿住。

她鮮少主動討厭什麼人，也幾乎不參與任何需要在公眾場合發聲露面、引人矚目的活動，但如果和她競爭的人是舒薇……這大概是她有生以來第一次，生出要和他人競爭的念頭。

在廖蘭馨的目光示意下，齊文悅急忙笑著對蘇邈邈說：「不過現在都是小道消息啦，雖然有人說要搞什麼校內競選，但至今半點投票相關的風聲都沒傳出來，說不定只是造謠。」

齊文悅說著，敲了敲餐盤：「先吃飯吧！下午第一節是體育課，上次妳不是——呃，因為喬欣藝那幾個惡女沒去嗎？體育老師還問起妳呢。」

「……嗯。」

吃過午餐，三人沒有回教室集合，而是直接去了體育場。

今天體育場內人特別多，走過園藝區，三人來到籃球場邊，廖蘭馨意外地掃了一圈，轉頭問齊文悅：「今天有籃球校隊比賽？」

齊文悅呆了呆，隨即一拍額頭，「我居然忘記了！」說著她摩拳擦掌地就要往斜對面衝，「我要去為我的褚銘小天使加油！」

蘇邈邈在旁邊聽得一頭霧水，廖蘭馨嫌棄地看了齊文悅一眼，解釋道：「褚銘是籃球校隊隊長，長相不錯，籃球打得很好，齊文悅是他頭號粉絲。」

蘇邈邈了然，點點頭。

正要往對面衝的齊文悅被不遠處站著的同班女生取笑：「怎麼，齊文悅，妳要叛變啊？」

齊文悅：「什麼叛變，我哪裡叛變了？」

那女生說：「今天不只有籃球校隊的比賽，還有我們班和三班的友誼賽呢，妳不在我們班加油助陣，跑去對面，這不是叛變是什麼？」

齊文悅愣住：「我們班和三班？這節課嗎？」

「對啊，」那女生笑著點點頭，下巴一揚，指向籃球場斜對面，「妳沒看到嗎？從不上體育課的商彥都來了。」

蘇邈邈下意識地望過去，隔著大半個籃球場，她果真一眼看見那個人的身影。商彥站在厲哲幾人之間，換了一身運動服，黑色的修身版型，襯托出身材修長，膚色冷白。從遠處看去，他在陽光下白得像是要發光了。

籃球場大多數女生的目光，都若有似無地集中在他的身上。

蘇邈邈收回視線：「商彥……也會打籃球？」

聽到這句話，之前開口的同班女生表情複雜地看向蘇邈邈。

齊文悅更是笑出聲：「邈邈寶貝，妳對妳師父的了解也太少了吧？商彥豈止是會打籃球，他高一就收到籃球校隊的破格邀請。我們籃球校隊在省內很有名，過去是不收高一非體保生的。」

旁邊那個女生接著說：「籃球校隊為他破例，結果還被拒絕。聽說褚隊長一直和商彥不太合得來，可能不是空穴來風。」

齊文悅尷尬地摸了摸後腦杓：「高一時還覺得商彥拒絕，滿不知好歹的……後來一看，他十項全能，沒什麼是他不會的，其他方面表現更優異，拒絕也有道理，哈。」

「是啊，」那女生顯然對商彥很有好感，感慨地接了一句，「學校裡都傳他背景神祕，也不意外……普通家庭怎麼可能教育出這樣的人？感覺他活一年抵我們十年，不然怎麼能學會那麼多東西……」

那女生看向蘇邈邈，笑著問：「聽說彥哥和妳是師徒，蘇同學，妳沒聽彥哥提過嗎？」

蘇邈邈在心裡皺眉：「嗯……我們只是在電腦組接觸比較多，平常……不熟。」

「哦，這樣啊。」看不出那女生信還是不信，揮揮手就往旁邊走了。

齊文悅笑著吐槽：「邈邈，做人要誠實啊，妳這話要是傳到彥哥耳朵裡，多傷人啊！」

蘇邈邈心虛地瞥了一眼商彥，不知道是心電感應還是怎樣，原本有一搭沒一搭和別人聊天的商彥，突然向這邊看過來。兩人目光在空中交會，蘇邈邈的心虛瞬間呈倍數增長。

她慌忙避開目光，然而卻絲毫躲不掉商彥的視線。蘇邈邈向來對目光格外敏感，深知那人更緊迫地盯著這裡。

蘇邈邈心裡更慌，伸手拉齊文悅和廖蘭馨：「我們去……籃球校隊那邊看看吧？」

齊文悅驚訝：「妳這是要主動背叛啊？」

廖蘭馨了然地瞥向某處，片刻後，她低下頭笑了一聲：「來不及了。」

「？」

「商彥過來了，邈邈。」

廖蘭馨話一出口，蘇邈邈邁出的第一步頓時僵在原地。

不等她抬頭看去，鬆散嗓音的主人已經停在身旁，懶懶地笑問：「剛看到師父就要跑，我是養了個沒良心的小徒弟嗎？」

「……」蘇邈邈無言以對。

商彥瞥向女孩要前往的方向，籃球校隊的球衣非常醒目。

商彥輕睇了一下眼睛，轉頭看齊文悅：「妳們要去哪裡？」

齊文悅在商彥的目光下忍住顫抖，沉默了一秒就決定出賣隊友：「邈邈說要去看籃球校隊的比賽。」

蘇邈邈一臉驚訝。

「哦……」商彥目光微深，他單手插在褲子口袋，另一隻手抬起來，繞過女孩垂在身後的T恤帽子，搭住她的薄肩，俯下身，「想看籃球校隊的比賽？」

耳邊聲音裡蘊含的情緒，大概可以歸類為這人身上少見的溫柔。

蘇邈邈遲疑一下，小心翼翼地試探：「想……？」尾音不敢肯定地落下，而是微微揚起。

女孩望過來的黑瞳清亮澄澈，透露出溢於言表的求生欲，以及——慫。

商彥不禁莞爾：「可以想。」

蘇邈邈眼睛一亮。

商彥：「等妳師父我轉世投胎，妳就可以好好想想了。」

蘇邈邈實在忍不住，抬起頭快速地瞪了商彥一眼，然後縮回去小聲碎念：「那我也要投胎了。」

男生驀地笑了，笑得十分愉悅。

蘇邈邈被他笑得一愣，不解地側臉去看對方，而商彥也正垂眼看她，清雋的面龐上透著戲謔的驚訝：「之前想看師父脫襯衫，妳現在甚至想著……要和師父一起投胎？」

「——？」蘇邈邈剛要辯駁，不遠處突然傳來厲哲幾人喊商彥的聲音。

商彥直起身，抬手在女孩髮頂摸了摸，他垂著眼笑著：「……野心很大，再接再厲。」說完便轉身離開。

「……」蘇邈邈滿心怨念地目送男生的背影，再一轉身，對上兩雙極其複雜的眼睛。

廖蘭馨若有所思、饒有興趣；齊文悅則是震驚不已，似乎還有點「人不可貌相」的驚嘆藏在眼底。

蘇邈邈發自內心覺得無力：「他是開玩笑的……事實真的完全不是……他說的那樣。」

齊文悅艱難地消化完自己聽到的事，選擇性地無視蘇邈邈缺乏說服力的解釋。她幽怨地轉向廖蘭馨：「廖廖，我好酸。」

廖蘭馨低笑，嗤了句：「以後妳可能會更酸。」

齊文悅沒有注意到這句話，人已經轉向蘇邈邈：「邈邈啊，我突然發現我跟妳說的那套繼母理論完全不適用，妳放心，彥哥這麼寵妳，我看他寧願換個繼母，也不可能換掉妳。」

蘇邈邈快哭了：「我真的沒有說過……」

「沒關係，」齊文悅幽幽地往旁邊飄，「妳只是說出三中廣大女性同胞們一直放在心裡不敢說出口的話而已……」

「……」蘇邈邈心想，百口莫辯，不外如是。

上課鈴聲響了，各班在體育委員的號召下陸續集合。高二一班的體育老師是個女老師，拿著學生名冊開始點名。瞥見後排的商彥時，體育老師神色格外驚訝，不過她沒說什麼，輕掠了過去。

點完名，體育老師突然想起：「哦，你們班這學期來了個新生是嗎？我記得上節課她沒來，這節課來了嗎？」

「……老師。」蘇邈邈從來沒有跟班上同學列過隊，自然沒有位置，從剛才就安靜地站在體育老師身後，或許是因為個子嬌小，一直沒被發現。

體育老師聽見聲音，轉頭一看，驚訝地愣了一下。

「……我聽你們班導說了，妳可以不參加集體活動。」

心裡驚嘆一番後，體育老師轉身看向一班的學生，開玩笑道：「這麼漂亮的女孩子看你們跑操場，你們一班的男生很幸運啊？」

厲哲幾人中有人跟著開玩笑接話：「我們班上有彥哥陪著跑操場，女生們也很幸運啊。」

全班哄笑成一片，隔壁幾個班都投來好奇又豔羨的目光。

「伶牙俐齒。」體育老師拿起胸前口哨，用力一吹，「好了，都安靜。開始熱身。體育委員帶隊，女生兩圈，男生四圈，跑完解散，不准偷懶！」

在學生們心不甘情不願的抱怨聲中，全班列隊跑了出去。

體育老師走到蘇邈邈身旁，和善地說，「妳的具體情況我清楚，之後的體育課如果妳不想來沒關係。」女老師頓了一下，「當然，妳願意出來透透氣，散散步，老師也很支持。」

「……謝謝老師。」蘇邈邈微微彎腰行了個禮。

體育老師笑著點點頭，轉身離開。

蘇邈邈鬆了口氣，坐到一旁的石頭臺階上。十月中旬，天氣漸漸轉涼，不過高二一班的體育課安排在下午第一節，氣溫適宜，陽光溫和地從稀疏的枝葉間篩下來，光影似打碎的金箔拓在人身上，暖意洋洋，讓人心情舒暢。

坐在臺階上的蘇邈邈愜意地瞇起眼，慢慢張開手，白皙的指尖描繪著雲的金邊，像太陽底下伸著兩隻前爪伸懶腰的小貓。

後方高高的石階頂端是籃球場，女孩子的呼喊與男孩子的奔跑聲交疊相融；風從對面開闊的足球場吹來，滿盛著夏秋交替的味道。

突然，這靜謐的畫卷，被不遠處石階上傳來的幾聲低呼打破了。

蘇邈邈睜開眼睛望去，在自己的右手邊，幾個坐在石階上的女生心有餘悸地拍著胸脯，而石階下，一顆籃球蹦跳著朝她過來。

也真巧，那顆籃球最後停在蘇邈邈面前。

女孩愣了愣，走過去，彎下腰，將距離腳尖極近的籃球抱了起來。她正準備起身，後面傳來一串腳步聲：「抱歉，嚇到妳了？」

女孩轉過來，慢慢停下腳步的男生愣在原地。

男生穿著三中籃球校隊的球服，黑髮有些溼潮地貼在額頭上。他的臉頰偏瘦，面皮白淨，眉眼俊秀，五官輪廓好看，只是半低著頭看過來的目光有點呆愣。

蘇邈邈奇怪地看著他，這人身上的球衣印著「chuming」，顯然他就是廖蘭馨說的那個籃球校隊隊長，齊文悅是他的頭號粉絲。

「你的籃球。」蘇邈邈主動將籃球向前遞了遞。

「……啊，好的，謝謝！」褚銘驀地回過神，雙手接過女孩遞來的籃球，「沒有砸到妳吧？非常抱歉，我們正在進行新隊員訓練賽，沒有控制好球速和球路。」

他說的話，有將近一半蘇邈邈聽不懂，她收回手，向對方微微點頭：「沒關係。」

褚銘一時心情複雜，分不清此刻纏在心頭的感覺是什麼，他好像第一次想要……想要主動去詢問女孩的……

「隊長！」高高的石階上，傳來籃球隊幾個男生的呼喊。

褚銘驀地回神，有些懊惱自己的失態，他臉上不露痕跡，朝著女孩一笑，轉身奔上臺階。

這小小的插曲，很快就被蘇邈邈忘在腦後，午後的風吹得她愜意極了，然而有些人卻不這麼覺得。

高二一班的學生已經跑完一圈，出發時還算整齊的列隊，現在鬆散得不成樣子。學生們裡有不少氣喘吁吁，也有幾個如履平地，還有少數幾個介於兩者之間。

蘇邈邈望向勉強成形的隊伍中後方，齊文悅一邊跑，一邊氣急敗壞地嗆班上的男體委：「剛剛就說矮個子在前面……你不聽！個子矮小腿短就沒人權嗎？這……誰跟得上？」

蘇邈邈忍俊不禁，望著隊伍輕笑起來，從側面望去，眉眼嫣然如畫。

「……隊長？隊長？」

石階上方的籃球場邊緣，籃球校隊的一個男生不解地喊了褚銘兩聲。

褚銘倉促回神：「怎麼了？」

那男生狐疑地看著他，隨即湊過來，往下望了望，看到樹下女孩的身影後，了然地笑起來：「嘿，我還以為怎麼了，原來是我們褚大隊長思春了啊？」

「少來這套。」褚銘笑道。

那男生嬉笑：「嘿，跟我還害羞什麼？再說了，你這樣很正常啊！這女孩來三中以前，三中一半的男生心繫舒校花，這女孩一來，剩下的一半都跑到她身上了……」

褚銘微愣，低頭看去。

那男生摸著下巴，朝褚銘擠眉弄眼：「而且我猜測，原本喜歡舒校花的，也有好幾個變心了，畢竟這女孩是真的很漂亮。長這麼大，我第一次見到這樣的美女，不知道再過兩年，會美成什麼樣子……」

聽隊友在旁邊碎念，褚銘皺了皺眉，問：「這個女孩很出名嗎？」

「……」隊友一噎，表情複雜地看向褚銘，「隊長啊隊長，你以後還是跟籃球結婚吧。」

褚銘笑著看他。

那男生無奈，解釋道：「她是高二一班這學期轉來的新生，叫蘇邈邈。我進校兩年多了吧，她可是第一個撼動舒薇校花位置的小美人！你竟然連她都不認識。」

腦海裡不期然地掠過，剛才刺眼的陽光下，女孩輕瞇著琥珀色眸子遞過籃球的模樣。褚銘點了點頭：「確實。」說完便拍著球往回走。

「啊？什麼確實？」

「……」

「隊長！你別吊人胃口，快告訴我什麼確實？」

齊文悅和廖蘭馨兩人無論性格還是其他方面，都可以說是天差地別，唯獨有一點相同——在運動方面，兩人一致出奇地爛。所以等她們互相扶持、半爬半走地熬完後半圈，班上幾個男生已經跑完四圈了。

商彥就是其中看起來最為輕鬆的一個，不過慢步停下以後，他神情看起來有些不善，沒有理會厲哲幾人，便大步走向石階。等蘇邈邈注意到時，陽光已將男生修長的身影投到她腳邊。

「師父？」感覺面前的人沉默之下壓抑著某種令人不安的情緒，蘇邈邈不解地仰起臉。

商彥微皺著眉，黑眸裡情緒有些沉鬱：「剛剛和褚銘聊了什麼？」

蘇邈邈一愣：「他的籃球滾過來，我撿起來還給他。」

「然後呢？」

蘇邈邈想了想，搖頭：「沒有了。」

商彥眸色微深，目光不善地抬眼，望向石階頂端隱約露出的幾個籃球校隊隊員。

如果真的沒什麼，褚銘會站在場邊，盯著女孩盯那麼久？

難以言喻的複雜情感湧上商彥心頭，像是有什麼東西踏上自己的領地，貪婪地覬覦自己最珍視的禁臠。躁動的暴戾之氣從心底絲絲縷縷地纏繞蔓延上來，商彥深吸一口氣，強壓下失控的憤怒感。

終於，他垂下眼，唇角微勾：「以後不要理他。」

蘇邈邈不解：「……為什麼？」

商彥毫無誠意地敷衍：「因為他不是好人。」

「……」蘇邈邈低聲碎念，「今天也有人告訴我，師父你不是善類……」

「……」商彥輕瞇起眼瞳，眸裡漆黑，「誰？」

蘇邈邈搖了搖頭，咕噥道：「不告訴你。」

商彥低笑一聲，轉身坐到女孩身旁：「那妳相信嗎？」

蘇邈邈猶豫地轉過來，烏黑漂亮的眼瞳望著他：「我該相信嗎？」

商彥眼底情緒搖盪，片刻後，他垂下眼簾，遮住眸子裡沉浮不一的情緒，只餘下微微低啞的笑：「來不及了。」

蘇邈邈呆了一下：「什麼來不及？」

「現在想相信，也來不及了。」商彥輕瞇著眼，清雋面龐上脣角微勾，張揚又恣肆，「做了我的徒弟，妳還指望從我手心逃出去嗎？」

蘇邈邈盯了他兩秒，漂亮豔麗的小臉上沒什麼情緒。又安靜了片刻，女孩低下頭，腳上的小白鞋輕輕摩擦著地面。她的聲音悶悶的，帶著讓人口舌發燥的軟腔：「……不指望。」

陽光把她柔軟的影子揉成一團，襯在腳邊的地上，像隻慘遭蹂躪的小毛球。

商彥突然覺得十分乾渴，不是嘴裡，而是從心底升起的……

他眸色一深，輕咳了咳，側開視線並轉移話題：「慢跑這類運動，妳也不能做嗎？」

蘇邈邈遲疑了一下，有些不安地抬頭看向身旁的男生，見對方側顏上似乎沒有什麼明顯的情緒，她才稍鬆口氣：「可以適量運動，但是沒什麼必要。」

尤其是相較於風險……

女孩的瞳眸一暗，轉而說道：「師父，我剛剛看你跑得好快。」

她的目光從男生有點淩亂的黑髮掠過冷白的額頭，驚訝地發現：「幾乎沒有出汗嗎？」

「嗯。」

蘇邈邈羨慕極了，輕聲呢喃：「體力真好。」

「……」商彥一頓，片刻後，他低聲笑，舌尖緩緩抵住上顎，眸色變深，「以後會讓妳知道，我體力到底有多好。」

蘇邈邈臉上寫滿茫然，過來找商彥的厲哲卻僵在兩公尺外。

空氣安靜了幾秒，厲哲的聲音聽起來快哭了：「彥哥，你你你……你不能這樣啊彥哥——」

從女孩不解的神情中收回目光，商彥略有遺憾地輕嘖一聲：「妳怎麼什麼都不懂。」

蘇邈邈不明所以。

厲哲無言以對。

媽的禽獸！不對……是禽獸不如！

但這些話厲哲充其量也只敢在心裡說說，表面上他只能痛苦地看著美人小女神一臉懵然地聽著。

商彥略表遺憾之後，站起身，懶洋洋地插著褲子口袋，垂眼睨著厲哲，似笑非笑地問：「你說說看，我不能怎樣？」

厲哲委屈地看了看蘇邈邈，又轉回來：「彥哥……小蘇還小呢，你不能……」

「十七歲，不小了。」商彥嘴角一勾，笑得不懷好意。

「她、她才一百五！」

商彥啞聲笑了笑，側過身：「小孩，告訴他妳多高。」

儘管前面都沒聽懂，但身高事關蘇邈邈的原則，她毫不猶豫，不滿地瞪了厲哲一眼：「一百五十八。」

「……」厲哲欲哭無淚，這個單純的小女神，以後被彥哥禽獸不如地拐到被窩裡，可能還不知道發生什麼事！他覺得自己氣得快要原地升天。

商彥瞥向厲哲，嘴角微勾：「聽到了嗎？」

厲哲絕望地抹了抹臉，垂頭喪氣地說：「彥哥，我們和三班的友誼賽要開始了。」

「走吧。」商彥抬起長腿往臺階上走，跨上第一階前他停了一下，目光瞥向蘇邈邈，「之後比賽，我不會在籃球校隊那邊的觀眾席看到妳吧？」

聽出那明顯帶有威脅意味的尾音，蘇邈邈皺了一下鼻尖：「不會。」

「妳食言怎麼辦？」

「……」女孩伸出小短腿，踢了踢男生的鞋尖，悶悶軟軟地說，「打斷腿。」

商彥被女孩的舉動晃得眼裡像地震一般，壓抑不住的情緒湧起又翻覆，攪得一顆心全軟下來，近乎泥濘。

在原地停了好幾秒，他才眼簾一闔，低聲笑道：「……乖。」說完便邁上臺階。

厲哲痛苦地看了蘇邈邈一眼，也跟上去。

等兩人離開後，原本待在遠處的齊文悅，拉著被兩圈慢跑折磨得面無血色的廖廖上前。

她一臉狐疑地停在蘇邈邈面前，兩人對視一眼，頓了頓，齊文悅伸腳踢了踢蘇邈邈的小白鞋。

蘇邈邈：「……？」

齊文悅：「……」

蘇邈邈：「——？」

齊文悅終於按捺不住，湊上去，神祕兮兮地問：「這是妳和妳師父之間的暗號嗎？我怎麼看不懂？」

蘇邈邈噎了一下，過了片刻，忍不住垂眼笑道：「不是……是他總是威脅我，不聽話就要打斷腿。」

齊文悅聽得悚然一驚。「不愧是商閻……咳，不愧是彥哥，教徒弟竟然這麼狠？」她轉了轉腦子，更迷糊了，「那妳踢他鞋尖幹麼？」

蘇邈邈眼神無辜又乾淨，她抬了抬小白鞋，也碰了碰齊文悅的鞋尖。

「就是……腿給你，不聽話你就打斷吧……」

看著坐在石階上，晃著小短腿，仰著漂亮臉蛋看著自己的女孩，齊文悅一句話也說不出來。被蘇邈邈踢這一下，怎麼突然感覺要被掰彎？

在原地僵了幾秒，齊文悅面無表情地轉過頭，看向廖蘭馨：「廖廖，我明明是在聽恐怖故事，為什麼聽著聽著突然酸了？」

廖蘭馨雖然虛脫無力，卻不影響她嫌棄地看向齊文悅：「大概是因為妳反應遲鈍。」

「……」齊文悅哭道，「我不要吃檸檬了，我們還是去看籃球比賽吧。」

想起商彥剛剛的「威脅」，蘇邈邈點了點頭；廖蘭馨自然也沒什麼異議。三人順著旁邊的小樓梯，去到籃球場。

三班熱身比較早結束，場地也是他們選。不知道是出於什麼心理，他們選的友誼賽場地，和籃球校隊的新隊員訓練賽場地相鄰。

注意到兩個班的男生入場，籃球場兩側的加油吶喊聲驟然降了八度。一般來說，為了防止互相干擾，在有空餘場地的情況下，不同組的比賽幾乎不會選在相鄰的場地進行。

籃球校隊的比賽場上，褚銘剛運球到三分線，對面的新隊員就注意到場邊的狀況，撤了防守的姿勢，直起身皺眉開口：「褚隊，有人要搶我們的『擂臺』？」

褚銘回頭看了一眼，頓住兩秒，他轉回身，運球跳起，托球的手掌一抬，「砰」一聲，籃球入筐，一個漂亮的三分球。

場邊安靜一瞬，驀地掀起一陣歡呼和尖叫。

「漂亮！」

「褚隊最帥！」

「啊啊啊褚銘——！」

褚銘跳投落地，笑著看向面前呆住的新隊員：「專心比賽。」

進球後，攻守互換，褚銘轉身往自家半場跑，隊裡一個老隊員卻也忍不住跑到他身旁。

「褚隊長，高二那個商彥是什麼意思，要踢你場子啊？」

褚銘無奈：「未必是他定的場地。」

「得了吧，誰不知道你們有過節。」

「……」褚銘回道，「我自己就不知道。去年籃球校隊招募，是副隊長負責，這個學弟我甚至沒碰過面，哪來的機會發生衝突？」

「哎？真的假的……」

說完他真誠地嘆了口氣，去追球了，留下老隊友在身後一臉呆愣。

與此同時，隔壁場地上，厲哲皺著眉抱怨：「三班是不是腦子有洞，明知道你和褚銘不對盤，還選在籃球校隊旁邊？」

厲哲接過班上同學遞來的球衣，從頭套上：「彥哥，你要換嗎？」

「不用。」

厲哲習以為常，問的時候手都沒伸過去，顯然只是形式上問一下。

班上常看他們打球的同學都知道，商彥很少上場打球，即使上場，也從來不露臂膀。

「夏天不會熱嗎？」場邊，聽齊文悅解說後的蘇邈邈好奇地發問。

齊文悅聞言不禁捧腹：「夏天？妳忘了我之前說過，彥哥有點潔癖，夏天那些男生揮汗如雨，他才不會上場和他們打球呢。」

蘇邈邈無話可說，嗯，好一個「冰清玉潔」的師父啊。

廖蘭馨始終沉默地站在旁邊，聽到這裡也難得插話：「確實，商彥每場比賽最多打完第一節就會下場。」

齊文悅嬉笑：「所以高一剛開學的時候，班上都猜彥哥是古代穿越過來的世家公子，不然現代哪有這樣的家庭教育環境？」

廖蘭馨沒好氣道：「只是妳沒見過。」

齊文悅氣到噘嘴。

蘇邈邈垂下眼角，輕笑：「妳們腦洞真大，那後來怎麼改變想法的？」

廖蘭馨和齊文悅突然沉默下來，對視一眼。

「……還是我來說吧。」齊文悅壓低音量，難得露出小心謹慎的模樣，「邈邈妳應該也聽過，彥哥那個……呃，外號的由來。」

齊文悅頓了頓，目光裡閃過一絲餘悸。

「我當時就在學校門口，親眼看著那人被抬上救護車。血順著手往下滴，我還以為那人死了……現在想起來還是歷歷在目，心理都留下陰影了。」

蘇邈邈沉默不語，旁邊的廖蘭馨突然開口：「沒有人看到是商彥做的，但大家都在傳，他也不否認。」

蘇邈邈遲疑地抬眼，望向籃球場。穿著一身黑色運動服的男生極為顯眼，此時和其他人一起站在場邊熱身，看起來懶洋洋的，沒什麼精神。從那張冷白且線條優美的側顏，完全看不出他會有這樣可怕的傳聞。

氣氛莫名地有些尷尬，蘇邈邈看了一陣子，繞過之前的話題，回到原點。

「他一直不穿球衣啊……」

「豈止是球衣，」齊文悅偷偷鬆了口氣，恢復笑臉，「妳想想看，從認識到現在，妳見過彥哥穿短袖嗎？」

蘇邈邈想了想，片刻後，豔麗的臉上露出一絲驚訝。

竟然真的沒有！

在她的印象裡，那人最多挽起白襯衫的袖子，也只到手肘。大多數時間都是長衣長褲……

看出蘇邈邈的答案，齊文悅故作嚴肅地重複一遍：「古代、世家、貴公子。」

蘇邈邈不禁莞爾。

廖蘭馨提醒：「比賽要開始了。」

蘇邈邈和齊文悅看過去，果然聽裁判一聲哨響。

籃球落下，場邊的吶喊和尖叫聲驀地掀起。

蘇邈邈臉色微變。

療養院裡從未有過這樣的集體活動，她最多只在電視上看過幾場籃球比賽，所以從沒想到，現場，尤其是站在觀眾群裡，會是如此嘈雜和刺耳。

一聲聲尖叫和吶喊助陣刺激她的心跳亂了節奏，蘇邈邈低下頭，輕抿住脣，皺起眉。

要不要……

蘇邈邈正遲疑不決，突然聽見旁邊齊文悅停止加油，奇怪地問：「彥哥怎麼不動……好像還在看我們這邊？」

不只齊文悅，其他人也很快發現不對。質疑的聲音越來越多，場邊的尖叫沒多久便轉為低聲議論。

接著，裁判又一聲哨響。

「靠——怎麼剛開場就叫暫停？」

「……」蘇邈邈忍著不適抬頭，面前是兩個身材挺高的男生，將她的視野完全遮蔽，場內的情況幾乎看不到。

不等蘇邈邈應變，前面兩個議論不休的男生突然沉默，連帶周圍都安靜下來。

「讓開。」

隔著兩堵人牆，耳邊傳來的聲音低沉寒戾。蘇邈邈眼前的兩個男生僵了一下，不約而同地往兩邊退開。

陽光落下來，那道修長的身影也落下來。蘇邈邈被少了遮擋的陽光刺得眼前一花，她下意識地瞇起眼，抬起手臂遮在眼前。

然而手剛抬到一半，她的手腕一緊，一股拉力傳來，蘇邈邈被面前沉著眼神的男生拉向前，一直帶到場邊隊員的休息區。

商彥將堆了一大堆衣服背包的長凳，清出一塊空間。手用力一拉，直接把茫然跟在身後的女孩拉到面前，按到長凳上。

此時蘇邈邈才驀地回過神，驚慌地抬眼：「師父……？」

「……」商彥冷著一張面無表情的俊臉，垂眼睨著女孩，「不能待在嘈雜的環境下，為什麼還站在人群中間？」

蘇邈邈被凶得愣住，幾秒後反應過來，委屈地垂下一雙漂亮的鹿眼。

「我不知道會那麼吵……」

商彥目光掃過半場，厲哲和另外三個隊員快跑過來。

「彥哥，怎麼了？……小蘇不舒服嗎？」看見坐在長凳上的女孩臉色比平常更蒼白，厲哲也不像往常那樣嬉笑，擔心地皺著眉問。

「嗯。」商彥敷衍地應了一聲，隨後他俯下身，蹙眉看著面前的女孩，「我讓人送妳回教室？」

蘇邈邈搖頭：「坐在這裡……應該沒關係了。」

商彥不語，漆黑的眸子一瞬不瞬地盯著女孩，停了幾秒，他垂下眼。

蘇邈邈覺得男生好像無聲地嘆了口氣。

「自己摀住耳朵。」

「……哦。」

頂著那麼多如芒刺在背的目光，蘇邈邈慢吞吞地抬起手，不太情願地壓到耳朵上。

商彥看了女孩兩秒，直起身，他單手拎上衣領，另一隻手扯開運動服拉鍊，面無表情地脫下外套。

黑色運動外套在空中劃過漂亮的弧線，最後披在女孩頭頂。場邊譁然。

商彥半蹲下身，拉著外套領襟向前合攏：「看得清楚嗎？」

蘇邈邈呆住了：「……能……」看得再清楚不過了。

男生黑色的運動外套下，只穿了一件同樣深黑的薄背心。從修長的脖頸，到鎖骨，到臂膀，再到手肘，前臂……流暢而漂亮的肌肉線條展露無遺，伴隨冷白的膚色在正午陽光襯托下，透出凌厲而張揚的美感。

恍惚間，蘇邈邈聽見從頭頂披下來的外套外面，傳來拍照的「咔嚓」聲。半蹲在她身前的商彥顯然也聽見了，劍眉微皺，瞥了一眼聲音傳來的方向。

漆黑的眼瞳裡壓抑著憤懣的怒意。

……像隻被關在籠子裡調戲的大獅子。

蘇邈邈忍不住，輕聲笑了出來，瞬間將男生的焦點拉回，商彥面無表情地扯了一下唇角：「還笑？」

蘇邈邈聽話地憋住笑意，眼神無辜地回視著男生。

場內傳來裁判的催促，商彥眼簾壓下，遮住眼底真實的情緒：「……回去跟妳算帳。」

商彥起身，其餘隊員跟著返場，比賽正式開始，節奏也恢復如常。

蘇邈邈緊張地盯著場中那道黑色身影，搗在耳邊的手也下意識地扣緊。

事實證明，商彥之前的這個「建議」非常有先見之明，圍在球場周圍的學生越來越多，尖叫吶喊和助陣聲也越演越烈，尤其每當籃球傳到商彥手上，女生們的賣命叫喊幾乎要把籃球架掀翻。

三班在商彥帶動的快節奏進攻下不得不喊暫停，一班的幾個男生走回來，蘇邈邈聽見為首的兩個男生嘆氣：「老子當初上衣全脫了，也沒見她們這麼激動。」

「別想了，兄弟，人比人氣死人，你跟自己過不去，才會跟彥哥比較……」

後面的話蘇邈邈來不及聽完，商彥已走到她面前，眼睛一垂：「沒事吧？」

女孩的臉色已經恢復正常，聽到外套外的吶喊聲稍歇，她也放心地放下手：「沒事了。」

商彥嘴角輕扯一下。

「彥哥，給你。」

旁邊扔過來一瓶水，商彥單手接下，剛想轉開瓶蓋，突然又停住，他似笑非笑地低下身，將寶特瓶遞到女孩面前：「幫我打開。」

蘇邈邈：「……？」

「師父手痠，轉不開。」

蘇邈邈：「……」

旁邊厲哲看不下去，咬牙笑著往前：「彥哥，我幫你──」

「滾蛋。」商彥頭也不回地殘忍拒絕。

他揚了揚手，朝女孩晃了一下手裡的寶特瓶：「乖。」

蘇邈邈氣到說不出話，無奈之下，只能憋著氣，雙手接過寶特瓶，用力地扭轉蓋子。

不知道是她力氣實在太小，還是這瓶蓋特別緊，和一瓶礦泉水僵持了足足十秒，她才終於聽見「呀噠」一聲輕響。

水瓶遞出去，女孩默默地伸開右手，纖細的食指上印著瓶蓋的直條紋路，殷紅一片。

「……」蘇邈邈委屈又安靜地憋著，過了幾秒，她終於忍不住，仰起臉看商彥，氣鼓鼓地問，「手疼，能拿得住瓶子嗎？」

商彥啞然失笑：「拿不住怎麼辦？」

「……」

「妳餵我？」

「……！」

「噗——咳咳咳咳——」旁邊休息的隊員慘遭池魚之殃，一邊咳得撕心裂肺，一邊驚恐地轉頭看向兩人。

全然不顧禮義廉恥的商彥淡淡一挑眉，側眸瞥過去。

隊員痛苦地轉開臉，無言以對。

說好的師徒呢……這可怕的世界。

不過這點騷動，只有離得最近的那個隊員聽見了，場邊其餘學生都不解又好奇地盯著休息區，還有人偷偷從各種角度拿著手機拍照。

暫停結束，兩隊隊員歸位，比賽繼續。

球場的節奏仍舊掌握在商彥手裡，一切都和暫停前沒什麼區別，在一班的攻勢下，三班

潰不成軍，拿不出像樣的防守，也沒有漂亮的進攻，比分的差距迅速拉大，眼看第一節就要一如預期地結束，突然──

「啊──」

「──小心！」

摀著耳朵坐在長凳上的蘇邈邈突然聽見身後一陣騷亂，不等她反應過來，一顆籃球突然出現在她的視線範圍內，猛力著地，「砰」的一聲反彈到蘇邈邈腳踝。

一陣麻木後，椎心的痛襲來，蘇邈邈咬住脣悶哼一聲。

場中驟然一寂，所有人都嚇呆了，沒人來得及反應。

「──！」商彥將手裡的球狠狠丟開，大步跑到女孩面前，想都沒想直接單膝跪到地上。與衝過來的迅疾不同，商彥托起女孩小腿的動作小心得近乎緩慢，將女孩的腳擱在自己腿上，他眉頭緊鎖，眼神深沉如墨。

「鞋底……髒……」女孩的軟聲帶著壓不住的哭腔，尾音還有點藏不住的顫抖。

「別動。」商彥額角青筋微微綻起，他按捺著心底瞬間沸騰的暴戾情緒，小心翼翼地捲起寬大的牛仔褲褲腳。

慢慢露出的小腿白皙如凝脂，襯得青紅發紫的瘀傷更顯猙獰。

反應過來的其他隊員紛紛跑上前，見狀也驚愕在原地。

「──操！」厲哲臉色難看，對著隔壁球場大罵，「哪個孫子扔的！他媽的會不會打球？眼睛瞎了啊！」

另一個隊員急忙問：「彥哥，看起來有點嚴重，送醫務室吧！」

商彥一動不動，聲線壓得沉啞：「叫校醫來。」

「啊？」

「別『啊』了，聽彥哥的。不知道有沒有傷到骨頭，確實不要搬動比較好……」

「哦哦，對，我這就去！」

蘇邈邈忍著劇痛，咬得嘴唇泛白。她緊緊握著指尖，低下頭看著面前跪在地上的男生。從衝過來到現在，他一次都沒有抬眼。從蘇邈邈的角度看去，凌亂的黑色碎髮遮住了男生的眉眼，只露出高挺的鼻梁和緊抿的薄唇，下顎的肌肉弧線緊繃，顴骨微微抖動。

蘇邈邈隱隱覺得商彥正凶狠地咬著牙，只是那張冷白清雋的臉上看不出任何情緒，她心底有些不安，張口想說些什麼。

就在此時，死寂後重歸混亂的圍觀學生讓開了一條路。從隔壁場地，褚銘帶著隊裡的新人走了過來。

「很抱歉，是我們隊裡的失誤。」褚銘從剛才的騷亂聽出砸傷了人，臉色也有些不好看，「我們一定負全責，砸到的人怎麼樣了？」

一直保持沉默且一動未動的商彥此刻終於有了反應，他放鬆握得青筋綻起的拳頭，身體因過度克制而微微顫慄，他緩慢把女孩的腿放到地上，無聲地起身。

那一瞬間，透過凌亂的髮絲，蘇邈邈看清了商彥的眼睛——黑眸裡攀上血絲，戾氣濃得駭人。

蘇邈邈慌了：「師父……」她伸手去拉他，卻晚了一步。

商彥距離褚銘兩人約有十幾步，他面無表情，一言不發，身體緊繃。他的右手慢慢捏成拳頭，向兩人走去，速度不快，場中卻迅速安靜下來。

眾人臉色都變了，厲哲僵在原地，想出口的話被心底深埋的恐懼死死壓在喉嚨裡，一個字都說不出來。

每個人的腦海裡這一瞬間都晃過三個字：商閻羅。

沒人敢攔。

褚銘下意識地將身旁的新人護到後面，也繃緊了身體。

商彥望過來的目光可怕得不像是人類……更像獸類。

在這千鈞一髮之際，死寂的球場上出現一聲帶著哭腔的呼喊。

「商彥！」

看著商彥起身離開的瞬間，蘇邈邈呼吸停滯，心口驀地一痛。

她臉色倏地變白，腦海裡回憶起齊文悅之前描述的場景——救護車、地上的血、染紅的手臂……

有那麼一刻，蘇邈邈覺得腦內一片空白，她幾乎想都沒想，便撐著長凳要起身去攔。

「商彥！」

女孩帶著哭腔的聲音像是一把鎖，瞬間拉住男生的身影。商彥回身，不遠處的長凳邊，蘇邈邈腿痛得根本撐不住身體，剛站起就往旁邊摔倒。

商彥瞳孔微縮，快步上前，伸手直接拉住女孩的手，把人攬了回來。

重新扶穩女孩，商彥臉色陰沉：「妳這條腿不想要了！」

「……」蘇邈邈被他一凶，本來就痛得壓抑不住的眼淚，立刻在眼眶裡打轉，烏黑的瞳仁委屈又憤懣地瞪著男生。

商彥被女孩溼漉的眸子一盯，氣場瞬間跌到谷底，扶著女孩後腰的手不由得放鬆力道。沉默地對峙兩秒，商彥薄唇微動，再開口時眼底戾意褪盡，語氣滿是無奈：「小孩，妳乾脆氣死師父算了，嗯？」

蘇邈邈噎了一下，幾秒後，她微垂下眼睫，聲音輕得發軟：「我想……坐回去。」

商彥小心翼翼地托著女孩的後腰把她扶到長凳上，他接著起身，感覺上衣下襬被輕扯了一下。

商彥低頭，一隻細白的小手緊緊抓著他深黑色背心的下緣，手的主人低著頭，栗色微鬈的長髮披散下來，垂在女孩白皙的臉龐兩側。

花瓣似的唇抿得有些泛白，不知是不是太痛的緣故。

商彥無奈，只得伸手鬆開她的手，然後重新屈膝，半跪到女孩低垂的眼前。女孩黑色微捲的眼睫壓在白皙的眼瞼上，被強忍的淚水沾溼。

「……」商彥呼吸一滯，像是被人在氣管裡塞了一團棉花，強烈的窒息感讓他悶得心肺也跟著撕痛。

剛壓下去的戾意又湧了上來，但是這一次，女孩似乎格外敏銳，甚至不等商彥有什麼神情上的變化，她就伸手按在男生的手肘上。

「你別……」女孩的聲音有些驚慌，漂亮的鹿眼抬起來，瞳仁烏黑潮溼。

商彥深吸口氣，壓下所有暴躁的情緒，低聲說：「我什麼也不做。」

「……」蘇邈邈不安地看著他。

商彥抬起手，摸了摸女孩的長髮：「我陪著妳。」

四目相對片刻之後，女孩似乎從對視的眼神裡看到她想要的保證，她慢慢放鬆憋著的一口氣，重新低下眼，目光掠過半跪在身前的商彥，黑色的長褲上印著一個嬌小的鞋印。

蘇邈邈憋了憋氣，小聲道：「……踩髒了你的褲子……對不起。」說著，她微微彎下身，努力想伸出指尖幫他拍掉黑色長褲上的灰塵。

女孩細細的指尖被人一把握住，拉回去，商彥嘆氣道：「只要妳現在別亂動，等妳的腿好了，我讓妳踩著玩都行。」

蘇邈邈愣了愣，小腿上一直綿綿不斷傳來的麻木痛感，似乎在交談間減輕了許多。

而其餘圍觀的學生各個目瞪口呆，親眼見證商彥從沉默到爆發，又從爆發剎那間重歸沉默，比坐在頭朝下的三百六十度雲霄飛車上還要恐怖。

剛才商彥走向褚銘兩人的瞬間，所有人都以為，傳聞裡那件再可怕不過的血腥場面即將當著眾人的面重演。卻怎麼也想不到，那種狀態下的商彥，竟然被女孩的一句話，硬生生從瘋狂的邊緣拉回來。

不少人複雜的目光落向褚銘身後，失手的新隊員臉色慘白，「褚……褚隊長……」他的聲音都在打顫，「怎麼、怎麼辦……商彥他是不是不會放過我……」

「……」褚銘眉頭深鎖，沒有急著說話，沉默地盯著籃球場邊一坐一跪的兩道身影。

他很早便聽說過高二一班那位學弟的威名，不過對於「傳聞」這種沒人見過真相的東西，他從來不相信——直到現在。

那望過來的眼神像是剝離了人性，他第一次懷疑自己的想法，「三中商閻羅」，原來不是一句玩笑話，商彥真的可能是個徹頭徹尾的「瘋子」。

「現在不要招惹他。」褚銘稍微側過身，低聲對嚇得六神無主的新隊員說，「等確定受傷的學妹好了，我再帶你去賠禮道歉。」

「好的……好的，褚隊……」

「你先回去吧，我留下來看看那個女孩的情況。」

「嗯……謝謝褚隊。」

兩人說完，那個新隊員就迫不及待地跑掉了。

褚銘轉身，目光有些憂慮地看向長凳上的女孩。很快，三中醫務室的老校醫提著出診的藥箱趕了過來。檢查一遍之後，校醫鬆了口氣，摘掉眼鏡。

「沒什麼大問題，放心吧……也沒傷到骨頭。」

「……」商彥顯然不太相信他的話。

女孩的小腿腳踝已經青紫腫脹，和原本纖細白皙的皮膚相較，更顯得無比糟糕。

老校醫似乎讀懂商彥那發冷的眼神，無奈地站起身：「這個女孩身體狀況比較差，我看又是過敏體質，用力一點就能在身上留下紅印子，所以這個傷才會看起來這麼恐怖。」

老校醫頓了頓，又有些不贊同地開口：「你這個學生也怪了，總這樣瞪我幹麼，檢查會痛很正常，她的傷又不是我害的？」

旁邊請來老校醫的隊員，剛好也是之前見證師徒兩人「親密」交流的人，見狀尷尬地打圓場：「不好意思，醫生，這女孩是我們彥哥的寶貝徒弟，他只是心疼。」

「……」老校醫眉毛抖了抖，盯了商彥幾秒，轉頭問，「他是商彥？」

「哎……？哦，是。」隊員回答。

老校醫聽了，二話不說，從出診藥箱裡拿出消炎止痛的外用藥，還有無菌棉花棒等等，全部擺到長凳旁邊。

「你們自己擦藥，沒問題別再找我。」老校醫說完提起藥箱就走了，速度比來時還快，邊走邊碎念，「還好先問了，不然等一下擦藥弄痛了，把我這身老骨頭都拆了……」

「噗——」請老校醫來的隊員忍不住笑出聲，下一秒立刻警覺，又摀住嘴憋了回去。

「……」商彥掃了他一眼，俯下身，撐住女孩坐著的長凳，「我送妳回教室，還是想回培訓組？」

女孩想了想，仰起臉看他：「……下節英語課有默寫，我們回教室吧？」

起。

「嗯。」商彥把撐在長凳邊緣的手往女孩腿窩一勾，另一隻手繞過後背，將女孩打橫抱起。

蘇邈邈驚得低呼一聲，下意識地伸手勾住商彥的脖頸，帶著炙熱溫度的皮膚相觸，讓女孩白皙的面頰迅速染上嫣紅。

「我自己……可以……」

「可以什麼？」

商彥垂下眼，黑眸裡帶著不容辯駁的沉冷。

蘇邈邈：「……」又來了，真凶……

見女孩挫敗地低下小腦袋，商彥唇角無意識地輕彎了一下。

「把藥帶回教室。」商彥跟隊裡其他人交代一句，便抱著女孩徑直往體育場外走去。

圍觀的學生面面相覷，臉上的表情五彩分呈。

兩分鐘後，下課鈴聲響起，體育場裡剩下的學生也紛紛散去，褚銘站在原地，神情有些莫名地盯著之前兩人離開的方向。

隊裡的老隊員跑過來，見褚銘無恙，也長長吐了口氣：「剛剛聽說你們差點和商彥打起來，嚇我一跳，還以為出大事了。」

老隊員說著，奇怪地順著褚銘的目光看去：「……褚隊，你在看什麼，這麼入迷？」

「……」褚銘收回視線，頓了頓，索性直接問，「之前你跟我說的那個蘇邈邈，和商彥是什麼關係？」

老隊員表情呆了呆，繼而誇張地搗嘴低呼：「不會吧，褚隊，你這千年老和尚的磐石心終於動了？……真的喜歡上高二新來的那個女孩？」

褚銘無奈地看了他一眼：「剛剛被球砸傷的，就是蘇邈邈。」

「噢，原來如此，難怪商彥發這麼大火。」老隊員說，「褚隊你放心，他們不是那種關係，之前三年級傳得非常誇張，你不知道？」

褚銘：「別賣關子。」

老隊員訕訕地說：「這女孩一進學校就加入電腦培訓組，商彥是組長，電腦方面又很罩，培訓組老師要他帶新人，兩人就成了師徒。」

「師徒……」褚銘重複一遍。

轉頭望向兩人離開的體育場門口，褚銘下意識地皺了皺眉。

真的只是師徒嗎……

商彥剛把蘇邈邈拖回教室，下午第一節課的下課鈴聲隨之響起，正好避免一路上被人圍觀，蘇邈邈心安不少。

進教室時，班上沒人，商彥把懷裡的女孩放到他們的座位上，將受傷的那條小腿輕托在掌心，擺上自己的椅子。

牛仔褲又捲了起來。即使早有預期，看到那猙獰可怖的青紫瘀傷，商彥的眉頭仍然皺了一下。

「還很痛嗎？」他擰著眉頭抬眼，看向女孩。

蘇邈邈猶豫了一下，慢吞吞地搖搖頭。

商彥皺眉更深：「不准說謊。」

蘇邈邈乖乖地點頭，「有一點……」她伸手，用纖細的拇指和食指比了個很短的距離，「痛。」

商彥無奈地垂下眼看她：「等一下擦藥可能會更痛。」

「……」女孩聽了臉色更白。

經過一番心理建設，蘇邈邈才繃著臉看向商彥：「我能忍住，我不哭。」

商彥皺著眉莞爾，又心痛又好笑。

沒多久，班上的籃球隊員把老校醫的藥拿回教室。商彥接過來，看了一遍保存期限和生產廠商，眼神變得有些不快。

旁邊的男生察言觀色，小心翼翼地開口：「我問過了，醫務室只有這點備用藥品……不知道是哪個小藥廠出的，名字是第一次聽說。」

「……」商彥目光微沉，過了幾秒，他俯下身對女孩輕聲說，「我去校外的藥局幫妳買藥。在我回來之前，不要亂動，知道嗎？」

蘇邈邈想說什麼，但還是吞了回去，她輕輕點頭。

商彥眼神一鬆，轉身快步走出教室。

等齊文悅等人回到教室，一眼看到的就是第一排的女孩翹著一隻小短腿，乖巧安靜地在座位上等待。

齊文悅目光四下一掃，見商彥不在，她大大鬆了一口氣，快步跑到蘇邈邈面前，「邈邈，妳跟體育課八字犯沖吧！」她邊說邊小心地扶著桌沿，不敢碰女孩的腿，低下頭看了兩秒，「……天啊，看了都痛。」

齊文悅直起腰：「彥哥呢？他怎麼不在，也沒把藥拿給妳嗎？」

蘇邈邈見齊文悅五官快皺在一起的模樣，心裡暖暖的。

她輕彎下眼角：「商彥說，要去校外買藥。」

「也對……學校醫務室那些藥，都不知道放多久了，藥效肯定不好……」齊文悅碎念完，忍不住又去看蘇邈邈的傷處，看一眼又嚇得轉開視線。

蘇邈邈不由得彎起嘴角輕笑：「沒那麼痛啦。」

「是嗎？」齊文悅苦著臉，「那就好……」

蘇邈邈目光輕閃了一下，奇怪地問：「廖蘭馨怎麼沒回來？」

「她呀，她去洗手——啊，她回來了。」齊文悅轉過身，朝著從教室前門進來的廖蘭馨用力揮了揮手，「廖廖，妳快來，妳看我們邈邈被籃球校隊的新人砸得……我好想去找他們理論啊！」

廖蘭馨沒說話，走到桌旁，把手裡拎著的塑膠袋往蘇邈邈面前一放。

齊文悅：「這是什麼？」

「籃球校隊送過來的。」廖蘭馨淡定地說著，看向蘇邈邈，「他們說今天妳肯定不方便，所以等改天妳腿好些了，他們再來賠禮道歉。」

蘇邈邈愣了一下，有點意外。她伸手拿過那個塑膠袋，往裡面看了看，消腫止痛的藥水、紗布、繃帶等等一應俱全。

齊文悅也看到了，撇了撇嘴：「知道反省，態度倒是不錯。」

廖蘭馨瞥了她一眼，臉上浮起要笑不笑的表情：「哦……妳不是要找他們理論嗎？現在追上去應該還來得及。」

齊文悅噎了一下，臨陣退縮：「他們——他們知道反省，我就……得饒人處且饒人。」

廖蘭馨毫不在意地點了點頭，往後走到自己的座位。

「妳自己說的，別後悔就好。」

「……什麼意思？」

「沒什麼。」廖蘭馨淡定地坐下，「這些東西，是籃球校隊的褚大隊長專程送過來的。」

齊文悅：「——？」

二話不說，齊文悅轉頭拔腿就往教室外面跑。

蘇邈邈還沒反應過來，齊文悅已經消失在門口。她猶豫了一下，轉身好奇地問廖蘭馨：「這些……是褚銘送來的？」

「嗯。」廖蘭馨點了點頭，「他說是籃球校隊裡常備的鎮痛消炎藥，好像還幫妳寫了一張注意事項的紙條？」

蘇邈邈轉身翻了翻藥袋，真的在裡面找到一張白色紙張，似乎是從什麼本子上直接撕下來的。上面的黑色字跡清秀好看，詳細列出了不同恢復階段的注意事項，鉅細靡遺。

蘇邈邈看著紙上的注意事項，她後座的廖蘭馨則若有所思地看著她。

幾秒後，廖蘭馨低下頭，把面前的書本翻了兩頁，才故作無意地問：「邈邈，妳認識褚銘嗎？……我看他好像滿擔心妳的傷。」

「……嗯？」蘇邈邈從注意事項裡抬起頭，想了想才搖頭道，「不認識，今天體育課是第一次見面。」

廖蘭馨眼底掠過點疑惑。

蘇邈邈皺了皺眉，有些無奈地小聲說：「不過，我以後一定要離籃球校隊遠遠的。」

「嗯？」廖蘭馨奇怪地問，「為什麼？」

蘇邈邈憋了憋，「……今天你們跑操場的時候，我坐在籃球場下面的臺階上，就差點被他們的球砸到……」蘇邈邈頹喪著臉，「也不知道後來砸到我的是不是同一顆球。」

廖蘭馨目光一動：「這種事很常發生，妳以後確實得小心……不過，是誰下去撿球啊？」

蘇邈邈沒多想，直接回答：「應該是褚銘，我看到他球衣上的拼音。」

「……難怪。」

蘇邈邈一懵，抬頭：「什麼難怪？」

廖蘭馨笑了笑，「沒什麼。」她正準備低下頭，忽又抬起，筆頭頂著下巴，「對了，商彥怎麼不在？」

蘇邈邈遲疑地看向桌上的藥袋：「他去買藥了。」

廖蘭馨眼底掠過一絲看戲的笑意，思考幾秒，她淡淡地說：「那我給妳一個友情建議。」

「？」

「褚銘寫給妳的那張注意事項，妳看完之後最好收起來，別讓商彥看到。」

「……？」蘇邈邈想了想，隨即恍然，「因為師父和籃球校隊有過節嗎？」

廖蘭馨微微一笑：「就算以前沒有，我猜以後也很快會有。」只不過不是和籃球隊，而是和籃球隊褚大隊長的個人過節。

想到之前課堂上，商彥面對褚銘時，那有點可怕的反應，蘇邈邈心有餘悸地點了點頭。

她轉過身，把那張寫滿注意事項的紙條隨手夾進一本教科書裡，接著她看著那袋藥猶豫了一下，儘管有點過意不去，卻還是把袋子交給廖蘭馨：「這個能不能麻煩妳幫我扔掉？」

廖蘭馨有點意外：「怎麼了？」

「商彥去校外買藥了，應該很麻煩。」蘇邈邈小聲，「我不想讓他覺得白跑一趟。」

廖蘭馨愣了幾秒，回過神，盯著蘇邈邈。

「？」蘇邈邈被她看得有點不自在。

「沒問題，我幫妳處理。」廖蘭馨嘆了口氣，把藥袋收到自己的課桌抽屜裡。

蘇邈邈放心地轉過身。

廖蘭馨的筆尖頓了頓，忍不住自言自語：「這是命中注定犯桃花吧……嘖，真慘。」

因為腿傷的緣故，必須減少走動，所以蘇邈邈不得不再次暫停培訓組的活動。而培訓組似乎即將有新的比賽，全組都忙翻天，商彥沒時間陪蘇邈邈自習，教室裡也經常見不到人影。

不過即便再忙，每天早上的一杯牛奶，還有每天中午專人外送的午餐，卻從來沒缺過。除此之外，蘇邈邈還在這兩週間，持續不斷地收到另一份「關懷」。

「齊齊……」在齊文悅的強烈要求下，蘇邈邈漸漸習慣了這個對她來說有點親暱的稱呼，「……我真的不能再收了。」

齊文悅求道：「只是一個熱敷袋嘛，妳的腿是他們砸傷的，他們負責幫妳養好也是應該的。如果妳不收，褚銘他們會覺得過意不去。」

蘇邈邈無奈：「可我已經好了。」

「嗯，我今早跟褚銘說了，他以後應該不會送這些給妳了。」齊文悅晃了晃手裡的熱敷袋，「這是最後一個。」

蘇邈邈只得接過，放到抽屜裡。

齊文悅站起身：「完成任務，那我去做課間操了。」

所有學生都下樓跑步去了，教室裡安安靜靜，只有蘇邈邈一個人。她有點無聊地撐著頭，望著窗外湛藍的天空。

今天好像是培訓組交專案的最後期限，不知道商彥他們做完了沒……

蘇邈邈正想得出神，突然聽見教室前門傳來「篤篤篤」三聲響。她一愣，轉頭看過去，安靜的長廊上，站著一個四肢修長的男生，面帶笑意地看著她。

「妳好，蘇邈邈。」

蘇邈邈呆了一下：「……褚銘？」

「妳認識我？」

「那天撿球，我看到你球衣上的名字……」蘇邈邈還有點恍惚，愣愣地回答了這個問題，下一秒她反應過來，「你怎麼……？」

「我去教務處交球隊的表格，順便過來一趟。」褚銘笑笑，伸手指了指自己，「我能進來嗎？」

蘇邈邈猶豫了一下，點頭。

褚銘走到她面前：「之前請齊學妹拿給妳的冷敷袋和熱敷袋，效果怎麼樣？」

「我有用，確實舒服很多。」蘇邈邈點頭，「謝謝。」

「妳的謝意我可不能接受啊。」褚銘苦笑，語帶歉意，「本來就是我們隊裡新隊員的錯，害妳受傷，我們很過意不去。」

「不用介意。」

褚銘又說：「之前說好，要帶那位新隊員一起來跟妳道歉，不過今天剛好我要來三號大樓，就順便過來一趟，當面跟妳表示歉意。」

蘇邈邈連忙擺手：「不用這麼客氣，我已經沒事了。」

褚銘點點頭，「今天早上我聽齊學妹提過，說妳基本上已經復原，才敢來打擾妳。」他目光落向女孩的腳踝，「已經完全好了嗎？」

「唔……已經沒事了。」蘇邈邈遲疑了一下，在褚銘認真審視的目光下，她還是有些不安地說實話，「只是偶爾會有點痛。」

褚銘臉上笑容散去，他皺了皺眉：「我幫妳看一下吧。我們打籃球的，經常扭傷，我也算是久病成醫了。」

「哎……？」蘇邈邈還沒反應過來，褚銘已經走到座位旁蹲下身，伸手去捲她的牛仔褲。

「等——」蘇邈邈下意識地把腿往後縮，但是沒等她開口，教室前門突然傳來一個低沉微戾的男聲。

「你們在做什麼！」

沉戾的聲線讓教室裡的空氣彷彿跟著震動。

「——！」蘇邈邈受驚抬頭，目光驚慌地看向教室前門，商彥那雙黑眸沉得發冷，她心底突然湧出說不清的心虛感，「師父……」

不等蘇邈邈說完一句話，商彥大步走進教室，神色陰沉，不過幾秒便來到桌前，停下腳步的同時俯身抓住褚銘的衣領，將人拎起來。

商彥神情緊繃冰冷，顴骨微微顫動，捏在褚銘領口的手緊握成拳，手背上青筋暴起。

他死死盯著褚銘，眼神近乎凶戾：「……你想對她做什麼？」

褚銘毫不迴避地與他對視幾秒，驀地笑了：「沒什麼，你別誤會，只是她說腳踝仍有些痛，所以我想幫她檢查一下。」

蘇邈邈看見眼前這一幕，神色一驚，慌忙起身：「商彥——」

再次聽見女孩喊他的名字，商彥眼底情緒一沉，額角青筋跳了一下，過幾秒才側眸看向旁邊的女孩。

蘇邈邈不安地看著他。

「我的人……」商彥喉結輕滾，深沉的目光從女孩身上移開，重新落到褚銘臉上，眼神在一瞬間掠過猙獰，「你最好離遠一點。」

說完，商彥的手用力一甩，推得褚銘往後踉蹌兩步才站穩。

褚銘不怒反笑，他伸手撫平上衣褶皺，隨即笑著抬頭，輕聲問，「你的人？」他轉頭看向不知所措的蘇邈邈，又笑著轉回來，「就算你是她在電腦程式設計方面的老師，也不至於連她交友和私生活都要管吧？」

商彥冷眼，極輕地嗤笑一聲，眼神輕蔑且冷冽：「你問她，我能不能管。」

褚銘看向蘇邈邈。

商彥跟著側眸，他唇角微微勾起，那雙漆黑的眸子裡卻看不出半點笑意。對上蘇邈邈的目光，停頓，然後商彥的視線往下落，壓到女孩的小腿上，意味深長地盯了一陣。

從空氣裡感受到無聲的威脅，蘇邈邈沉默不語，堅持兩秒之後，她還是慫了，低下頭，憋屈地小聲說：「能……」

褚銘一愣。

商彥輕瞇起墨黑的眼瞳，嘴角一勾，心頭慢慢浮起一股渴望，深沉而近乎貪婪的渴望。從她身上，他永遠想要更多，再多也不夠。

褚銘無奈之下只得離開，安靜的教室裡，只剩下商彥和蘇邈邈兩人。

蘇邈邈沒有再抬頭，豔麗的小臉微微繃著，沒什麼表情，烏黑的瞳仁被細密的眼睫遮住，一點情緒都不露，安靜又慢吞吞地坐回自己的座位。

商彥被之前的回答取悅，心情大好，黑眸微垂，冷白清雋的側顏上似笑非笑，目光一瞬不瞬地壓在女孩身上。

盯了很久，他輕舔一下牙齒，笑道：「妳剛剛喊我什麼？」

「……」蘇邈邈默不作聲，也不抬頭看他。

商彥也不生氣，事實上，女孩這種像是賭氣一樣的神情，落到他眼底只覺得心尖發癢，恨不得把她所有私密的小情緒收藏起來，留給自己一個人看。

商彥輕嘖一聲，垂眸微笑。

……簡直像是變態。

可事到如今，他已經完全不想控制自己了，該怎麼辦？

商彥心裡百轉千迴，臉上卻分毫未露，他走進座位，手肘撐著桌面俯到女孩身前，語氣戲謔地開口：「妳最近好像越來越沒大沒小了，小孩？」

「……」蘇邈邈抬眼，面無表情又慢吞吞地看了他一眼，低下頭，一副不想理他的樣子，「我沒有。」

「那妳剛剛喊我什麼？」

「……」

「現在慫了？」

「……商彥。」女孩大概是忍無可忍，琥珀色的鹿眼抬起來瞪著他，帶著不自知的懊惱和憤懣，又重複了一遍，「商彥。」

原本想故意氣他，取得的效果卻截然相反。

商彥眸裡一暗，墨一樣的火舌從心底舔拭上來，欲望凝成的浮士德在他耳邊獰然嘶笑著低語，而他聽見自己聲音變得沙啞：「再說一遍。」

「商……」蘇邈邈的話音驀地止住，她眸裡掠過一絲茫然卻又機警的情緒，本能地防備起來。

感覺……很危險。

然而此時一停，卻更危險，那種希求汲取的欲望被戛然扼住，男生的理智頃刻間被墨色的火舌吞噬。他眸色深暗，眼睫微垂，清雋俊美的面龐上，掠過一絲獰然。

空氣瞬間死寂。

商彥伸手捏住女孩的下巴，滑膩的觸感擊潰心裡最後一道防線。他伸手扣住女孩纖細得像是輕易就能折斷的後頸，低下頭去啄吻那嫣色的唇。

蘇邈邈驚愕不已，炙熱得像是能把人灼傷的呼吸無限貼近，眼看就要覆上她的……

「邈邈！確定了，確定了！妳真的要和——」急急忙忙的腳步聲穿過長廊，衝進教室前門，然後戛然停住。

三個人全部靜止。

「……操。」幾秒後，大腦空白的蘇邈邈聽見耳邊一聲沙啞的低語。

這還是她第一次聽到商彥這樣粗魯地表達情緒，可這粗魯裡又好像滿浸著無可奈何。

身前擋住光線的陰影退後，遠離。

商彥眼神陰沉地走出教室，緊繃得像是瀕臨爆發的獅子。

暴風掃過，站在門外的齊文悅呆若木雞，儘管商彥從頭到尾沒有看她一眼，她還是覺得自己的脖子好像在鋒利的刀刃下滾了一圈。

齊文悅吞了吞口水，呆滯地摸了摸自己的脖子。

……哦，還好，還好腦袋還在……

她像具行屍走肉，茫然地一步一步挪回自己的座位。一直到坐下三分鐘，她腦子裡和眼前依然不斷重複播放著自己剛才衝進教室的那一瞬間看見的情景——

男生扣著懷裡的女孩，俯身欲吻。

同班同學做了一年多，這是齊文悅第一次，在那張清雋張揚的側顏上，看到迷戀而接近瘋狂的神色……

做完課間操歸來的學生們在教室裡吵鬧玩樂，終於慢慢將齊文悅的神智從九霄雲外拉了回來。

離上課時間還有好幾分鐘，齊文悅遲疑而試探地伸出手，輕輕戳了一下前面埋在桌上當鴕鳥的女孩。

「……」蘇邈邈慢吞吞地起身，事實上，她現在腦海裡一團糨糊，比齊文悅還不如。她轉過頭，齊文悅表情複雜得五官都快扭曲了：「你們……剛剛……我是不是看錯了啊，哈哈……」

蘇邈邈沒有開口，她的膚色向來白皙，臉上脣上都少有血色，此刻卻兩頰嫣紅，烏黑的瞳眸溼漉又無辜。

齊文悅看了兩秒，心道「罪過」地低下頭。她突然覺得自己沒看錯，也不能怪彥哥……愛美之心人皆有之……美到這種程度還用這種眼神看著你，任何人都很難無動於衷。

兩人之間沉默僵持許久，齊文悅聽見女孩輕聲說：「……妳剛剛說，確定什麼了？」

齊文悅糾結了一下，聽出蘇邈邈是不想再提的意思，她只得強壓自己心底的震驚和好奇，努力從記憶裡翻找出原本要說的事。

「啊……對，今天的課間操，我聽，呃，不知道哪個班的班導說了。」齊文悅慢慢調整情緒，語氣也逐漸恢復正常，「就是我兩週多前跟妳說過的，學校論壇裡有傳聞，說要票選學校週年校慶活動主持人的事情……」

「嗯，我有印象。」

「現在應該是確定了，消息屬實。票選規則是，每班先投票選出一個代表，然後各班代表再由校內老師票選。」齊文悅猶豫地看了蘇邈邈一眼，才勉強語氣平順地繼續說，「呃……現在學校裡一致認為，彥哥，咳，肯定是全校的男生代表，不過女生代表……」

蘇邈邈聽得心不在焉，卻也大致猜到了：「我和舒薇嗎？」

齊文悅聳了聳肩，露出一個無奈的表情。

「我知道了，謝謝妳，齊齊。」蘇邈邈輕點了點頭。

這時下節課的老師走進教室，兩人的談話順勢結束。蘇邈邈轉回身，不過轉到一半，她又停住，猶豫兩秒，女孩輕聲開口。

「剛才妳看到的……能不能不要跟別人說？」

齊文悅一愣，隨即點頭如搗蒜：「不會不會，絕對不說。」

「謝謝。」女孩朝她輕笑一下，轉了回去。

上午的最後兩節課，商彥都沒有露面，其中第二節還是語文課，下課後林正走到桌旁，對蘇邈邈苦口婆心了一番，要她敦促商彥上進。

蘇邈邈只得答應。

語文老師離開後，班上學生三五成群地準備去學校餐廳吃午餐，齊文悅在臨走前猶豫了一下，問蘇邈邈：「邈邈，妳今天還是留在教室吃飯嗎？」

蘇邈邈輕應了一聲。

如果換作以前，齊文悅一定會取笑幾句，像是「真羨慕啊，我也想有個天天派專人送午餐給我的師父」之類的。但今天，一想起自己意外撞見的那一幕，齊文悅表情痛苦又扭曲地點點頭：「好……那妳小心。」

旁邊的廖蘭馨一頭霧水。

蘇邈邈沉默不語。

等教室裡所有人離開，蘇邈邈長長鬆了一口氣，慢慢趴到桌上。最後這兩節課，一個半小時，她幾乎一點內容都沒聽進去，即便看著黑板，眼前好像也總是浮現離自己很近的那張俊顏。

商彥為什麼會有那種舉動，蘇邈邈想了整整兩節課。見到褚銘時的暴怒，還有那句「我的人」在她耳邊不斷迴響……

蘇邈邈輕皺了一下鼻尖，所以商彥之所以會想親她，根本是占有慾作祟吧……他和褚銘，有那麼深的仇嗎？

蘇邈邈出神地想著，耳邊突然傳來一陣窸窣聲。她愕然抬眸，只見和前幾天相同的午餐盒擺在自己面前，不同的是，今天有兩份午餐盒，而且送午餐來的人是——

蘇邈邈仰起臉看向商彥，她頓了一下：「語文老師今天訓你了，你以後能不能不要蹺課。」說完，蘇邈邈自己也懵了。

明明那麼多話要義正詞嚴地告訴他，怎麼出口的卻是這一句？

商彥顯然也有些意外，他輕挑一下眉，神態恢復慣常的散漫放鬆：「知道了。」

錯過最佳時機，蘇邈邈懊惱地垂下眼，從袖口探出手指尖，把午餐盒慢慢拖過來。

商彥剛要坐下，突然又停住：「褚銘之前說，妳的腿還是痛？」

蘇邈邈沉默片刻，點頭。

商彥臉上笑色微淡，他放下手裡的筷子，退開半步蹲下身：「讓我看看。」

語氣再自然不過，那麼理所當然……

蘇邈邈心裡有些不服氣，但更主要的是，她發現自己竟然也把這當作理所當然。至少，在商彥伸手勾住她的腳踝，讓她輕踩在他腿上時，她沒有一點想要反抗的情緒。

商彥慢慢捲起她的牛仔褲褲腳，小心翼翼地露出雪白的腳踝。目光在女孩纖細白皙的腳踝上轉了幾圈，從膚色來看，確實只剩一點淡淡的、看起來快要消褪的瘀青。

商彥微皺起眉，右手勾著女孩的腳踝後方，慢慢托起，同時神色微肅地抬眼看向女孩：「這樣會痛嗎？」

「……不會。」蘇邈邈搖了搖頭。

「這樣呢？」商彥左手輕輕點揉腳踝的傷處。

「也……還好。」感覺那溫涼的指腹抵在自己腳踝上，蘇邈邈的臉頰莫名地有些發燙。

商彥鬆了口氣：「那應該沒什麼問題。如果下週還痛，我再帶妳去醫院檢查。」

蘇邈邈低垂著眼，沒有說話，過了幾秒，沒等到她回答的男生正要抬眼，蘇邈邈輕動了動唇：「商彥，我不是……你的人。」

她身前，托著她腳踝的手停住，手的主人也停住。

從蘇邈邈的角度望去，看不清商彥的表情，這讓她有些不安。

蘇邈邈正想再次開口，面前的男生突然向下俯身，在女孩纖細白皙的小腿上，落下一個冰涼的吻。

「……妳再說一遍。」

蘇邈邈懵了。

商彥直身，似笑非笑，眸子漆黑深沉。

「妳說一遍，我親一次。」

蘇邈邈完全懵在原地，她殘餘的理智還不足以辨明這種親暱的程度，身體卻已經先一步做出本能的反應。

女孩白皙的臉頰上，緩緩地一點一點染上紅暈。她緊張得細密輕捲的眼睫都微微顫抖，嫣色的唇瓣開合，結結巴巴道：「你……你怎麼……能……」

看到女孩被自己突然的動作嚇傻的模樣，商彥心情愉悅，低笑了一聲：「我怎麼了？」

「你剛剛……」蘇邈邈渾身發燙，幾乎要跳起來指責他，可是小腿還在那人溫熱的掌心裡。她只能震驚又忿忿地瞪著他，想要指責，但「親」那個字，還有後面的話，卻怎麼也說不出口。

他還問她怎麼了？！

蘇邈邈惱得只剩下瞪他的力氣。

商彥垂著眼笑，把女孩的牛仔褲褲管拉下，站起身，像是什麼都沒有發生過一樣，再淡定不過地拉回椅子，坐到女孩身旁。

蘇邈邈氣悶地轉回身，她還沒坐正，旁邊的聲音突然問：「討厭嗎？」

又是那種漫不經心的語氣。

「？」蘇邈邈轉頭。

身旁的人側對著她，慢條斯理地打開面前的午餐盒，戴上裡面的拋棄式手套，然後眼簾一撩，懶洋洋又似笑非笑地看她：「我剛剛做的事，會讓妳覺得厭惡或者反感嗎？」

蘇邈邈再次呆住了，片刻後，她皺起細淡的眉，回想自己之前的感覺。

幾乎要跳起來的驚慌……

想找個地洞鑽進去的羞赧……

恨不得把面前半跪著的男生踢開的惱然……

交織混淆的複雜情緒裡，唯獨沒有的，就是商彥說的反感。

想通這一點，女孩那張漂亮豔麗的小臉上，五官幾乎要皺在一起。

怎麼能沒有反感呢……明明應該有的才對？

蘇邈邈神情間的細微變化，盡收商彥眼底，他啞笑了一聲，拆開免洗筷，吃午餐。

蘇邈邈見他沒有追問，心裡鬆了口氣，也把自己的午餐盒打開。盒內精緻的菜色，連續兩週都不重複，也完全避開她不能吃的東西。

蘇邈邈眨了眨眼，小聲咕噥了句。

「……妳說什麼？」商彥手裡筷子一停，側身問。

蘇邈邈低下頭，聲調有點軟：「謝謝師父。」

「謝什麼？」

「午餐，還有……牛奶。」

商彥嘴角一勾，伸手撐住顴骨，意味深長地問：「怎麼謝？」

「……」蘇邈邈噎了一下。

商彥莞爾：「讓我再親一下，怎麼樣？」

「……！」女孩嗖地一下，把小腿縮到椅子下，警覺地望著他，像隻全身軟毛都炸起來的小動物。

商彥啞然失笑，嗓音裡絲毫不掩愉悅。

他轉回去，夾起一顆糯米糰子，「來日方長。」將滑溜的糯米糰子咬住，咀嚼，然後伴著一聲意味深長的笑吞下去，「我不急。」

蘇邈邈一句話都說不出來。

三中的午休時間比較長，飯後，一直心不在焉的齊文悅好說歹說，終於打消廖學霸直接回教室念書的想法，成功把人拖到體育場。

兩人在園林區繞了幾圈，最後走到最深處的樹下長凳坐下。

齊文悅默不作聲，埋頭坐著。

廖蘭馨也不言語，撐著手臂晒太陽。

沉默半晌，齊文悅終於憋不住了，轉過頭哀怨地問：「廖廖，妳都不覺得我今天中午不對勁嗎？」

「嗯。」廖蘭馨毫不在意地應了一聲。

齊文悅被這冷淡的回應弄得更委屈了：「那妳都不關心關心我，問問我是怎麼了嗎？」

廖蘭馨斜下眼，沒表情地瞥了齊文悅一眼：「我如果問，妳能說嗎？」

齊文悅憋了口氣，痛苦地搖頭。

廖蘭馨懶散地把目光收了回去：「如果能說，妳早就憋不住了，既然妳沒說，就代表不能說，那我還問妳做什麼？」

「……」齊文悅傻眼，「廖廖，妳要是一直這麼聰明的話，會讓我覺得做人很無趣的。」

「妳？」廖蘭馨閉上眼，伸了個懶腰，「妳最多算是個人形金魚。」

「……」樹林子裡安靜半晌，齊文悅頹喪地揉了揉臉，「廖廖，我今天知道了一個非常令人震驚的祕密，揣著這個祕密好痛苦啊——而且我還怕被當事人滅口，嗚嗚嗚嗚，想想就覺得可怕……」

廖蘭馨動作一頓，過了兩秒，她睜開眼，想起之前離開教室時，齊文悅對蘇邈邈說的話——那句沒頭沒腦，但似乎又發自肺腑的「那妳小心點」。

廖蘭馨睢起眼，轉頭：「什麼祕密？」

齊文悅做出一臉「視死如歸」的表情：「我不會說的，我會堅守這個祕密直到生命的最後一秒。」

「……」戲真多啊……廖蘭馨嫌棄地看了她一眼，「怎麼，妳撞見商彥終於忍不住對蘇邈邈出手了？」

「……？！」

齊文悅幾乎像是通了電一樣，以一個超高難度的原地起跳動作，直接從長凳上跳起來，一下子跳出一公尺遠。

她伸手指向廖蘭馨，表情猙獰：「妳妳妳妳……妳怎麼知道？」

廖蘭馨有點意外：「喲，還真出手了……我印象裡，商闍羅的耐性不該這麼差吧？」

齊文悅表情失控：「妳、妳……廖廖妳早就發現了？」

「跟他們坐前後桌，離那麼近，怎麼可能沒發現？」

「……我也坐得近，為什麼我一直以為他們是單純的師徒關係？」

廖蘭馨淡定地看她：「這個問題可能涉及種間差異和物種進化，既然我說出來妳也聽不懂，不如不說。」

「……」齊文悅決定忽略，「那妳一點都不驚訝嗎？那可是商彥、商闍羅，妳能相信他、他那樣一個人，會……」

腦海裡再次浮現男生俯身吻向女孩時，迷戀得近乎貪婪的眼神。

齊文悅話還沒說完，就抖了一下。半晌後，她伸手摀住臉：「嗚嗚嗚，我感覺我的認知已經碎成渣渣了……」

廖蘭馨正要張口說話，突然聽見兩個腳步聲，緊接著一個熟悉的女聲帶著點不耐煩響起：「妳到底想找我說什麼，我跟妳又不熟！」

「……？」齊文悅放下手，好奇地看過去。

聽出那個聲音的主人是誰，廖蘭馨猶豫了一下，伸手一拉齊文悅，同時很有先見之明地摀住她的嘴，直接把人拉到長凳後面的大樹陰影裡。

被摀住嘴巴的齊文悅睜大眼睛，不解地望著廖蘭馨。

廖蘭馨豎起一根食指，在嘴邊無聲地做了個「噓」的動作。

齊文悅眨了眨眼表示明白，廖蘭馨才將手放下來。

大樹前面，之前那兩個腳步聲終於停在長凳旁。

「舒薇，妳到底要說什麼？」是最初開口的那個女聲，語氣冷冷的，帶著點不耐。

樹後，齊文悅驚訝地睜大雙眼，她轉過頭，無聲地以口形問廖蘭馨：「舒薇和文素素？」

廖蘭馨很輕地點了點頭，示意她繼續往下聽。

「沒什麼，我只是找妳問個問題。」

「呵……找我問問題？舒薇，妳是不是搞錯了？我們是朋友嗎？我憑什麼要回答妳？」

「因為答案對我們兩人都有利。」

「……妳是什麼意思？」

「妳認識蘇邈邈吧？而且，妳們兩家關係應該非同一般？」

「──！妳怎麼知道的？」

「我找人查蘇邈邈的入學資料和背景，結果竟然什麼都查不到。學校裡有人告訴我，她中途入學，是妳父親打通關係。」舒薇冷笑一聲，「所以我猜，妳一定知道她的底細。尤其是，她到底得了什麼病！」

樹後，廖蘭馨和齊文悅對視一眼。

而樹前，長久的沉默以後，文素素皺著眉問：「妳想知道這個做什麼？妳和商彥不是玩完了嗎？……難不成，妳還喜歡他？」

這話一出，舒薇臉色頓時冷了下來。直到此刻，她彷彿還能感覺到那隻手掐在她脖子上，將她毫不留情地摜在牆上，以及那瀕死的窒息感。

舒薇越想，臉色越是難看：「……這不關妳的事！」

文素素冷下臉：「既然這樣，妳就別來問我。」

「等等！」舒薇喊住她，攔住文素素的去路，「……好，我實話告訴妳，我現在對商彥半點感覺都沒有了，但是，蘇邈邈她得罪我了！我一定要讓她好看！」

文素素目光微微閃動，糾結了幾秒，她搖搖頭：「我不能告訴妳。如果被我爸知道這件事是我傳出去的，他會直接把我趕出家門。」

舒薇皺起眉：「蘇邈邈家裡背景很硬？」

「……」文素素沉默了一下，想到舒薇對蘇邈邈的敵意，她心思一動。

如果她能借舒薇的手，給最近全校矚目的蘇邈邈一點苦頭吃，那何樂而不為？

可如果舒薇知道蘇邈邈背後的蘇家，恐怕……

最後，文素素神情淡淡地抬起頭：「她家裡條件確實還可以，但她跟個孤兒沒兩樣。」

「哦？」舒薇笑起來，表情不善，「我就知道，那天她不過是裝腔作勢……」

文素素目光閃爍地看了她一眼，隨即轉開視線：「能告訴妳的我都說了，如果沒別的事情，我就走了。」

說完，文素素抬腳就要離開，然而剛走出一步，她的手便被舒薇握住：「最重要的事妳還沒有告訴我，蘇邈邈得的到底是什麼病？」

「……」文素素表情一變，「我剛才說了，這件事情我不能說。」

舒薇有些急了：「我不會說出去的！」

「……」文素素表情難看，「整個三中知道這件事的不超過五個人，除了我們班導，連各科老師都不知道具體情況。如果這件事洩露出去，我爸第一時間就知道是我傳的！」

舒薇冷眼嗆道：「怎麼，在妳父親心裡，蘇邈邈比妳重要？」

「妳不用激我，她生什麼病我是不會說的。」

舒薇瞇起眼，拿出了殺手鐧：「就算她會和商彥在一起，妳也不說？」

「……！」

大樹前的兩人離開幾分鐘後，廖蘭馨才拉著齊文悅從樹後出來。

拍掉衣服褲腳上的草葉，齊文悅拍了拍手掌，站起身。

「這個文素素還滿夠意思，到最後都沒說邈邈到底是生什麼病。」

「才不是，她只是不相信舒薇說的話。」廖蘭馨往外走。

齊文悅一愣，急忙追上去：「妳的意思是，如果被她發現彥哥和邈邈不止是單純的師徒關係，她可能會忍不住……？」

「我可沒這樣說。」廖蘭馨步伐一頓，「我又不是預言師，她會怎麼做，我怎麼知道？」

「廖廖，妳在我心目中早就比預言師還偉大了，真的！」

「妳就算誇得天花亂墜，我也不知道。」

「……」齊文悅頹喪，「那怎麼辦？舒薇明顯對邈邈不懷好意，我們總不能放著不管？」

「文家在C城夠厲害了，有文家護著，邈邈在校外不會出什麼事。」廖蘭馨想了想，又淡定地說，「妳如果實在不放心，就把今天的事情，找個機會告訴商彥。」

「彥哥？」齊文悅愣了愣，然後眼睛亮了，「對哦，我怎麼把彥哥忘了！到時候校外有文家護著，校內有彥哥護著，舒薇還能把邈邈怎樣？」

「……」廖蘭馨沒有開口，隱約笑了笑，「護著」？

這件事真傳進商彥耳裡，恐怕就不是護著這麼簡單了。

齊文悅回到教室，想把這件事告訴商彥，卻撲了空，就連蘇邈邈都不在座位上。齊文悅大為不解，隨手拉了後座一個同學問：「彥哥和蘇邈邈怎麼不在？」

「哦，剛剛有人把彥哥叫去教務處，另外班導找邈邈談事情。」

「這樣啊……」齊文悅猶豫，「有說是為了什麼事嗎？」

「不知道。」

與此同時，在教務處。

「我說了多少遍，這裡是學校！不是給你們亂搞的地方！你們要是想——」

「篤篤篤」，突然響起的敲門聲打斷了郝赫的訓話，他擰著眉瞪了一眼面前幾個流裡流氣的男生，沒好氣地開口：「進來。」

教務處的門打開，商彥走了進來。

郝赫原本一臉黑線地拿起水杯喝水，看清進門的人後，表情立刻變了：「商彥，上節課就要人通知你，怎麼現在才來？」

教務處窗戶朝南，滿屋傾瀉著暖融的陽光，商彥懶洋洋地走進來，停在桌前，無精打采地打了個呵欠。

「培訓組忙。」

「哦對，你們電腦組最近又有新比賽，怎麼樣，順利嗎？」

商彥抬眼看著郝赫，頓了兩秒，垂下視線，皺起眉：「還可以。」

看出商彥不想繼續這個話題，郝赫只得帶過。

他先看了眼旁邊幾個男生，沒好氣道：「你們先到門外等著……等一下再教訓你們。」

幾個男生憤憤不平，但不敢公然頂嘴，碎念了一下，便一起出去了。

等他們走後，關上門，郝赫才看向商彥：「學校下個月底要辦週年校慶，你應該已經知道了吧？」

商彥漫不經心地應了一聲。

今天在電腦組，他聽吳泓博幾人嘮叨了不知道多少遍，怎麼可能不知道。

「那你對這個主持人，有什麼想法嗎？」

「……」商彥懶散地抬眼，清雋的臉上沒什麼表情，「什麼想法？」

郝赫被這話一噎，過了兩秒，笑得有些訕訕：「全校的男生代表，肯定是要推舉你出來的，所以你如果沒有異議，這件事我和其他幾位老師就──」

「不用如果，我有異議。」商彥輕嗤一聲，「誰要做誰做，我不去。」

郝赫急了，手裡水杯都拿不穩，放到一旁的桌上，繼續遊說：「這次週年校慶，校方很重視，你如果參加，對你的履歷也有加分，你不是要申請出國嗎？國外大學除成績之外，最注重的就是活動，到時候再加上其他的──」

郝赫的話還沒有說完，原本一直無精打采的男生突然投來目光，漆黑的眸子裡情緒凌厲：「誰說我要出國？」

郝赫頓住，訕訕地笑道：「商彥，出國又不是什麼不能說的事，你不用這麼敏感。」

在那樣目光注視下，郝赫撐不住，臉色微變，只得實話實說。

「其實，上週你姐姐的祕書打電話給我，他說你家人有意安排你出國就讀……這方面我完全贊同，你的成績十分優秀，單單電腦比賽的競賽金獎就有資格保送國內名校了，我看你一直沒有意願，就猜測你是準備出國……申請國外頂尖大學對你來說並不困難，只需要在履歷上稍稍加點分──這次校慶活動，就是一次不錯的機會。」

商彥面無表情地盯著他幾秒，轉開臉嗤笑一聲，語氣冷冰冰的：「既然是他們想，那你讓他們上去主持，我不會去。」說完，商彥轉身就往外走。

郝赫急了，連忙開口喊他：「商彥——」

商彥充耳不聞，徑直出了門。

教務處的門在身後闔上，商彥步伐一停，不知道在想什麼，眸裡黑漆漆的，情緒陰鬱得有點嚇人。

在原地站了幾秒後，商彥側身，目光掃到在牆邊罰站的幾個男生身上。原本吊兒郎當的幾個男生被他的目光一掃，一個個下意識地繃緊腰背。

「彥、彥哥好。」為首的一個喊道，表情比面對郝赫時乖巧多了。

商彥問：「帶了手機嗎？」

「啊……？哦，帶了帶了。」

那男生也很機靈，二話不說就把自己的手機拿出來。商彥接過，走到一旁長廊的窗邊，按下一個手機號碼。

大約過了半分鐘，電話另一頭接了起來，不等對方出聲，商彥先皺著眉問：「三中今年的週年校慶，是誰贊助的？」

對方噎了一下，口氣無奈：『商彥，你能不能辨支手機？不要每次來電號碼都不一樣。』

商彥不語。

感受到冷颼颼的氛圍，薄屹只得乖乖轉回話題：『誰跟你說了什麼，怎麼突然問這個？』

「別跟我繞圈子，直說。」

『還能是誰？自從你這尊大佛入學，你們學校大小活動的贊助都快讓你姐全包了。』

說完，薄屹有點了然：『哦，我知道了，是不是你們那位主任又對你表示關心慰問？』

商彥沒理會他的幸災樂禍，皺眉問：「那說要我出國，也是商嫻的意思？」

『出國？』薄屹愣了愣，『這我沒聽你姐提過，你聽誰說的？』

「郝赫說，是商嫻的祕書告訴他我會出國。」

薄屹咧了咧嘴：『怎麼什麼鍋都往嫻嫻身上甩？要送你出國這麼大的事，肯定你父親也有分兒，嫻嫻最多就是操刀。』

商彥冷眼道：「你告訴商嫻少推波助瀾，我自己的路我自己走，不用他們指手畫腳。」

薄屹被嗆得莫名其妙，過了幾秒才反應過來：『拜託，你高一那年他們就有這個意思了吧，那時候也沒看你這麼不情願，怎麼？叛逆期？』

「……滾。」

薄屹又想了想，恍然大悟：『難道是因為之前那個被你量過足長的女孩？』

『……』薄屹遲疑一下，『商彥，你變態沒關係，但不能做禽獸啊，上次帶回來的女孩我看過資料，身高大概一五六，還在念國中吧？從哪裡拐來的小孩你也敢下手，還想咬著人家不放？要是被你父親知道，他絕對會親自送你進監獄，你信不信……』

聽薄屹提起蘇邈邈，商彥原本冷沉的臉色終於緩和下來。聽到最後，他不怒反笑：「你讓他送。」

薄屹不解。

「而且你晚了一步。」

薄屹滿臉問號。

「我已經下手了，禽獸也已經做了。」商彥側靠在牆上，嗓音低啞帶笑，一雙眸子黑沉，陽光都透不進去半分，「我不但咬住不放，還準備一口一口把人吃下去……那又如何？」

薄屹無言以對。

嫻嫻，妳知道妳弟弟禽獸成這樣嗎？

電話另一頭死一樣的沉寂讓商彥滿意地一勾嘴角，他懶懶一笑，換了個姿勢：「我的誠意，請你務必傳達。」說完便掛斷電話。

商彥拎著手機往回走，同時手指動了動，將通話紀錄刪掉，然後才把手機還給那個男生：「謝了。」

走回一班所在的樓層，商彥恰好遇見從盡頭的班導辦公室出來的蘇邈邈。他步伐一頓，嘴角輕勾起來，走過去，長腿一伸，攔在女孩前面。

蘇邈邈步伐停住，茫然地抬頭看向他。

「老師找妳做什麼？」商彥問。

蘇邈邈沒有揣測他的意思，照實回答：「校慶晚會，李老師說班上的女生代表選我。」

「……」商彥神色一頓，下一秒，他挑眉，「然後呢，妳答應了？」

蘇邈邈皺起細眉：「我不想答應，但是李老師說了很多，我沒辦法拒絕。」

商彥：「……」

第八章　懵懂的吃醋

週年校慶活動畢竟是下個月底的事，選主持人的風波很快平息下去，取而代之的是一週後即將到來的十一月初期中考試——猶如一座橫亙在前、不可跨越的高山，沉甸甸地壓在學生們的心頭。

「……考試是對你們能力的檢驗，也是讓你們好好看看，高二開學這兩個月，你們都學到了什麼！」物理老師恨鐵不成鋼地在講臺上揮舞手臂，「尤其是少數幾個同學，啊？你說說看，自己考的那點分數，對得起你坐著的那張椅子嗎？我覺得它要是有手寫考卷，可能拿的分數都比你高！」

全班被訓得噤若寒蟬，一個個低著腦袋。

一般來說這種時候，全班唯一有可能且敢於反抗暴政的，就只有教室第一排唯一一張桌子上的某人了。

有些學生心懷期盼地看過去，結果卻出乎意料。坐在那裡的男生不但沒有反駁的意思，甚至沒有一如既往地趴下睡覺，反而是微皺著眉，冷著一張俊臉，翻看手裡那張試卷。

……難道，彥哥也有物理失手的時候？

教室裡不少學生低聲議論，好奇得眼睛都亮了。

講臺上，物理老師說了一大段話，口乾舌燥地灌下一口茶，再抬頭就發現學生們的騷動。

順著幾個學生的目光看過去，物理老師皺眉：「看商彥幹什麼，他這次又是滿分！你們能有他那樣的成績，我的物理課你天天下樓上體育我都沒關係！」

物理老師說著，不經意瞥到商彥手裡的試卷，上面那個鮮紅的分數讓他皺眉：「……商彥，你拿的是誰的試卷？」

商彥沒說話，一張清雋側顏上線條更凌厲了兩分。他一鬆手，把試卷不輕不重地往桌上一拍，「啪」的一聲輕響，他身邊慫成一團的小孩跟著一抖。

過了幾秒鐘，一直努力低頭往牆角縮、不敢看向商彥的蘇邈邈慢吞吞地舉起自己的手，白嫩纖細的指尖從袖口探出來：「老師，試卷是……我、我的。」

「噢，蘇邈邈同學的啊。」物理老師神色訕訕。

班上新來的這個叫蘇邈邈的女孩，身體情況不太好，所以在成績上，不好太為難她。

他又清了清喉嚨，聲音柔和了些：「既然有這麼優秀的同桌同學，那就跟他好好學習……商彥能考滿分，妳好歹考他一半的分數，是不是？」

「……」

班上知道蘇邈邈這次的物理成績，有學生忍不住低聲笑起來。蘇邈邈努力低著頭，透出髮間的小巧耳朵羞得通紅。

下課鈴聲響起，物理老師離開了教室，而蘇邈邈很清楚，「酷刑」遠未結束。

「邈邈寶貝，我們去倒水，妳要不要一起……」

「起」的字音在齊文悅嘴裡抖了抖，然後在商彥掃過來的目光下，自動噤聲。她安靜乖巧地拉上廖蘭馨，無聲地往教室後門走。

商彥收回視線，側過身，左手往後桌一落，澈底封死了蘇邈邈最後一點退路。

蘇邈邈動作緩慢、小心地低著頭往牆上縮了縮，然後她飛快地瞟了商彥一眼。

噫……特別凶。

蘇邈邈於是很快又把腦袋低下去，商彥被她氣笑了，他伸出手，在跟它主人一樣安安靜靜的試卷上叩了叩。

「四十八分，嗯？」

「……」

「我在培訓組忙了兩週，回來第一次考試，就給我這麼大驚喜？」

「……」

「之前要妳去自習室，妳去了嗎？」

蘇邈邈這次終於有了反應，她低著頭，小聲解釋：「腿痛，沒去。」

商彥聞言，垂眸看了一眼女孩的小腿，蘇邈邈嚇得往回縮了縮。

注意到商彥的神色有所緩和，她又小心地補充一句：「開學前兩週的課沒有補，後面聽不懂。」

女孩似乎有些委屈，尾音拖得細軟且輕，說完還低頭縮了縮，露出來纖細白皙的頸子刺了一下商彥的眼。

剛才那點鬱意消散，面對這個模樣的女孩，怎麼也氣不起來。他伸手在女孩頭頂揉了揉：「從今天開始，每天晚上和週末都去培訓組，我替妳補課，聽到了嗎？」

蘇邈邈遲疑地停頓了一下。她一直都是坐文家的車，和文素素一起上下學，如果晚上和週末補課，就只能跟文家提出要求，可她又不想主動向文家要求什麼。

半晌沒有聽到回應，商彥側身看去：「有困難？」

蘇邈邈為難地猶豫了一下，但面對商彥，她還是說了實話：「我現在寄住在文素素家裡，上下學都是和她一起，不太方便……」

商彥目光微動，隨即無所謂地點頭：「那我負責接送。」

蘇邈邈：「──？」

「期中考試之前，妳的成績如果上不來……」商彥語帶威脅，目光慢慢落到女孩腿上。

蘇邈邈身體一僵，過了兩秒，她緩緩地把腿往回收，一直縮到椅子下面。

不知道想到什麼，女孩的耳垂泛起淡淡的嫣色，而旁邊男生還很故意地笑著補了一句：「看來妳知道我要說什麼。」

蘇邈邈：「……」

怎、怎麼會有這樣的師父！

蘇邈邈憋了憋，拿起自己的保溫杯，站起來：「師父，我想去倒點水。」

「不行，坐下改錯。」商彥不動，「物理考不到一半的分數，還喝水做什麼？」

蘇邈邈欲哭無淚。

儘管心裡委屈，但自覺理虧的蘇邈邈還是慢慢坐了回去。不等她放下手裡的保溫杯，掌心突然一空，身旁的男生已經拿著她的杯子，起身走出座位。

幾分鐘後，上課鈴響，商彥還未回來。

最後一節是班會，班導李師傑走上講臺，習慣性地掃了全班一眼，隨即停頓在第一張桌子：「……商彥人呢？」

同樣擔心的蘇邈邈聞言，不安地抬頭，然而卻是後座齊文悅開口：「老師，我下課時間看見他了，我們這棟飲水機壞了，他好像去隔壁四號大樓倒水了。」

坐在前面的蘇邈邈愣住。

「這樣啊……」李師傑皺了皺眉，打開手裡的會議紀錄，「那我們就——」

話說到一半，教室前門進來一道身影。

「老師。」商彥朝李師傑點頭，算是打招呼，接著徑直進門回到座位。

保溫杯帶著十月末的秋涼，放進了蘇邈邈的手裡。做了這一切的男生側顏清朗淡定，像是什麼都沒發生，而他也沒有跨過兩棟樓和半個校園去倒這一瓶水。

蘇邈邈心裡情緒翻騰了很久很久，慢慢地把懷裡的保溫杯抱得更緊。

女孩側過臉，看向窗外。時至傍晚，夕陽醺黃了窗外的光線，天邊的雲被燒成燦爛而斑駁的色彩。一片小小的葉子，順著初起的微風，在空中調皮地轉了一圈。

秋涼也暖。

班會不過是例行公事，無非是總結過去兩週的大小事情。

其中最重要的自然是剛結束不久的月考，各科成績相較上次考試，是進步或者退步、全班在年級的平均分數排名變化、班上占年級前十名和前五十名的人數等。

總結完月考成績後，提心吊膽的蘇邈邈總算鬆了一口氣。隨著會議接近尾聲，女孩抬起頭看向李師傑，而李師傑也在此時闔上了會議記錄。

「還有最後一件事。」

聽到「最後」，全班睏得想打呵欠的學生眼睛都亮了起來，紛紛抬頭看向李師傑，等他結束這場冗長的單向談話。

李師傑沉吟片刻，開口：「學校為了確保學生在德智體群美五育全面發展，決定在十一月初舉行秋遊活動。」

話音一落，全班愣了愣，隨即歡呼鼓譟起來。

李師傑眉毛一聳，冷著臉壓下躁動的氣氛：「安靜！」

全班靜了下來，李師傑這才繼續說：「這次秋游活動是採自願參加，有誰不想去的可以主動提出。」

班上學生哄笑起來，這麼難得的機會，哪個傻子會不……

「老師，」教室前方，商彥手臂懶洋洋地一抬，「我不去。」

「……」

全班沉默兩秒，連旁邊的蘇邈邈都驚訝地看向商彥。似乎是被女孩的表情提醒，商彥慢半拍地「啊」了一聲，引得眾人看向他。

「對了。」商彥嘴角一勾，指了指女孩，「她也不去。」

李師傑顯然跟全班學生一樣，有些意外有人主動表示不去秋遊。他順著商彥的手看向蘇邈邈，女孩一臉茫然。

蘇邈邈：「……？」

「嗯，商彥，蘇邈邈，你們是有什麼事情嗎？」

商彥手裡的筆轉了半圈，批改完剛剛出給蘇邈邈的一道物理題。他把改過的本子推到蘇邈邈面前，然後才直起身靠上椅背，半抬起頭，懶懶地笑：「物理考不到一半分數的人，不適合秋遊。」

李師傑愣了愣：「誰沒考到一半分數，你？不可能吧？」

商彥低笑一聲。班上學生剛上完物理課，心知肚明商彥指誰，也都忍不住笑起來。

蘇邈邈氣得瞪著商彥，一雙琥珀色的眸子裡澄澈剔透，點綴著光，像會說話似的。

商彥被她看得笑意一頓。就是這種時候，每次她這樣看他，他總忍不住想再多欺負她一點，最好讓女孩委屈地握著他的衣角，一雙烏黑的瞳仁裡只映著他的身影，然後一點點泛起淚光……

停了片刻，商彥懶洋洋地轉過去，似笑非笑地回答班導：「嗯，我考了四十八，蘇邈邈同學留下來幫我輔導。」

蘇邈邈氣成河豚。

李師傑怎麼會聽不懂，他笑了笑：「我知道你是蘇邈邈的師父，但也不能限制人身自由，放學前蘇邈邈親口跟我確認去還是不去，這才能算數。」

說完，李師傑話鋒一轉，強調起秋遊需要注意的事項。

而第一排的座位上，蘇邈邈握著筆在面前批改過的本子上停了好一會兒，才慢吞吞地翻頁，然後在空白處寫下三個字。

「我要去。」

女孩把本子推到商彥面前。

看著一本正經的女孩和句子最後那顆圓圓的句號，商彥嘴角輕扯一下，側過臉，明知故問：「去什麼？」

「……」蘇邈邈懊惱地拉回本子，又在下面寫了兩個字。

「秋遊。」

「不行。」

蘇邈邈繼續寫：「老師說了，你不能限制我的人身自由。」

商彥莞爾，咬著唇壓住笑聲：「妳不是我的人嗎？我為什麼不能？」

蘇邈邈懵了一下，片刻後才用力拉回本子寫：「我不是！」

女孩的驚嘆號寫得格外用力。

商彥啞然失笑，目光落到桌上：「我上次是怎麼說的？妳說一遍，我親一次。」

想起那人說這句話時，望著自己的眼神，蘇邈邈暫時慫了。

她顧不得用筆寫，小聲結結巴巴地開口：「不……現在還在上課，你、你不會……」

商彥：「我不會嗎？」

小孩對他身上所剩無幾的人性，比他自己還有信心啊。

蘇邈邈正準備再回一句，也算是自我安慰，就見商彥忽然起身，手一拉椅子，蹲下身。

全班學生聽見動靜，連臺上說話的李師傑也停住，所有目光一起看過來。

蘇邈邈懵了。在商彥的手碰到她的牛仔褲之前，她慌忙伸手阻攔，櫻瓣似的唇間抖出一聲輕得快要聽不見的回應：「我是。」

商彥動作一停，起身重新坐回位子上。

不明所以的全體師生中，唯有李師傑敢開口問：「商彥，你做什麼？」

商彥忍住笑，指節一勾，晃了晃手裡的東西：「撿筆。」

儘管直覺不對，但李師傑也想不到商彥有何必要說謊，便不再多問。他沒注意到，坐在商彥內側，低著頭的蘇邈邈，一張豔麗嬌俏的小臉，以及那對白玉似的耳垂，幾乎紅得快要滴血。

好不容易熬過這漫長的幾分鐘，蘇邈邈終於等到下課鈴響。

正在強調上課紀律的李師傑有點意猶未盡，但不好意思耽誤學生放學，便鬆口下課。

蘇邈邈吐出一口氣，快速地收拾好背包就想往外溜，可惜還是被商彥攔下。因為課堂上發生的事，蘇邈邈此時不太想理他，於是低垂著小腦袋，悶悶不樂地站在那裡。

窗外落進來的夕陽餘暉，為女孩的輪廓描上一層淡淡的金色，纖細的頸子露在外面，膚色白得過頭，幾乎能看見下面淡青色的血管。

……讓人想咬一口。

商彥被自己冒出的想法嚇了一跳，他往下壓了壓，試圖再搶救一下自己殘存不多的人性。過了片刻，商彥垂下頭，伸手勾起女孩的下巴，讓她和自己對視。

「秋遊，是真的想去？」

原本已經放棄希望的蘇邈邈眼睛熠熠地看著他，點了點頭。

「為什麼？」

蘇邈邈愣了一下，隨即輕聲回答：「因為從來沒有去過。」

「沒做過的事情很多，而且永遠會有。」商彥神色微沉，「妳要把時間浪費在那些沒必要的事情上？」

「才不是……沒必要的事！」

女孩驀地提高音量，讓放學時分吵鬧的教室也為之一靜。

反應過來這是誰的聲音，以及針對的人是誰，班上學生都震驚不已。大家印象中唯一一個敢這樣跟商彥說話的，當天就渾身是血地躺進救護車了。

這個……

所有人不自覺放輕動作。

蘇邈邈話說出口，也驚覺自己失態。相處這麼久，她從未對其他人，像對商彥一樣無所顧忌，所有不會在他人面前表露的負面情緒，都在他眼前慢慢流露出來，因為他是除了院長奶奶以外，第一個對她這麼好的人。

妳怎麼能這樣，蘇邈邈……妳會被討厭的……

女孩難過地低下頭，她甚至不敢去看男生的神情和反應。

商彥會不會覺得她很任性，會不會再也不想理她了。

不知道過了多久，蘇邈邈甚至在心裡難受地懷疑商彥已經轉身走了，突然感覺一隻手輕輕揉了揉她的頭頂。

「小孩，我還在等妳後面的訓話呢，怎麼突然自己熄火了？」

聲音裡帶著一點笑意，清朗舒和，沒有半點責怪她的意思。

蘇邈邈愣住了，她遲疑地仰起頭：「你沒有生氣？」

商彥望著她，低聲笑：「我容忍度一向不高……不過對妳，好像是例外。」

蘇邈邈一呆：「為什麼？」

「我也奇怪，」商彥輕瞇起眼，「面對妳，我的耐心怎麼深得好像沒有底線？」

「……」

「所以妳不需要顧忌，無論想說什麼，直接說出來……」他也想知道，自己對她的耐心到底有沒有底限。

商彥垂下手：「說吧，為什麼不是沒必要的？」

蘇邈邈沉默了很久，低下頭：「因為我和你們不一樣……對我來說必要的東西，和你們……是不一樣的。」

女孩抬眸看向商彥，那雙眼瞳一如平素烏黑澄澈，裡面的情緒卻很暗淡。

「其實，我不在乎物理多少分，其他科我也不在乎……我把這張試卷帶回去，沒有人會問我什麼，就算零分也一樣……沒有人在乎我考多少、能不能考上大學，所以分數對我來說才是不必要。」

「……」商彥的目光沉下去，他能分辨女孩到底是耍任性還是袒露心聲，而她是真的不在乎。

商彥無法想像，這樣一個看起來乖巧、安靜、慫成一團的小徒弟，心裡會藏著叛逆、淡漠、對什麼都無所謂的一團火。她看起來比任何人都謹小慎微，實際上卻比任何人都灑脫……或者說，無所謂。

因為過去十七年裡，都沒人在乎她嗎？

商彥垂眸，看著面前低著頭的女孩，他輕嘆一聲，俯下身，直到能和女孩平視。

「那從今以後，我來在乎。」

「……什麼？」蘇邈邈愣愣地抬眸望著他。

商彥朝女孩勾起嘴角，露出放鬆的笑：「從今天起，妳每一次考試我都在乎，每一科成績我都要過問。考不到滿分的一半，就要跟著我乖乖自習；敢考零分的話……就打斷妳的腿。」

看女孩呆住的模樣，商彥忍不住想逗她，於是他放任包裹在人性下的獸性出來作祟。

「師父這麼努力，妳還不能跟師父考上同一所大學的話……」他向前低頭，幾乎吻到女孩的耳垂，「大學考試放榜那天，我要在全校面前親妳小腿。」

「……！」

商彥退開半步，欣賞女孩驚得睜圓的鹿眼，在裡面看見自己的倒影。他笑了，直起身，手插進褲子口袋。

偶爾放飛自我，一逞獸性的感覺……真是舒服。

他低笑一聲，轉身往外走：「既然那麼想去，那就去秋遊吧……只此一次，下不為例。」

話音落下，商彥已經離開教室。

蘇邈邈雪白的面頰上，嫣紅一點點蔓延開來。

而教室外，商彥斂去臉上笑意，眼底變深。幾步之外，鼓足勇氣的齊文悅攔在他面前。

目光四下一掃，齊文悅壓低聲音：「彥哥，關於邈邈——」

「帶了手機嗎？」

「……啊？」齊文悅一愣，卻還是點點頭，「帶了。」

「我借用一下。」

「哦哦。」齊文悅誠惶誠恐地獻上手機。

商彥接過手機，撥號，毫不顧忌身旁的齊文悅。

電話一接通，不等薄屹開口，他先出聲：「幫我查一個人。」

薄屹在電話那頭一愣，他極少聽商彥這樣嚴肅的語氣，不自覺繃緊聲音：『什麼人？』

「蘇邈邈，邈是表示遙遠的邈。」商彥垂眼，「家庭狀況、成長經歷、病史……我想知道這些。」

片刻後，掛斷電話，商彥轉身，單手交還手機，同時眼簾一抬，清雋的側臉看不出情緒，問道：「關於邈邈，妳剛剛想說什麼？」

「……」齊文悅吞了口唾沫，小心翼翼，「我們換個人少的地方說？」

二十分鐘後，商彥眼神沉戾地踏進高三的教學大樓。

三中的學生基本上從高二下學期起須參加晚自習，故而在高一高二放學後，高三學生則是全體自習，整個高三的教學大樓內安靜無聲。

商彥走上三樓，穿過樓梯，最後停在高三六班門外。

教室前門半敞著，前排的某個學生聽見門口傳來動靜，不自覺抬頭看去。一看之下愣住了，直到反應過來那張臉代表著全校最出名的學生，才下意識地低呼一聲。

「商彥！？」

這一聲讓高三六班全數抬起頭來，除了上次舒薇邀請去參加生日 party 的人之外，其他人是第一次近距離見到這位三中校草，而且這人還是……

不少學生的目光望向舒薇。

令人奇怪的是，舒薇此時的表情不像眾人記憶裡那般，一提起商彥就露出戀慕的神色，也絲毫沒有見到前男友的喜悅……更多的，是近乎驚慌的情緒。

商彥沒有興趣被當猴子看，他寒著目光一掃，看到舒薇，眼神倏然涼了幾度。

「……出來。」男生聲線裡壓抑的戾氣，讓高三六班的學生愣了愣。

舒薇的神色僵了僵，最後還是慢慢扶著桌子站起身，走了出去。

兩人走進這一層的樓梯間，走在前面的商彥停下腳步，莫名其妙地笑了一聲。

「舒薇。」他背對著女生開口，窗臺玻璃上映出他的眼神，看起來有些猙獰。商彥深吸一口氣，把心底暴戾的情緒勉強壓下去，轉過身，「妳去找過文素素？」

「……！」舒薇的瞳孔驀地緊縮，幾秒過去，她才慢慢放鬆肩膀，轉開頭恨恨地問，「文素素告訴你的？」

儘管拚命掩飾，她聲音裡的微慄還是藏不住。

商彥沉眸，吸氣，下一秒，他猛地抬腿，狠狠一腳踹到舒薇身旁樓梯間的門上。

「砰」一聲巨響，門砸上牆，又反彈回來，震耳的聲音把舒薇嚇得「哇」一聲跳到另一邊。

她臉色煞白地看向商彥：「商彥……你……」

「我耐性很差，所以我問妳問題的時候，妳最好不要反問。」男生聲線沉冷。

即便心裡有所準備，舒薇此刻仍嚇得快要哭出來。她肩膀微微顫抖，嘴唇咬得沒了血色，用力點點頭，聲音抖得近乎破碎。

「是是我……是我找文素素，想問她……蘇邈邈的病……但我沒有別的想法，真的！」舒薇眼眶一紅，淚珠撲簌簌落下，她顯然嚇壞了，「我只是想……想讓大家知道她的病……我沒有別的想法……我真的沒有……」

商彥沒有說話，他站在原地一動未動，輕瞇起眼睛，居高臨下地俯視舒薇，似乎在判斷她的話可不可信。

樓梯間緊繃的氣氛幾乎要讓舒薇窒息，終於男生再次開口：「從今天起，妳最好祈禱她一點事都沒有，否則，我第一個找的就是妳。」

「……」舒薇輕顫著嘴唇點了點頭。

「到時候……」商彥俯下身，貼到舒薇耳旁，動作親密曖昧，聲音卻讓舒薇從骨子裡覺得寒冷，「她傷一分，還妳十分。」

語畢，商彥面無表情地瞥她一眼，轉身就走。

樓梯間裡，舒薇腿一軟，驀地癱坐到地上，十幾秒後，她才慢慢恢復神智，眼眶通紅地抱著膝蓋哭了起來。

學校經過一番商議和安排，最後決定三中的秋遊以班級為單位，幾個班一個梯次，分批出遊。而高三不參與秋遊，所以從高二開始分梯次，一班十分有幸地躋身最早出遊的第一梯次。

集合時間是早上八點，七點剛過五十分，一班出遊乘坐的遊覽車內，就幾乎座無虛席。

站在車廂正前方，李師傑無奈地訓道：「你們啊，要是念書能拿出這麼積極的幹勁，還需要整天為那兩分發愁嗎？」

學生們雀躍不已，聞言立刻有人嘴快地接話：「要是念書這麼輕鬆又愉快，我們早就考上第一志願了！」

開口的男生就坐在李師傑旁邊的座位，李師傑沒好氣地一腳踹過去：「別的不行，就嘴巴動得最快！」

全班學生哄堂大笑。

車上的座位是按照教室內的座位排的，兩個座位一排，所以蘇邈邈一個人坐在最前面的雙人座，聞言也忍不住跟著笑起來。

就在這時，她後面的雙人座上，並肩坐著的齊文悅和廖蘭馨小聲說了幾句後，齊文悅趁李師傑不注意，嗖地一下竄到蘇邈邈的身旁空位上。

蘇邈邈一愣：「……齊齊，怎麼了？」

齊文悅神祕兮兮地朝她眨眨眼：「邈邈，妳有沒有聽說，這兩天學校裡流傳著妳、彥哥還有舒薇的事？」

「什麼事？」

「咳咳……」齊文悅清清喉嚨，壓低了聲音，湊過腦袋，小聲對蘇邈邈說，「有兩件事，一件是週年校慶活動，各班舉薦的代表已經提交上去了，我們班的男女生代表就是商彥和妳……論形象，學校裡有能力和妳競爭的，只有舒薇。」

「這個我知道，」蘇邈邈不解，「妳之前說過了。」

齊文悅神神祕祕道：「但學校之前說，由老師選出最終代表。」

蘇邈邈眼神有了些變化：「現在不是嗎？」

「現在規則改了，也不知道學校老師從哪裡聽說了什麼導演選演員的辦法，打算讓男女生代表一起開個會，互動認識一下，然後由這些代表互相投票，男生投給女生，女生投給男生，選自己最傾向的異性代表。」

蘇邈邈神色茫然，顯然她是第一次聽說這種票選方式。

齊文悅又說：「得票最多的兩人，就是最終的代表人選。」

蘇邈邈想了想，平靜地點點頭：「嗯，我知道了，謝謝妳，齊齊。」

「……」齊文悅懵了幾秒，扶額，「妳聽懂規則了嗎，邈邈寶貝？怎麼還這麼淡定？」

蘇邈邈安靜片刻，轉回頭，目光澄澈：「也就是說，這次結果等於是內定了吧？」

齊文悅一愣，女孩仍是低軟的聲音說：「女生們一定會投給商彥；而男生們一定會跟著商彥投同一個女生。」

因為沒有人敢得罪商彥，無論男生還是女生。

齊文悅伸手一拍女孩的肩膀，喜笑顏開，「不錯嘛，幾秒鐘就反應過來了，我還以為妳沒聽懂，準備好好解釋一下呢。」齊文悅話鋒一轉，促狹地笑，「怎麼樣，開心不開心？」

蘇邈邈看她：「開心什麼？」

齊文悅用肩膀撞了撞女孩，「雖然全校現在最熱門的話題，是商彥面對前女友和小徒弟，到底會選誰……但那些局外人什麼也不懂，我們可是心知肚明。」齊文悅又笑了，「所以說，女生代表基本上已經確定是妳，妳就沒有一點開心激動的感覺嗎？這可是週年校慶哎，永載校史的那種。」

蘇邈邈沉默下來，事實上，對於這個活動，她實在不怎麼熱衷，但齊文悅為她高興，蘇邈邈自然不會說出潑冷水的話。

於是她輕眨眼睫，問：「不是還有第二件事嗎，是什麼？」

「哦哦，差點忘了！」齊文悅回過神，表情神祕，「我昨天聽高三的人說，商彥去高三六班找舒薇了。」

蘇邈邈愣住。

「聽六班的學生說，舒薇被商彥單獨叫出去，還是到樓梯間——」

齊文悅停頓了一下，剛準備把後續的巨響引發的揣測以及自己的功勞一口氣說出來，突然聽見頭頂後方傳來一個低啞的男聲。

「這好像是我的位置？」

齊文悅轉頭一看，商彥懶懶地站在那裡，似乎沒睡好，一雙漆黑的眸子幾乎看不見焦點，細密的眼睫半垂著，清雋冷白的俊臉上沒有情緒。

「彥、彥哥？我以為你、你不來了呢⋯⋯」

男生眼皮一抬，無精打采地打了個呵欠：「⋯⋯我不來，妳就坐我的座位，撩我的人？」

感覺到男生身上的低氣壓，齊文悅抖了一下，頓時把自己要說的事情全忘了，忙不迭地溜回後座。

商彥轉身坐了下去。遊覽車的座位，相較於他的身高腿長，顯得有些狹窄，坐下之後怎麼調整姿勢都不舒服，商彥不滿地輕嘖一聲。

長腿委屈地蜷著，隨便吧。

將身側單手拎著的黑色背包扯到前面，商彥拉開拉鍊，拿出淺灰色保溫杯，一側身，遞到女孩面前。

一天一杯牛奶，已經是兩人之間的習慣。不過今天，女孩垂著眼坐在座位上，沒有接。

商彥難得微愣，片刻後，他輕瞇起眼：「……小孩？」

「——」蘇邈邈猝然回神，意識從齊文悅說到一半的話裡掙脫出來。

商彥低頭看她：「想什麼，這麼入迷。」

「……」蘇邈邈慢吞吞地接過保溫杯，又看向他。那雙淺亮乾淨的瞳仁一眨不眨，瀅瀧瀧泛著水色，裡面的情緒柔軟又勾人。

商彥被盯了幾秒，有些情不自禁地移開目光，修長的頸線上，喉結不自覺滾動了一下，眸子裡的情緒也沉澱了幾分墨色。

嗯……入秋了，天乾物燥，更何況還是這樣沒睡醒的早上。

所以一定不是他的問題，他把持得住。

最後一句反覆在心底默念了幾遍，預計已經達到自我催眠的效果，商彥才轉回視線。他側過身，左手勾住女孩的手指，拉開，右手將保溫杯塞進去。

「趁開車之前喝完。」

說完，商彥打算補個眠，然而還沒等他調整到一個勉強舒服的姿勢，旁邊一個輕軟的聲音響起：「商彥。」

「？」商彥剛闔上的眼重新睜開，他一挑眉，似笑非笑地轉過去。

「妳喊我什麼？」

「……商彥。」女孩慢慢低下頭，看著手裡的保溫杯，終於還是忍不住問了出來，「你去找舒薇……做什麼？」

商彥怎麼也沒想到她會問這個問題，以至於他罕見地愣了幾秒，才笑道：「妳聽誰說我去找過舒薇？」

蘇邈邈轉了轉手裡的保溫杯，低聲道：「就是……聽路過的人說的。」

不知商彥信不信，聲音裡卻帶著愉悅的笑意：「嗯，我確實去找過她。」

「……」蘇邈邈沒說話，安靜地等答案。

「至於我為什麼去找她……」

半天沒有等到後半句，蘇邈邈不解地抬頭，卻見商彥側過身，左肩倚著遊覽車柔軟的座椅，黑色碎髮從冷白的額頭上垂下，髮梢勾勒著漆黑的眸子，裡面像是落了星塵，亮盈盈的。

他眼眸含笑地看著她：「妳為什麼想知道？」

蘇邈邈被這雙眼眸盯得有點心虛，她低下頭，輕皺起細白的眉心，猶豫了幾秒才勉強找了個藉口。

「我就是……好奇。」

「好奇什麼？」

「那天在圖書館，我看見你對她……很凶，我以為你們不會再見面。」

「不喜歡她？」

「是她先不喜歡我。」女孩小聲辯解。

「不想我見她？」

「……」

商彥終於忍俊不禁，低聲側過臉笑了起來。清俊的側顏褪去凌厲的弧線，被這笑容和窗外落進來的晨光，襯托出幾分柔軟。

蘇邈邈看得呆了，幾秒後，才終於反應過來——這笑似乎是針對她。

女孩臉頰上浮起淺粉，不滿：「你……你笑什麼？」

「我沒笑。」那人單手遮掩唇角，輕咳一聲。

「……」

拂去眼底的逗弄和玩笑，商彥重新抬眼看向女孩：「我那天會去見她，是因為妳。」

蘇邈邈預想了很多可能性，唯獨沒有這個，所以聽到的一瞬間，她愣在座位上，片刻後，才有些不可置信地睜大眼睛：「為什麼是因為我？」

商彥沉吟。他原本不想把這件事情的原委告訴蘇邈邈，因為他私心以為，小孩就該是純潔無瑕的白紙，這世上什麼汙髒的人心溝壑都不要驚擾她才好。

但另一方面，他又唯恐小孩太乾淨，乾淨澄澈得如同一塊水晶，一不小心就會在他分神的瞬間，被什麼東西撞出碎裂的痕跡。

……那是他不能接受的。

兩相權衡後，商彥心裡有了定數。他傾身到女孩耳邊，眼底笑意淡了許多：「舒薇向文素素打探過妳的病。」

蘇邈邈愣了一下，但她很快回過神。

女孩看起來遠沒有自己想像中的訝異，商彥意外地一挑眉：「妳不驚訝？」

「其實……舒薇生日 party 那天，你出去的時候，她來找過我。」

商彥眼神一冷，眼底戾意躁動不安地湧起，又被他按捺下去：「……她威脅妳？」

「沒有，」蘇邈邈認真地搖了搖頭，「是我威脅她。」

商彥愣了兩秒，莞爾失笑：「是嗎？妳可真厲害啊，小孩。」

「……」這人一看就是不相信的樣子，蘇邈邈心裡偷偷撇嘴。

商彥看出女孩細微的表情變化，也不拆穿，低笑一聲：「妳怎麼威脅她？」

蘇邈邈坦承：「她說要查我的來歷，我說她查不到。」

前不久商彥才打電話給薄屹，目的就是……

「為什麼查不到，」商彥停了一下，若有所思，「因為文家？」

蘇邈邈點頭，又搖了搖頭，幾秒後，她遲疑地低下眼睛，小聲問：「我可以不說嗎？」

說完之後，女孩既沒有再開口，也沒有再抬頭，就像是確定商彥不會逼她說不想說的事。

商彥輕瞇起眼，他突然覺得，自己好像不知不覺間被小孩看透了，也吃死了……

面對這種前所未有的感覺，商彥安靜地玩味了幾秒，然後，向來沒心沒肺的商彥欣然接受：「那就不說。」

聽到這句，蘇邈邈終於有了動作，她仰起臉，側過目光：「那……你是因為這件事去找舒薇？」

「嗯，」商彥懶懶回應，靠著椅背啞聲笑，「不然，妳以為是什麼？」

蘇邈邈心虛地收回視線：「我沒有以為什麼……」

「小孩，」壓低的笑聲在胸膛裡震動，從迫近的人喉嚨間逸出，「對我說謊，算是欺師喔。」

蘇邈邈不說話，她不聽，她什麼也不知道。

見女孩悶頭不語，商彥嘴角逗弄的笑容越發張揚，他貼得更近：「妳知道，為什麼妳不想我見舒薇嗎？」

被「誘餌」勾出蝸牛殼的小蝸牛，探出自己軟軟的觸角，好奇地張望。

「這叫『占有慾』。」商彥垂眼看著座位上嬌小女孩烏黑的瞳眸，笑得不懷好意，「妳想獨占師父，成為妳一個人的，是嗎？」

「……！」

「妳野心越來越大了啊，」見蘇邈邈的臉頰幾乎要被自己的話羞成嫣紅的霞色，商彥悶聲低笑，靠回椅背，「不過師父很滿意，也很期待……」

餘音未盡。

此時無聲勝有聲。

而蘇邈邈什麼也聽不見，她此刻只想找一個洞鑽進去。

考慮到安全、交通等多方因素，三中這次的秋遊行程很簡單，即是到C城近郊的秸渠山，進行為期一天一夜的露營活動。

秸渠山是C城一個名氣不大的小景點，雖是山峰，但向陽的一面地勢平緩，半山腰上還有大片供遊客搭帳篷露營的草地。

學校提前兩天跟露營區打好招呼，預定了接下來一週的秋遊行程，高二一班到六班便在這週的第一天乘車來到秸渠山腳下。

畢竟是高中生，雖然因為鮮少集體戶外郊遊而興奮不已，但場面還不至於失控。露營所需的帳篷支架和帆布等物，學校已派人提前送上山，所以老師們只需要清點人數、要求學生遵守紀律，便全員一起往半山腰出發。

乘坐第一輛遊覽車抵達的一班，自然是打頭陣。

山勢平緩，蘇邈邈兩手空空，走兩步就不安地回頭看一眼。

不知道被盯了多少次後，商彥終於忍不住了。他停下和厲哲幾人的交談，似笑非笑地轉向蘇邈邈：「師父好看嗎？」

蘇邈邈被男生不正經的口吻弄得臉上一熱，想轉頭不理他，但轉到一半還是不忍心地轉回來：「我的背包，我自己拿吧，有點重……」

掂了一下手裡藍色背包的重量，商彥啞然失笑：「這也算重？」

蘇邈邈皺眉，不贊同地看他：「不重嗎？」

商彥被女孩嚴肅的表情逗得莞爾，「嗯，」他故意說，「重。」

蘇邈邈眉心的褶皺鬆開，伸出細白的手，聲音輕軟，帶著點不自知的得意鼻音：「所以我來拿吧。」

商彥左手遞出，作勢要把背包給她，見女孩真的伸手來接，他不禁莞爾，隨即右手在空中一撈，輕鬆地換了位置，將藍色背包單手拎到肩上。見女孩伸著手茫然地看著自己，商彥低聲笑出來。

「確實很重，所以不如妳背著背包，我抱著妳？」

蘇邈邈此時自然知道自己被捉弄了，她氣得凶巴巴地瞪了商彥一眼，轉頭繼續往前走。

商彥停在原地，失笑。

在一旁看他表演的厲哲酸溜溜地走過來：「彥哥，你怎麼總是逗小蘇生氣？」

商彥掃他一眼，輕蔑地笑了一聲，拎著兩個背包往那道嬌小的身影走去，只餘那又懶又撩的語調落在身後：「這叫情趣，你不懂。」

厲哲默默在心裡說了句：禽獸！

學校準備的是小型帳篷，兩人一頂。

班導李師傑特別囑咐，要唯一知曉蘇邈邈病情的文素素照顧她，所以直到宣布分組，蘇邈邈才知道自己和文素素一組。

原本想和齊文悅和廖蘭馨同住一頂，蘇邈邈失望地垂下眼。站在她身旁不遠處的商彥瞥見，笑著走過來，在女孩身邊彎下身：「怎麼，沒和師父一組，這麼失望？」

蘇邈邈愣了愣，側頭看比自己高許多的男生：「可以男生和女生一組嗎？」

這個偏離焦點的問題讓商彥無聲一嘆：「不可以。」

「……」蘇邈邈後知後覺地反應過來：這個人又在逗她。

氣了好幾秒，女孩輕瞪商彥一眼：「商閻羅。」說完她一秒也不敢多待，轉身溜了。

商彥保持俯身的姿勢愣了愣，片刻後莞爾失笑。

旁邊和商彥分到一組的厲哲呆呆聽了半晌，轉頭看商彥：「小蘇她這樣，彥哥你也不生氣啊？……你不是最討厭別人這樣喊你。」

「她不一樣。」

厲哲早知道就不問了，他這算是自討閃光吧？

又盯著那個嬌小背影一會兒，商彥喉嚨裡憋出一聲低笑，垂下眼：「她喊『商閻羅』的意思，其實跟『王八蛋』差不多。」

厲哲：「……？」那彥哥你還笑得出來？

理解不能，厲哲嘆了口氣：「彥哥，我去找別組擠一擠，這頂我留在這裡給你。」

「嗯。」商彥漫不經心地回應，在原地停留幾秒，還是選擇聽從內心指引，朝女孩離開的方向走去。

厲哲嘆著氣來到自己預計擠一擠的帳篷旁邊，兩個男生正在搭帳篷，見厲哲過來，其中一個蹲著抬起頭：「厲哥，怎麼了？垂頭喪氣的？」

厲哲：「心情複雜，一言難盡。」

「那你就多言幾句吧。」

「……」憋了一下，厲哲還是覺得不吐不快，他跟著蹲到帳篷旁，幫忙綁帆布，同時無奈地感慨，「我跟彥哥認識那麼久了，只見過別人厚著臉皮去舔彥哥，什麼時候見過彥哥舔別人啊。」

旁邊那人噎了噎，驚覺這個話題自己不適合聽，但還是忍不住好奇心，低聲湊過去：「所以，你看見了啊？」

厲哲扶額：「我他媽現在幾乎天天見。」

蘇邈邈按照編號找到自己的露營地，編號十八的位置上散落著帳篷支架和帆布，根本還未組裝。

蘇邈邈看著這些認知範圍外的東西發呆，一道身影走到她前面。

文素素停下腳步，目光複雜地看向蘇邈邈，「我等一下還要去檢查班上午餐的準備情況，帳篷妳先搭。」不等蘇邈邈開口，她又皺著眉補充一句，「別說我欺負妳，帳篷妳搭一半，剩下的我回來以後做。」

隨著商彥和蘇邈邈的師徒關係傳開，她已經習慣文素素不再掩飾的冷淡態度。聞言，她只輕輕應了一聲，便垂下眼，蹲下身去整理那些帳篷支架。

然而她才剛拿起一根金屬桿，就聽見身後文素素低呼了一聲：「商彥！」

蘇邈邈動作一停，下意識地仰起頭，迎著光的方向看去，但男生已經先一步蹲到她身邊。商彥撥開女孩細白的手指，接過那冰涼的金屬桿，他微皺起眉：「當師父死了嗎？」

「？」

「為什麼不叫我過來幫妳搭？」

「……」被照顧得無微不至，蘇邈邈有點不好意思地低下頭。

「我自己研究一下，也可以搭好。」

商彥低笑一聲，帶著點逗弄：「就憑妳那四十八分的物理嗎？」

蘇邈邈氣結，今日師徒情分緣盡於此，恩斷義絕！

看到女孩氣鼓鼓的模樣，商彥眼神一動，鬼使神差地伸手過去，輕捏了一下女孩的臉頰。柔軟細膩的觸感從指腹浸入，酥麻泛癢的知覺蔓延到心底。

捏的人愣了，被捏的人也愣了，而兩人身後，站在一公尺外的文素素臉色越發難看。

她恨恨地瞪了一眼蘇邈邈的背影，氣得甩手走過去，用力一扯地上的帆布，她面無表情地說：「我幫你們。」

「……」商彥回身，眼底掠過一絲狼狽，但很快便壓下去，他抬眸瞥了文素素一眼，嘴角微勾，笑得淡而嘲弄，「文班長日理萬機，不敢勞駕。」

「……」文素素臉色頓變，伸出去抓著帆布的手僵了很久，她死死盯著商彥。然而男生卻像是開口之後就當她不存在似的，沒再看她一眼，連餘光都沒有。

文素素緊緊咬住脣，臉上血色漸褪，半晌後，她難堪地站起身，快步跑開。

空地上只剩下兩人，四周無聲地安靜下來，風從曠野吹過。

低著頭的蘇邈邈突然聽見男生隨意問了一句，語氣漫不經心：「會覺得我過分嗎？」

蘇邈邈不解。

「剛剛對文素素，還有之前對舒薇。」商彥手上動作停下，他一瞬不瞬地看著女孩的眼睛，「會覺得我過分，想要躲開嗎？」

蘇邈邈低下頭，小聲說：「我知道。」

「知道什麼？」

「……你是因為我才會這樣，上次的體育課也是。」蘇邈邈輕聲重複，「我都知道。」

商彥愣住，他的眼神慢慢變得有些複雜，一些壓在深處的情緒沉浮起來，片刻之後，他垂下眼簾，遮住瞳裡微熠的光。

那張清雋張揚的側顏上，笑容又變得漫不經心，且不正經：「那妳要怎麼做來報答我？」

「……？」這次輪到蘇邈邈發愣了。

商彥不厭其煩，「細心」地為她解釋：「既然知道我是為妳做的，那妳要怎麼報答？」

蘇邈邈：「……挾恩圖報是不對的。」

「聽不懂。」商彥理直氣壯，問心無愧。

蘇邈邈噎了一下，敵不過這人的不正經兼不要臉，蘇邈邈只得低下頭，軟聲問：「那我應該怎麼報答？」

「……」商彥笑了，他舌尖掃過上顎，低聲的悶笑逸出喉嚨，「今晚夜涼，我缺一個暖被窩的。」

蘇邈邈懵懂又茫然地看著他，過了幾秒之後，女孩似乎終於慢慢體悟過來，嫣粉的紅暈順著白玉似的頸子，一直攀到嬌俏豔麗的臉頰上。

「商彥你……你……」剩下的話怎麼也說不出口，蘇邈邈氣極。

她想都沒想地拉過男生垂在膝前的手，想在那白皙修長的腕骨上用力一咬，然而肉到嘴邊又下不了口，萬一、萬一咬破了……

不過一瞬間，商彥已看懂女孩想做什麼，他不躲，甚至不抽回手，只是嘴角挑起，從側面看著蘇邈邈：「咬啊。」

「……」

「用力咬。」

「……」

見女孩不出聲，也不動作，只悶紅著一張小臉。商彥壓低嗓音，俯近，「能咬出一個疤，就當作蓋章。」他啞聲笑道，「蓋了章，師父以後就是妳一個人的了……這樣不好嗎？」

蘇邈邈跑了。

乾淨俐落，毫不猶豫，而且直到最後氣惱地鬆開商彥的手腕，那一口還是捨不得咬下去。

盯著女孩的背影看了許久，商彥收回目光，帶著剛撩完妹後勝不驕敗不餒的淡定，把十八號的戶外帳篷不疾不徐地搭好。

臨收工前，文素素正巧回到帳篷旁，商彥正彎下腰，最後確定一遍幾個營釘的牢固程度。

接近正午的陽光不受半點阻礙地落下來，為直起身的男生籠上一層淡淡又有些刺眼的金色，原本就立體出眾的五官被勾勒得更加深邃，少年時便如此出類拔萃，讓人不由想像他成長到青年時，又會是怎樣不馴且教人移不開目光的張揚……

文素素的目光不覺軟了下來，她走上前，將手裡一瓶沒開封的礦泉水遞過去：「……謝謝你，商彥。」

商彥卻不看她，同樣也沒有看那瓶礦泉水：「不是為妳，不用謝。」

男生語氣冷淡地結束對話，轉身就要離開。

文素素臉色變了，蘇邈邈不在，這個人甚至連嘲弄的話都懶得說嗎？

她捏緊手裡的礦泉水，轉過身，朝走得毫無留戀的商彥開口：「你就不想知道蘇邈邈為什麼表現得那麼怪胎嗎？」

剛說出口，文素素就後悔了，但覆水難收，她也只能強撐，裝出無所謂的模樣，眼睛緊緊盯住商彥的背影。

讓她心酸又嫉妒的是，聽見這句話，商彥不出所料地停下腳步，再轉回身時，臉上原本的淡漠更覆上一層冷意：「妳說誰是怪胎？」

「她她本來就是……你又不是沒見過她戴著帽子、整天不說話的樣子，難道不是……」

「閉嘴。」男生的聲線突然變得沉冷，同時降到冰點的，還有望向文素素的漆黑眸子。

被這眼神一盯，文素素不由得打了個寒顫。這還是她第一次被商彥這樣看著，讓人從骨子裡覺得冷。

「別再讓我聽見妳提起她。」商彥冷眼望著文素素，片刻後轉身離開。

陽光明媚，草地柔軟，難得又是一絲風都沒有的天氣。從繁重的課業壓力和一板一眼的課堂紀律中解放，學生們一個個像是出了籠的麻雀，唧唧喳喳，恨不得長出翅膀飛到天上去。

可惜，雖然出了籠子，但麻雀爪子上的繩子還牽在老師手裡。

一聲哨響，全體注意，準備午餐的時間到了。

既然是出來露營，學校索性安排午餐晚餐都吃ＢＢＱ，這片露營區有專門的平臺，用以安全放置烤肉架。每班按照帳篷的編號分組，幾組共用一臺烤肉架。組內部分人負責燒烤，部分人負責利用露營地接引的山泉水清洗和準備材料。

蘇邈邈自然和文素素等人一組，小組內多是與文素素更要好的女生，抱團排擠的態度溢於言表，尤其是由誰負責燒烤這個問題，幾人都不約而同地選擇準備材料。

燒烤累人，炭火煙味又嗆，她們當然是能避則避。

蘇邈邈被推到烤肉架前還是一臉茫然，她在原地呆立沒幾秒，就聽見身後平臺樓梯上，傳來熟悉的聲音：「你們不會怕什麼，彥哥會啊！彥哥小時候可是在國外讀書，野外活動對他來說是家常便飯，是吧，彥哥？」

「你記錯了，我不會。」

蘇邈邈轉身看過去，商彥一行人正好踏上平臺。商彥目光懶散地掃過平臺上的烤肉架，停了兩秒，他腳步一轉，離開厲哲等人，徑直往另一個方向走去。

「哎彥哥——」厲哲眼睜睜看著他們這組的支柱在「色」與「義」之間，連〇．一秒的猶豫都沒有，就直接選擇了前者。

商彥走到蘇邈邈面前，已經猜到她們組裡的情況。他往旁邊瞥了一眼，其他幾個女生因為他的到來而格外安靜，默默地低下頭。

商彥輕嗤一聲：「我家小孩都快比烤肉架矮了，妳們這樣欺負她不對吧。」

「……？」蘇邈邈氣得想踢他小腿，最後壓抑著滿腔怒意，小聲咕噥了句，「你才比烤肉架矮……」

和蘇邈邈的關注點不同，組裡其他人只感受到商彥話裡那輕飄飄的涼意，順著耳朵直往胸口鑽，涼得人全身僵硬。

她們遲疑地抬頭，幾人對視一眼，有個女生訕訕地笑：「不是……我們是輪流的。」

「對、對，我們輪流。」其餘人紛紛附和。

商彥沒說話，也不知信不信，只是似笑非笑地打量著她們。

嚇得幾個女生笑得比哭還難看，他才懶懶收回目光，手臂一抬，勾住身旁女孩薄薄的肩膀：「去我們那組。」

蘇邈邈不明所以。

「這組不好，虐待童工。」

「……」蘇邈邈氣結，「你才童工！」

「我十八了，小孩。」

蘇邈邈反駁：「我也……快十八了。」

「是嗎？」

「嗯！」

「那怎麼前兩天還有人跟我質疑，說妳是十二三歲的國中生？」

蘇邈邈：「……」

商彥那組原本全是男生，突然加進一個女生，還是全校有名的小美人，幾個粗魯慣了的男生頓時慫了，手腳都不知道該往哪裡擺。

不過他們也沒閒多久，就被厲哲一腳一個踹去洗菜。

蘇邈邈則被商彥帶在身旁，理由是「離那些男生太近不安全」。

厲哲忍不住腹誹「明明是離你太近才不安全」，但是沒膽把話說出口，他只能含恨看著自己的美人小女神乖巧地站在烤肉架前，商彥的身旁，而他自己則委屈地蹲在一邊串烤肉。

很快，烤肉架裡的木炭漸漸透出紅光，灼得上方空氣也跟著微微顫動。蘇邈邈好奇地看了一下，便覺得眼睛有些乾澀。她揉揉眼，準備繼續看，卻被商彥伸手一拉。

「乖乖後退，傷眼睛。」

難得沒有半分捉弄的輕柔語氣，讓蘇邈邈的臉更熱了。她有點不自在地看向商彥：「你沒事嗎？」

商彥：「我跟妳不一樣。」

蘇邈邈不懂哪裡不一樣。

商彥：「我海拔高，溫度低。」

「……」被取笑了一整天身高問題，蘇邈邈滿肚子怒意和怨念，終於忍無可忍，不知道從哪裡借來天大的膽子，把之前的想法付諸實行。

旁邊厲哲剛抬頭，就看見站在烤肉架前，個子嬌小的女孩忿忿地抬起小短腿，半輕不重地在商彥小腿上踢了一腳。

厲哲驚呼：「臥槽！」

這一幕不止厲哲看到了，對面隔了幾公尺的小組裡，有人「啪嗒」一聲嚇得掉了手上的金屬盤子。

更讓他們驚訝的還在後面。

站在烤肉架前的商彥顯然也有些意外，不過他垂下眼，看到踢完就慫得縮起腦袋的女孩，忍不住低笑了一聲：「真的生氣了？」

「……」蘇邈邈低頭，默不作聲。

商彥有點擔心自己是不是逗得太過火了，突然聽見女孩細軟的聲音：「對不起……你痛不痛？」

女孩蹲下身，細白的手從衣袖裡伸出來，輕輕拍掉商彥長褲上的鞋印。

商彥愣了一下，無奈道：「妳那小貓抓似的力氣，痛什麼？……起來。」

他的手因為翻轉烤肉架上的食物串而有些油膩，不便用手把女孩拉起，只能低頭看她。

女孩充耳不聞，直到確保拍掉最後一點痕跡，才慢吞吞地仰臉看他。烏黑的眼瞳像是兩顆最漂亮的琥珀，深處還藏著碎星似的微熠細光。因為覺得委屈，眼睫輕輕捲翹著，眨了兩下，眸裡又多了些瀅漉的水色。

「考試成績、身高、還有電腦程式設計，雖然我們差很遠，但我努力想追上你……你不要總是嘲笑我……」

商彥覺得有人在自己心臟上重重捶了一記，媲美砸牆拆房的力度，於是瞬息間，所有心牆土崩瓦解，塵埃漫天，白白構築了十八年，小孩一句話、一個眼神就踩到他心裡最柔軟的地方。

以後她光是落下一滴淚，都能讓他心痛。明知是把自己的死穴交出去，他卻不想悔改，即使知道她並非自己最想要的那個意思，還是忍不住自作多情、自欺欺人，把短短一句話拆吃入腹，恨不能字字烙在心裡。

嘴角壓抑不住地勾起，他聽見自己聲音裡透著沒志氣的愉悅：「這是妳說的，妳別後悔。」

蘇邈邈遲疑一下，不懂商彥方才的沉默。她茫然又無辜地點了點頭：「我不後悔。」

商彥聽到回應，心情愉悅得快要飛上天，為了掩飾自己沒志氣卻又藏不住的反應，他側身去厲哲那裡拿串好的食材。

旁觀的厲哲神情麻木，目光控訴：「彥哥，小蘇還不滿十八歲。」

「嗯，」商彥沒心沒肺地應了一聲，「我也很遺憾。」

厲哲腹誹：你並不遺憾，謝謝。

厲哲還要再說什麼，突然一聲驚呼傳來，只見蘇邈邈身後，被一個男生絆倒的烤肉架，毫無徵兆地朝女孩倒了下來……

——《他最野了》未完待續——

高寶書版集團
gobooks.com.tw

YH 120
他最野了（上）
作　　者　曲小蚰
特約編輯　余純菁
責任編輯　吳培禎
封面設計　陳采瑩
內頁排版　賴姵均
企　　劃　何嘉雯

發 行 人　朱凱蕾
出　　版　英屬維京群島商高寶國際有限公司台灣分公司
　　　　　Global Group Holdings, Ltd.
地　　址　台北市內湖區洲子街88號3樓
網　　址　gobooks.com.tw
電　　話　(02) 27992788
電　　郵　readers@gobooks.com.tw（讀者服務部）
傳　　真　出版部(02)27990909　行銷部(02)27993088
郵政劃撥　19394552
戶　　名　英屬維京群島商高寶國際有限公司台灣分公司
發　　行　英屬維京群島商高寶國際有限公司台灣分公司
初　　版　2023年02月

本著作物《他最野了》，作者：曲小蚰，由北京晉江原創網絡科技有限公司授權出版。

國家圖書館出版品預行編目(CIP)資料

他最野了/曲小蚰著. -- 初版. -- 臺北市：英屬維京群島商高寶國際有限公司臺灣分公司, 2023.02
冊；　公分. --

ISBN 978-986-506-648-2(上冊：平裝). --
ISBN 978-986-506-649-9(中冊：平裝). --
ISBN 978-986-506-650-5(下冊：平裝). --
ISBN 978-986-506-651-2(全套：平裝)

857.7　　112000518